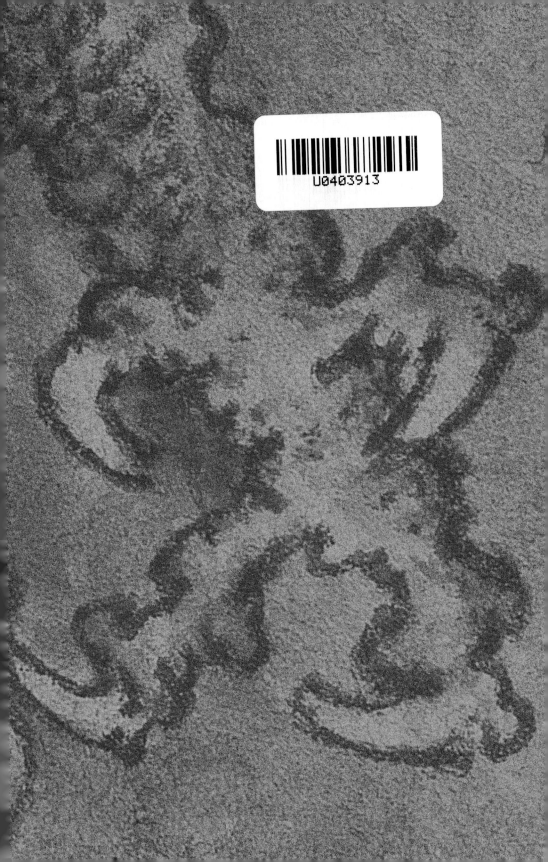

十八家诗钞

曾国藩 纂

◎经典普及版◎ 第三册

上海大学出版社
·上海·

目 录

卷七 / 0691

杜工部五古上·一百六十八首 / 0693

奉赠韦左丞丈二十二韵 / 0695
送高三十五书记 / 0696
赠李白 / 0697
游龙门奉先寺 / 0698
望岳 / 0698
陪李北海宴历下亭 / 0699
赠卫八处士 / 0699
苦雨奉寄陇西公兼呈王
　　征士 / 0700
同诸公登慈恩寺塔 / 0701
示从孙济 / 0702
九日寄岑参 / 0703
渼陂西南台 / 0703
戏简郑广文兼呈苏司业 / 0704
夏日李公见访 / 0705
奉同郭给事汤东灵湫作 / 0705
夜听许十损诵诗爱而有
　　作 / 0706
自京赴奉先县咏怀五百
　　字 / 0707
白水县崔少府十九翁高
　　斋三十韵 / 0710
三川观水涨二十韵 / 0711
大云寺赞公房四首 / 0713
晦日寻崔戢李封 / 0715
雨过苏端 / 0716
喜晴 / 0717

送率府程录事还乡 / 0718
述怀一首 / 0719
送长孙九侍御赴武威判
　　官 / 0720
送樊二十三侍御赴汉中判
　　官 / 0721
送从弟亚赴西安判官 / 0722
送韦十六评事充同谷郡
　　防御判官 / 0723
塞芦子 / 0724
彭衙行 / 0725
北征 / 0726
得舍弟消息 / 0730
玉华宫 / 0730
九成宫 / 0731
羌村三首 / 0732
送李校书二十六韵 / 0733
留花门 / 0734
义鹘 / 0735
画鹘行 / 0736
新安吏 / 0737
潼关吏 / 0738
石壕吏 / 0739
新婚别 / 0740
垂老别 / 0741
无家别 / 0742
夏日叹 / 0743

夏夜叹 / 0743
立秋后题 / 0744
贻阮隐居 / 0744
遣兴三首 / 0745
昔游 / 0746
幽人 / 0747
佳人 / 0748
赤谷西崦人家 / 0749
西枝村寻置草堂地夜宿
　赞公土室二首 / 0750
寄赞上人 / 0751
太平寺泉眼 / 0752
梦李白二首 / 0752
有怀台州郑十八司户 / 0753
遣兴五首 / 0754
遣兴五首 / 0756
遣兴五首 / 0758
前出塞九首 / 0759
后出塞五首 / 0762
别赞上人 / 0764
万丈潭 / 0765
两当县吴十侍御江上宅 / 0766
发秦州 / 0767
赤谷 / 0768
铁堂峡 / 0768
盐井 / 0769
寒硖 / 0769
法镜寺 / 0770
青阳峡 / 0771
龙门镇 / 0771
石龛 / 0772
积草岭 / 0773
泥功山 / 0773
凤凰台 / 0774
发同谷县 / 0775

木皮岭 / 0775
白沙渡 / 0776
水会渡 / 0777
飞仙阁 / 0777
五盘 / 0778
龙门阁 / 0778
石柜阁 / 0779
桔柏渡 / 0780
剑门 / 0780
鹿头山 / 0781
成都府 / 0782
赠蜀僧闾丘师兄 / 0783
泛溪 / 0784
病柏 / 0785
病橘 / 0785
枯棕 / 0786
枯楠 / 0787
大雨 / 0787
溪涨 / 0788
戏赠友二首 / 0789
遭田父泥饮美严中丞 / 0790
喜雨 / 0790
述古三首 / 0791
冬到金华山观因得故拾
　遗陈公学堂遗迹 / 0792
陈拾遗故宅 / 0793
谒文公上方 / 0794
奉赠射洪李四丈 / 0794
早发射洪县南途中作 / 0795
通泉驿南去通泉县十五
　里山水作 / 0796
过郭代公故宅 / 0797
观薛稷少保书画壁 / 0797
通泉县署屋壁后薛少保
　画鹤 / 0798

陪章留后惠义寺饯嘉州
　　崔都督赴州 / 0799
将适吴楚，留别章使君
　　留后兼幕府诸公，得
　　柳字 / 0799
山寺 / 0801
棕拂子 / 0801
寄题江外草堂 / 0802
送韦讽上阆州录事参军 / 0803
阆州东楼筵，奉送十一
　　舅往青城县，得昏字 / 0804
南池 / 0805

赠别贺兰铦 / 0806
别唐十五诫因寄礼部贾
　　侍郎 / 0806
草堂 / 0807
四松 / 0809
水槛 / 0810
破船 / 0810
营屋 / 0811
除草 / 0812
扬旗 / 0812
太子张舍人遗织成褥段 / 0813
别蔡十四著作 / 0814

卷八 / 0817

杜工部五古下·九十五首 / 0819

杜鹃 / 0821
客居 / 0822
客堂 / 0823
石砚诗 / 0824
水阁朝霁奉简严云安 / 0824
赠郑十八贲 / 0825
三韵三篇 / 0826
郑典设自施州归 / 0827
柴门 / 0828
贻华阳柳少府 / 0829
雷 / 0830
火 / 0831
七月三日，亭午已后，较
　　热退，晚加小凉，稳睡
　　有诗，因论壮年乐事，
　　戏呈元二十一曹长 / 0832
牵牛织女 / 0833
毒热寄简崔评事十六弟 / 0834

殿中杨监见示张旭草书
　　图 / 0835
杨监又出画鹰十二扇 / 0836
送殿中杨监赴蜀见相公 / 0837
赠李十五丈别 / 0837
西阁曝日 / 0839
课伐木 / 0839
园人送瓜 / 0841
信行远修水筒 / 0841
槐叶冷淘 / 0842
行官张望补稻畦水归 / 0843
催宗文树鸡栅 / 0844
园官送菜 / 0845
上后园山脚 / 0845
驱竖子摘苍耳 / 0846
秋，行官张望督促东渚
　　耗稻向毕。清晨，遣
　　女奴阿稽、竖子阿段

往问 / 0847
阻雨不得归瀼西甘林 / 0848
雨 / 0849
雨二首 / 0850
晚登瀼上堂 / 0851
又上后园山脚 / 0851
雨 / 0852
甘林 / 0853
雨 / 0854
种莴苣 / 0855
暇日小园散病，将种秋
　菜，督勒耕牛，兼书
　触目 / 0856
八哀诗 / 0857
写怀二首 / 0874
往在 / 0875
昔游 / 0877
壮游 / 0878
遣怀 / 0881
同元使君舂陵行 / 0882
览柏中允兼子侄数人除
　官制词，因述父子兄
　弟四美，载歌丝纶 / 0884
听杨氏歌 / 0885
奉酬薛十二丈判官见赠 / 0886
别李义 / 0887
送高司直寻封阆州 / 0889
赠苏四徯 / 0890
寄薛三郎中 / 0890
宿青溪驿奉怀张员外十
　五兄之绪 / 0892
敬寄族弟唐十八使君 / 0892
北风 / 0893
客从 / 0894
白马 / 0894

别董颋 / 0895
送重表侄王砅评事使南海 / 0895
咏怀二首 / 0897
送顾八分文学适洪吉州 / 0899
上水遣怀 / 0901
遭遇 / 0902
解忧 / 0903
宿凿石浦 / 0903
早行 / 0904
过津口 / 0904
次空灵岸 / 0905
宿花石戍 / 0906
早发 / 0906
次晚洲 / 0907
望岳 / 0907
湘江宴饯裴二端公赴道
　州 / 0908
奉送魏六丈佑少府之交
　广 / 0909
别张十三建封 / 0911
奉赠李八丈判官 / 0912
苏大侍御访江浦赋八韵
　纪异 / 0913
题衡山县文宣王庙新学
　堂呈陆宰 / 0914
入衡州 / 0915
舟中苦热遣怀，奉呈杨
　中丞，通简台省诸公 / 0917
聂耒阳以仆阻水，书致
　酒肉，疗饥荒江。诗
　得代怀，兴尽本韵。
　至县，呈聂令。陆路
　去方田驿四十里，舟
　行一日，时属江涨，
　泊于方田 / 0919

卷九 / 0921

韩昌黎五古·一百四十二首 / 0923

南山诗 / 0925
谢自然诗 / 0929
秋怀诗十一首 / 0931
赴江陵途中寄赠王二十
　　补阙、李十一拾遗、
　　李二十六员外翰林三
　　学士 / 0935
暮行河堤上 / 0938
夜歌 / 0939
重云一首，李观疾赠之 / 0939
江汉一首答孟郊 / 0940
长安交游者一首赠孟郊 / 0940
岐山下二首 / 0941
北极一首赠李观 / 0941
此日足可惜一首赠张籍 / 0942
幽怀 / 0945
君子法天运 / 0946
落叶送陈羽 / 0946
归彭城 / 0947
醉后 / 0948
醉赠张秘书 / 0948
同冠峡 / 0949
送惠师 / 0950
送灵师 / 0952
县斋有怀 / 0954
合江亭 / 0957
陪杜侍御游湘西两寺，
　　独宿，有题一首因献
　　杨常侍 / 0958
岳阳楼别窦司直 / 0959
送文畅师北游 / 0962
答张彻 / 0963

荐士 / 0966
喜侯喜至，赠张籍、张
　　彻 / 0968
驽骥 / 0969
出门 / 0970
烽火 / 0971
鸣鸣 / 0971
洞庭湖阻风赠张十一署 / 0972
青青水中蒲三首 / 0972
孟东野失子 / 0973
县斋读书 / 0974
新竹 / 0975
晚菊 / 0975
落齿 / 0976
哭杨兵部凝、陆歙州参 / 0977
苦寒 / 0977
崔十六少府摄伊阳以诗
　　及书见投，因酬三十
　　韵 / 0979
送侯参谋赴河中幕 / 0981
东都遇春 / 0983
酬裴十六功曹巡府西驿
　　途中见寄 / 0984
燕河南府秀才 / 0985
送李翱 / 0986
送石处士赴河阳幕 / 0987
送湖南李正字归 / 0987
辛卯年雪 / 0988
招扬之罘 / 0988
送无本师归范阳 / 0989
双鸟诗 / 0990
题炭谷湫祠堂 / 0992

送陆畅归江南 / 0993
送进士刘师服东归 / 0993
嘲鲁连子 / 0994
赠张籍 / 0995
调张籍 / 0996
寄皇甫湜 / 0997
病中赠张十八 / 0997
杂诗 / 0998
寄崔二十六立之 / 0999
孟生诗 / 1003
将归赠孟东野、房蜀客 / 1004
答孟郊 / 1004
从仕 / 1005
送刘师服 / 1005
符读书城南 / 1006
示爽 / 1007
人日城南登高 / 1008
病鸱 / 1009
读皇甫湜公安园池诗，
　书其后 / 1010
路傍堠 / 1011
食曲河驿 / 1011
过南阳 / 1012
泷吏 / 1012
赠别元十八协律六首 / 1014
初南食贻元十八协律 / 1016
宿曾江口示侄孙湘二首 / 1017
答柳柳州食虾蟆 / 1018
别赵子 / 1019
除官赴阙至江州寄鄂岳
　李大夫 / 1020
南山有高树行赠李宗闵 / 1021
猛虎行 / 1022

山南郑相公、樊员外酬
　答为诗，其末咸有见
　及语，樊封以示愈，
　依赋十四韵以献 / 1023
奉和武相公镇蜀时，咏
　使宅韦太尉所养孔雀 / 1024
感春三首 / 1024
早赴街西行香赠卢李二
　中舍人 / 1025
晚寄张十八助教、周郎
　博士 / 1026
题张十八所居 / 1026
奉和钱七兄曹长盆池所
　植 / 1026
南内朝贺归呈同官 / 1027
朝归 / 1028
杂诗四首 / 1029
读东方朔杂事 / 1030
谴疟鬼 / 1031
示儿 / 1032
庭楸 / 1033
玩月，喜张十八员外以
　王六秘书至 / 1034
和李相公摄事南郊，览
　物兴怀呈一二知旧 / 1034
和裴仆射相公假山十一
　韵 / 1035
与张十八同效阮步兵一
　日复一夕 / 1036
送诸葛觉往随州读书 / 1036
南溪始泛三首 / 1037
联句 / 1039

卷七

杜工部五古上

一百六十八首

奉赠韦左丞丈二十二韵〔一〕

纨袴①不饿死，儒冠②多误身。
丈人试静听，贱子请具陈。
甫昔少〔二〕年日，早充观国宾。
读书破万卷，下笔如有神。
赋料扬雄敌，诗看子建亲。
李邕求识面，王翰愿卜〔三〕邻。
自谓颇挺出〔四〕，立登要路津。
致君尧舜上，再使风俗淳。
此意竟萧条，行歌非隐沦。
骑驴三十载，旅食京华春。
朝扣富儿门，暮随肥马尘。
残杯与冷炙，到处潜悲辛。
主上顷见征，欻③然欲求伸。
青冥却垂翅④，蹭蹬⑤无纵鳞⑥。
甚愧丈人厚，甚知丈人真。
每于百僚上，猥诵佳句新。
窃笑贡公喜，难甘原宪贫。
焉能心怏怏，只是走踆踆⑦。
今欲东入海，即将西去秦。
尚怜终南山，回首清渭滨。
常拟报一饭⑧，况怀辞大臣。
白鸥没〔五〕浩荡，万里谁能驯？

〔一〕以下皆天宝未乱以前之诗。 〔二〕少：一作妙。

〔三〕卜：陈作为。　　〔四〕出：一作生。　　〔五〕没：宋作波。

① 纨袴：细绢做的裤，后借指富贵人家子弟。② 儒冠：古代儒生戴的帽子，借指儒生。③ 欻（xū）：忽然。④ "青冥"句：飞鸟折翅从天空坠落。⑤ 蹭蹬（cèng dèng）：路途险阻难行，比喻困顿不顺利。⑥ 纵鳞：本义指水中自由游泳的鱼，此喻指仕途得意。⑦ 踆踆（cūn）：行走的样子。⑧ 报一饭：《史记·淮阴侯列传》："信钓于城下，诸母漂。有一母见信饥，饭信，竟漂数十日。……信至国，如所从食漂母，赐千金。"意指受人点滴之恩而施以厚报。

送高三十五书记〔一〕

崆峒①小麦熟，且〔二〕愿休王师。
请公问主将，焉用穷荒为？
饥鹰未饱肉，侧翅随人飞。
高生跨鞍马，有似幽并〔三〕儿②。
脱身簿尉中，始与捶楚③辞。
借问今何官？触热向武威。
答云〔四〕一书记，所愧国士知。
人实不易知，更〔五〕须慎其仪。
十年出幕府，自可持旌麾〔六〕④。
此行既特达，足以慰所思〔七〕。
男儿功名遂，亦在老大〔八〕时。
常恨结欢浅，各在天一涯。
又如参与商，惨惨中肠悲。
惊风吹〔九〕鸿鹄，不得相追随。

黄尘翳沙漠，念子何当归〔十〕。

边城有余力，早寄从军诗〔十一〕。

〔一〕《旧书》：适解褐汴州封丘尉，非其好也，乃去位，客游河右。河西节度哥舒翰见而异之，表为左骁卫兵曹，充翰府掌书记，从翰入朝，盛称之于上前。《通鉴》：天宝十三载五月，哥舒翰奏前封丘尉高适掌书记。 〔二〕且：一作吾。 〔三〕幽并：一作并州。 〔四〕云：一作言。 〔五〕更：一作尤。仪：一作宜。 〔六〕麾：一作旗。 〔七〕一作亦足慰远思。 〔八〕大：唐佐切。《夜归》诗"明星当空大"，同。 〔九〕吹：一作飘。 〔十〕当：一作时。 〔十一〕"王师"句、"穷荒"句、"慎仪"二句，皆不满于哥舒之辞。

① 崆峒：山名，在今甘肃。② 幽并儿：古代幽、并二州多豪侠之士，此喻侠客。③ 捶楚：杖击，鞭打，为古代刑罚之一。④ 旌麾：帅旗，指挥军队的旗帜。

赠李白①

二年客东都，所历厌机巧。

野人对膻腥，蔬食常不饱。

岂无青精②饭，使我颜色好。

苦乏大〔一〕药资，山林迹如扫。

李侯金闺彦③，脱身事幽讨。

亦有梁宋游，方期拾瑶草④。

〔一〕大：一作买。

① 此诗作于天宝三载（744）。当时，杜甫在东都洛阳，李白因受高力士诬陷被放还，游东都，固有"金闺""脱身"之句。② 青

精：植物名，亦称南天烛或墨饭草，是道家制作青精饭的原料之一。③金闺彦：朝廷杰出的才士。④瑶草：传说中的仙草。

游龙门奉先寺

已从招提①游，更宿招提境。
阴壑生虚〔一〕籁，月林散清影。
天阙〔二〕象纬②逼，云卧衣裳冷。
欲觉闻晨钟，令人发深省。

〔一〕虚：一作灵。　〔二〕阙：一作阔，荆作阅，蔡兴宗《考异》作窥。

①招提：寺院的别称。②象纬：指星象经纬，此泛指天空中的群星。

望岳

岱宗①夫如何，齐鲁青未了。
造化钟神秀，阴阳②割③昏晓。
荡胸生层云，决眦④入归鸟。
会当凌绝顶，一览众山小。

①岱宗：即泰山。②阴阳：山之北、水之南为阴，山之南、水之北为阳。③割：分。④眦（zì）：眼角。

陪李北海①宴历下亭〔一〕

东藩驻皂盖②,北渚凌青荷〔二〕。
海内此亭古〔三〕,济南名士多。
云山已发兴,玉佩仍当歌。
修竹不受暑,交流空涌波。
蕴真惬所遇,落日将如何?
贵贱俱物役③,从公难重过。

〔一〕时邑人蹇处士等在坐,李公序。 〔二〕青荷:一作清河。 〔三〕内:一作右。

① 李北海:即李邕。天宝四载(745),杜甫到临邑看望其弟杜颖,途经济南,适逢北海郡太守李邕在济南,相与游宴于历下亭。② 皂盖:古代官员所用的黑色蓬伞。③ 物役:为外界事物所役使。

赠卫八处士①

人生不相见,动如参与商。
今夕复何夕,共此灯烛光〔一〕。
少壮能几时?鬓发各已苍。
访旧半为鬼,惊呼热中肠。
焉知二十载,重上君子堂。
昔别君未婚,儿女忽成行。
怡然敬父执,问我来何方?
问答乃未已〔二〕,儿女〔三〕罗酒浆。

夜雨剪春韭，新[四]炊间②黄粱③。

主称会面难，一举累[五]十觞。

十觞亦不醉[六]，感子故意长④。

明日隔山岳，世事两茫茫。

〔一〕一云：共宿此灯光。　〔二〕乃未已：陈浩然作未及已。　〔三〕儿女：一作驱儿。　〔四〕新：一作晨。〔五〕累：一作蒙。　〔六〕十觞：一作百觞。醉：一作辞。

① 处士：古时称有德才而隐居不仕的人，后泛指没有做过官的读书人。② 间（jiàn）：夹杂。③ 粱：底本作"梁"，今改。黄粱，即黄米。④ 故意长：指老朋友的情谊深长。

苦雨奉寄陇西公兼呈王征士[一]

今秋乃淫雨①，仲月②来寒风。

群木水光下，万象[二]云气中。

所思碍行潦，九里信不通。

悄悄素浐路，迢迢天汉东。

愿腾六尺马[三]，背若孤征鸿。

划见公[四]子面，超然欢笑同。

奋飞既胡越，局促伤樊笼[五]。

一饭四五起，凭轩心力穷。

嘉蔬没溷③浊，时菊碎榛丛。

鹰隼亦屈猛，乌鸢何所蒙。

式瞻④北邻居，取适南巷翁。

挂席钓川涨，焉知清兴终？

〔一〕陇西公,即汉中王瑀。征士,琅琊王潋。　〔二〕象:一作家。　〔三〕马:一作驹。　〔四〕公:一作君。　〔五〕"奋飞"句言为雨所阻,咫尺千里,不能奋飞,若胡越之相隔也。

① 淫雨:连绵不停的雨,过量的雨。② 仲月:指每季的第二个月,即农历二、五、八、十一月。这里指农历八月。③ 溷(hùn):肮脏,混浊。④ 式瞻:敬仰。

同诸公①登慈恩寺塔〔一〕②

高标跨苍天〔二〕,烈风无时休。
自非旷〔三〕士怀,登兹翻百忧。
方知象教③力,足〔四〕可追冥搜。
仰穿龙蛇窟,始出〔五〕枝撑幽。
七星在北户〔六〕,河汉声西流。
羲和④鞭白日,少昊行清秋。
秦山忽破碎,泾渭不可求。
俯视但一气,焉能辨皇州?
回首叫虞舜,苍梧云正愁。
惜哉瑶池饮〔七〕,日晏昆仑丘。
黄鹄去不息,哀鸣何所投?
君看随阳雁⑤,各有稻粱谋⑥。

〔一〕时高适、薛据先有此作。　〔二〕天:一作穹。〔三〕旷:一作壮。　〔四〕足:一作立。　〔五〕出:一作惊。〔六〕北户:一云户北。　〔七〕饮:一作燕。　○昔贤谓以王母比杨妃,瑶池日晏比淫乐忘返,在杜公之意或有之。至谓虞舜苍梧,以二妃不从比杨妃之从游;又谓黄鹄比贤人远引,阳雁比小人怀禄，则失之凿矣。黄鹄盖公以自喻，谓己有大志而卒无所遇，不如碌碌者多得温饱耳。

①诸公：指高适、薛据、岑参、储光羲，当时五人同登长安慈恩寺塔。②慈恩寺：唐太宗贞观二十一年（647），唐高宗李治作太子时为纪念他的母亲文德皇后所建，故称"慈恩"。③象教：指佛教。④羲和：传说中驾驭日车之神。⑤随阳雁：指大雁，此比喻趋炎附势者。⑥稻粱谋：本指禽鸟寻找食物，此比喻人谋求衣食。

示从孙济①

平明跨驴出，未知适谁门？
权门多噂沓，且复寻诸孙。
诸孙贫无事，宅舍如荒村。
堂前自生竹，堂后自生萱。
萱草秋已死，竹枝霜不蕃〔一〕。
淘米少汲水，汲多井水浑。
刈葵莫放手，放手伤葵根。
阿翁懒惰久，觉儿行步奔。
所来〔二〕为宗族，亦不为盘飧。
小人利口实，薄俗难可〔三〕论。
勿受外嫌猜，同姓古所敦②。

〔一〕蕃：一作翻。　〔二〕来：一作求。　〔三〕可：一作具。

①孙济：杜甫堂孙。②敦：厚道，笃厚。

九日寄岑参

出门复入门，两[一]脚但如旧。
所向泥活活[二]①，思君令人瘦。
沉吟坐西轩[三]，饮[四]食错昏昼②。
寸步曲江头，难为一相就。
吁嗟呼[五]苍生，稼穑不可救。
安得诛云师？畴能补天漏？
大明韬日月，旷野号禽兽。
君子强逶迤③，小人困驰骤。
维南有崇山，恐[六]与川浸溜④。
是节[七]东篱菊，纷披为谁秀？
岑生多新诗[八]，性亦嗜醇酎。
采采黄金花⑤，何由满衣袖？

〔一〕两：陈作雨。 〔二〕活活：一作浩浩。 〔三〕西：一作秋。 一云：冷卧西窗下。 〔四〕饮：一作饭。 〔五〕呼：一作乎。 〔六〕恐：一作溁。 〔七〕节：一作时。 〔八〕诗：一作语。

① 泥活活：走在泥淖中所发出的声音。②"饮食"句：因阴雨不辨昏昼，故饭食颠倒。③ 逶迤：舒展自如。④ 溜：迅急的水流。⑤ 黄金花：菊花。

渼陂①西南台

高台面苍陂，六月风日冷。
蒹葭离披去，天水相与永。

怀新目似击,接要心已领。

仿像识鲛人,空蒙辨鱼艇。

错磨终南翠,颠倒白阁影。

嶕崒增光辉,乘陵惜俄顷。

劳生愧严郑②,外物慕张邴③。

世复轻骅骝④,吾甘杂蛙黾。

知归俗可忽,取适〔一〕事莫并。

身退岂待官?老来苦便〔二〕静。

况资菱芡足,庶结茅茨迥。

从此具扁舟,弥年逐清景。

〔一〕适:一作足。　〔二〕便:平声。

① 渼陂(měi bēi):古代湖名,在今陕西户县西,西北流入涝水。② 严郑:汉代隐士严君平、郑子真的简称。③ 张邴:汉代张良、邴汉的简称。④ 骅骝(huá liú):赤色的骏马。

戏简郑广文兼呈苏司业〔一〕

广文到官舍,系〔二〕马堂阶下。

醉则〔三〕骑马归,颇遭官长骂。

才名四〔四〕十年,坐客寒无毡。

赖〔五〕有苏司业,时时与〔六〕酒钱。

〔一〕郑广文:虔。苏司业:源明。　〔二〕系:一作置。〔三〕则:一作即。　〔四〕四:一作三。　〔五〕赖:一作近。　〔六〕与:一作乞。

夏日李公〔一〕见访

远林暑气薄,公子过我游。
贫居类村坞,僻近城南楼。
旁舍颇淳朴,所愿〔二〕亦易求。
隔屋唤西家,借问有酒不?
墙头过浊醪,展席俯长流。
清风左右至,客意已惊秋。
巢多众鸟斗〔三〕,叶密鸣蝉稠。
苦道〔四〕此物聒,孰谓〔五〕吾庐幽?
水花晚色静〔六〕,庶足充淹留。
预恐樽中尽,更起为君谋。

〔一〕李公:一作李家令。李时为太子家令。黄鹤曰:按宗室世系表,当是李炎。 〔二〕愿:樊、陈并作须。 〔三〕斗:一作喧。 〔四〕道:一作遭。 〔五〕谓:陈作语。 〔六〕静:樊作净。

奉同郭给事汤东灵湫作

东山气鸿濛,宫殿居上头。
君来必十月,树羽临九州。
阴火煮玉泉,喷薄涨岩幽①。
有时浴赤日,光抱空中楼。
阊风入辙迹,旷原延冥搜〔一〕。
沸〔二〕天万乘动,观水百丈湫。
幽灵斯可佳〔三〕,王命官属休。

初闻龙用壮，擘石摧林丘。
中夜窟宅改，移因风雨秋。
倒悬瑶池影，屈注苍江流。
味如甘露浆，挥弄滑且柔。
翠旗淡偃蹇，云车纷少留。
箫鼓荡四溟，异香泱漭②浮。
鲛人献微绡，曾祝沉豪牛。
百祥奔盛明，古先莫能俦③。
坡陀金虾蟆，出见盖有由。
至尊顾之笑，王母不肯〔四〕收。
复归虚无底，化作长黄虬〔五〕。
飘飘〔六〕青琐郎，文采珊瑚钩。
浩歌渌水④曲，清绝听者愁。

〔一〕旷：一作广。原：一作野。　〔二〕沸：一作拂。〔三〕幽灵：一云灵湫。斯：一作新。佳：一作怪。　〔四〕肯：一作遣。　〔五〕长黄虬：一云龙与虬。　〔六〕飘：一作摇。　○首十四句，叙玄宗常以十月幸骊山汤泉。"初闻"以下十六句，叙龙移湫之事。"坡陀"以下六句，钱笺以为指安禄山入朝之事，似未必然。末四句，言郭给事有诗也。

①岩幽：山岩幽深处。②泱漭：广大的样子。③俦（chóu）：相比。④渌水：古代曲名。

夜听许十损〔一〕诵诗爱而有作

许生五台宾，业白出石壁。
余亦师粲可①，身犹缚禅寂。

何阶子方便，谬引为匹敌？

离索晚相逢，包蒙欣有击。

诵诗浑〔二〕游衍，四座皆〔三〕辟易。

应手看捶钩，清心听鸣镝。

精微穿溟涬②，飞动摧霹雳。

陶谢不枝梧③，风骚共推激〔四〕。

紫燕自超诣，翠驳谁剪剔。

君意人莫知，人间夜寥阒④。

〔一〕许十损：一本作许十一，一本作许十，无损字。　〔二〕浑：一作混。　〔三〕皆：一作俱。　〔四〕枝梧谓格格不入，互相撑拄，不相投契也。《汉书·朱云传》：连拄五鹿君。拄，即枝梧不相让之意。不枝梧，则谓契合矣。

① 粲可：指禅宗二祖慧可、三祖僧粲。② 溟涬：不着边际。③ 枝梧：同"支吾"，用话搪塞，说话含混躲闪。④ 阒（qù）：寂静。

自京赴奉先县咏怀五百字〔一〕

杜陵①有布衣②，老大意转拙。

许身一何愚，窃比稷与契③。

居然成濩落④，白首甘〔二〕契阔⑤。

盖棺事则已，此志常觊豁。

穷年忧黎元，叹息肠内热。

取笑同学翁，浩歌弥激烈。

非无江海志，萧洒送日月。

生逢尧舜君〔三〕，不忍便永诀。

当今廊庙具⑥,构厦岂云缺?
葵藿倾太阳,物性固莫〔四〕夺。
顾惟蝼蚁辈,但自求其穴。
胡为慕大鲸,辄拟偃溟渤。
以兹悟生理,独耻事干谒。
兀兀遂至今,忍为尘埃没。
终愧巢与由,未能易其节。
沉饮聊自适〔五〕,放歌颇愁绝。
岁暮百草零,疾风高冈裂。
天衢阴峥嵘,客子中夜发。
霜严衣带断,指直不得〔六〕结。
凌晨过骊山,御榻在嵽嵲⑦。
蚩尤塞寒空,蹴踏崖谷滑。
瑶池气郁律,羽林相摩戛。
君臣〔七〕留欢娱,乐动殷樛嶱〔八〕。
赐浴皆长缨,与宴〔九〕非短褐。
彤廷所分帛,本自寒女出。
鞭挞其夫家,聚敛贡城阙。
圣人筐篚恩,实欲〔十〕邦国活。
臣如忽至理,君岂弃此物?
多士盈朝廷,仁者宜战慄。
况闻内金盘,尽在卫霍室。
中堂舞〔十一〕神仙,烟雾散〔十二〕玉质。
暖客〔十三〕貂鼠裘,悲管逐清瑟。
劝客驼蹄羹,霜橙压香橘。
朱门酒肉臭,路有冻死骨。
枯荣咫尺异,惆怅难再述!

北辕就泾渭,官渡又改辙。

群冰〔十四〕从西下,极目高崒兀。

疑是崆峒来,恐触天柱折。

河梁幸未坼⑧,枝撑声窸窣。

行旅相攀援,川广不〔十五〕可越。

老妻寄〔十六〕异县,十口隔风雪。

谁能久不顾,庶往共饥渴。

入门闻号咷,幼子饥已卒。

吾宁舍一哀,里巷亦〔十七〕呜咽。

所愧为人父,无食致夭折。

岂知秋未〔十八〕登,贫窭有仓卒。

生常〔十九〕免租税,名不隶征伐。

抚迹犹〔二十〕酸辛,平民固骚屑⑨。

默思失业徒,因念远戍卒。

忧端齐〔二十一〕终南,澒洞⑩不可掇!

〔一〕天宝十四载十一月初作。 〔二〕甘:一作苦。 〔三〕尧舜君:一云尧为君。 〔四〕莫:一作难。 〔五〕适:一作遣。 〔六〕得:一作能。 〔七〕君臣:一作圣君。 〔八〕樛嶱:荆作樛葛。 〔九〕宴:一作谋。 〔十〕欲:一作愿。 〔十一〕舞:一作有。 〔十二〕散:一作蒙。 〔十三〕客:一云蒙。 〔十四〕冰:一作水。 〔十五〕不:一作且。 〔十六〕寄:荆作既。 〔十七〕亦:陈作犹。 〔十八〕未:一作禾。 〔十九〕常:一作当。 〔二十〕犹:一作独。 〔二十一〕齐:一作际。 ○自首至"颇愁绝",自述生平大志劲节。自"岁暮"至"难再述",因过骊山而叹君臣欢娱,忧其荒淫兆乱。自"北辕"至末,叙泾渭改道至奉先,及到家情事。此诗作于天宝十四载十一月,而安禄山即于是月叛乱。诗中极咎君臣欢娱,炎炎有乱离之忧,或禄山反叛已略有所闻耶?

① 杜陵:地名,在今陕西西安东南。② 布衣:平民。③ 稷

与契:唐尧、虞舜时代的贤臣。④濩(hù)落:沦落失意。⑤契(qì)阔:勤苦,劳苦。⑥廊庙具:指能担负国家重任的栋梁之材。⑦嵽嵲(dì niè):高峻的山,此指骊山。⑧坼(chè):裂开。⑨骚屑:凄清愁苦。⑩阚(hòng)洞:绵延、弥漫。

白水县崔少府十九翁高斋三十韵〔一〕

客从南县①来,浩荡无与适。
旅食白日长,况当朱炎赫。
高斋坐林杪②,信宿游衍阒。
清晨陪跻攀,傲睨俯峭壁。
崇高相枕带,旷野怀〔二〕咫尺。
始知贤主人,赠此遣愁寂。
危阶根青冥,曾冰生淅沥。
上有无心云,下有欲落石。
泉声闻复急〔三〕,动静随所击〔四〕。
鸟呼藏其身,有似惧弹射。
吏隐道〔五〕情性,兹焉其窟宅。
白水见舅氏,诸翁乃仙伯。
杖藜长松阴,作尉穷谷僻。
为我炊雕胡,逍遥展良觌③。
坐久风颇愁〔六〕,晚来山更碧。
相对十丈蛟,欻翻盘涡坼。
何得空里雷?殷殷寻地脉。
烟氛蔼崷崒〔七〕,魍魉森惨戚。
昆仑崆峒颠,回首如〔八〕不隔。

前轩颓〔九〕反照，巉绝华岳赤。

兵气涨林峦，川光杂峰镝。

知是相公军，铁马云雾〔十〕积。

玉觞淡无味，羯奴岂强敌？

长歌激屋梁，泪下流衽席④。

人生半哀乐，天地有顺逆。

慨彼高国夫，休明备征狄〔十一〕。

猛将纷填委⑤，庙谋蓄长策。

东郊何时开？带甲且来〔十二〕释。

欲告清宴罢〔十三〕，难拒幽明迫。

三叹酒食旁，何由似平昔。

〔一〕天宝十五载五月作。 ○此下皆安禄山既乱以后之诗。〔二〕怀：一作回，一作迴。 〔三〕急：一作息。 〔四〕击：一作激。 〔五〕道：陈作适，一作通。 〔六〕愁：一作怒。 〔七〕氛：一作气。嶡：一作嶠。 〔八〕如：一作知。〔九〕颓：一作摧。 〔十〕雾：一作烟。 〔十一〕狄：一作敌。 〔十二〕来：荆作未。 〔十三〕罢：一作疲。 ○是时安禄山已陷东都，而关中无恙，故因见华岳，而言林峦皆有兵气，川光亦杂锋镝也。"相公军"，谓哥舒翰守潼关之师也。

① 南县：即奉先县，在白水县之南。② 林杪（miǎo）：树枝的细梢。杪，树梢。③ 觌（dí）：相见。④ 衽席：睡觉铺的席子，泛指卧席。⑤ 填委：纷集，堆积。

三川观水涨二十韵〔一〕

我经华原来，不复见平陆。

北上唯土山，连天走穷谷。

火云无时出[二]，飞电常在目。

自多穷岫雨，行潦相豗蹙①。

蓊匌②川气黄[三]，群流会空曲。

清晨望高浪，忽谓阴崖踣[四]。

恐泥窜蛟龙，登危聚麋鹿。

枯查卷拔树，磊硊共充塞。

声吹鬼神下，势阅人代速。

不有万穴归，何以尊四渎？

及观泉源涨，反惧江海覆。

漂沙折岸去[五]，漱壑松柏秃。

乘陵[六]破山门，回斡裂[七]地轴。

交洛赴洪河，及关岂信宿？

应沉数州没，如听万室哭。

秽浊殊未清，风涛怒犹蓄。

何时通舟车？阴气不[八]黪黩③。

浮生有荡汩，吾道正羁束。

人寰难容身，石壁滑侧足。

云雷此[九]不已，艰险路更跼④。

普天无川梁，欲济愿水缩。

因悲中林士，未脱众鱼腹。

举头向苍天，安得骑鸿鹄⑤？

〔一〕天宝十五载七月中避寇时作。 〔二〕无时出：一云出无时。 〔三〕蓊：乌红切。匌：音溘。 〔四〕踣：音蔔。〔五〕岸去：一作去岸。 〔六〕陵：陈作凌。 〔七〕裂：一作倒。 〔八〕不：一云亦。 〔九〕此：一作屯。

① 豗（huī）蹙：撞击。② 蓊匌（wěng gé）：弥漫，充塞。③ 黪黩（cǎn dú）：昏暗不清的样子。④ 跼：窘迫。⑤ 鸿鹄：天

鹚。因飞得很高，常比喻志向远大的人。

大云寺①赞公房四首

心在水精域②，衣沾春雨时。
洞门尽徐步，深院果幽期。
到扉开复闭〔一〕，撞钟斋及兹。
醍醐③长发性，饮〔二〕食过扶衰。
把臂有多日，开怀无愧辞。
黄鹂〔三〕度结构，紫鸽下罘罳〔四〕④。
愚〔五〕意会所适，花边行自迟。
汤休起我病，微笑索题诗。

〔一〕到：一作倒。扉：一作庑，又作屦。　〔二〕饮：一作饭。　〔三〕鹂：一作莺。　〔四〕罘罳：一云芳菲。〔五〕愚：一作芳。

① 大云寺：指大云经寺，在长安（今陕西西安）朱雀街南，怀远坊东南。② 水精域：不染尘埃的净土，此指寺庙。③ 醍醐（tí hú）：古时指从牛奶中提炼出来的精华，此指最高的佛法。④ 罘罳（fú sī）：设在屋檐下防鸟雀来筑巢的金属网。

细软青丝履，光明白氎①巾。
深藏供老宿②，取用及吾身。
自顾转无趣，交情何尚新。
道林才不世③，惠远德过人。
雨泻暮檐竹，风吹青〔一〕井芹。
天阴对图画，最觉润龙鳞。

〔一〕青：一作春。

① 氍（dié）：细棉布。② 老宿：年长资深之人 ③ 不世：非一世所能有。

灯影照无睡，心清闻妙香。
夜深殿突兀，风动金锒铛。
天黑闭春院，地清栖暗芳。
玉绳①回断绝，铁凤森翱翔。
梵②放时出寺，残钟仍殷③床。
明朝在沃野，苦见尘沙黄〔一〕。

〔一〕时西郊逆贼拒官军未已。

① 玉绳：星名，泛指群星。② 梵（fàn）：诵经声。③ 殷（yǐn）：震动。

童儿汲井华①，惯捷瓶上手〔一〕。
沾洒不濡地，扫除似无帚。
明〔二〕霞烂复阁，霁雾②塞高牖。
侧塞被径花，飘飘委墀〔三〕柳。
艰难世事迫，隐遁佳期后。
晤语契深心，那能总钳③口？
奉辞还杖策，暂别终回首。
泱泱泥污人，听听国多狗④。
既未免羁绊〔四〕，时来憩奔走。
近公如白雪，执热烦何有？

〔一〕惯捷：《海录》作惯健。上：一作在。　〔二〕明：一作晨。　〔三〕墀：一作阶。　〔四〕绊：一作寓。

① 井华：清晨初汲的水，亦作井花水。② 霁雾：正在消散的云雾。③ 钳（qián）：夹住，限制，约束。④ 国多狗：比喻叛逆者。

晦日^{〔一〕①}寻崔戢李封

朝光入瓮牖，宴寝惊敝裘。
起行视天宇，春气渐和柔。
兴来〔二〕不暇懒，今晨梳我头。
出门无所待，徒〔三〕步觉自由。
杖藜复恣意，免值公与侯。
晚定崔李交，会心真罕俦。
每过得酒倾，二宅可淹留。
喜结仁里欢，况因令节求。
李生园欲荒，旧〔四〕竹颇修修。
引客看扫除，随时成献酬。
崔侯初筵色，已畏空尊愁。
未知天下士，至〔五〕性有此不？
草芽既青出，蜂声亦暖游。
思见农器陈，何当甲兵休？
上古葛天民②，不贻黄屋〔六〕忧。
至今阮籍等，熟醉为身谋。
威凤高其翔〔七〕，长鲸吞九州。
地轴为之翻，百川皆乱流。
当歌欲一放，泪下恐莫收。
浊醪有妙理，庶用〔八〕慰沉浮。

〔一〕晦日：谓正月晦日。　〔二〕兴来：一云得兴，一云乘兴。　〔三〕徒：一作徙。　〔四〕旧：一作有。　〔五〕至：一作志。　〔六〕屋：一作漪。　〔七〕高其翔：一云自高翔。〔八〕用：一云与。　○"阮籍等"，即公自指并指崔李等也。"熟醉"句、"高其翔"句，皆谓只谋一身之乐，不恤天下之忧也。"长鲸"三句，指今日天下之乱。

① 晦日：农历每月最后的一天。② 葛天民：传说中的远古部落。

雨过①苏端〔一〕

鸡鸣风雨〔二〕交，久旱云亦好。
杖藜入春泥，无食起我早。
诸家忆所历，一饭〔三〕迹便扫。
苏侯得数过，欢喜每倾倒。
也复可怜人，呼儿具梨枣。
浊醪必在眼，尽醉摅②怀抱。
红稠屋角花，碧委〔四〕墙隅草。
亲宾纵〔五〕谈谑，喧闹畏〔六〕衰老。
况蒙霈泽③垂，粮粒或自保。
妻孥④隔军垒，拨弃不拟道。

〔一〕端置酒。　〔二〕雨：一云云。　〔三〕饭：一作饱。　〔四〕委：一作秀。　〔五〕纵：一作绝。　〔六〕畏：一作慰。

① 过：拜访。② 摅（shū）：发表或表示出来。③ 霈泽：喻恩泽。③ 妻孥（nú）：妻子和儿女。

喜晴[一]

皇天久不雨,既雨晴亦佳。
出郭眺西郊,肃肃[二]春增华。
青荧①陵陂②麦,窈窕桃李[三]花。
春夏各有实,我饥岂无涯?
干戈③虽横放,惨淡斗龙蛇④。
甘泽不犹愈,且耕今未赊⑤。
丈夫则带甲⑥,妇女终在家。
力难及黍稷,得种菜与麻。
千载商山芝⑦,往者东门瓜⑧。
其人骨已朽[四],此道谁疵瑕?
英贤遇坎坷,远引蟠泥沙。
顾惭昧所适,回首白日斜。
汉阴有鹿门⑨,沧海有灵[五]查。
焉能学众口,咄咄空[六]咨嗟。

[一]一云喜雨。 [二]肃肃:一作萧萧。 [三]李:一作杏。 [四]朽:一作灭。 [五]灵:一作云。 [六]空:一作同。

① 青荧:青碧色。② 陵陂:田野中的高坡。③ 干戈:干和戈是古代常用兵器,比喻战争。此指安史之乱。④ 龙蛇:比喻桀骜不驯、凶横暴虐之人,此指安史叛军。⑤ 赊:迟缓。⑥ 带甲:披甲的将士,指当兵。⑦ 商山芝:秦末,河内东园公、甪里先生、绮里季、夏黄公等四位老人,年皆八十有余,须眉皓白,时称商山四皓。见秦政暴虐,乃避入商山(在今陕西商县东南),作歌曰:"晔晔紫芝,可以疗饥。唐虞世远,吾将安归"云。⑧ 东门瓜:典出《史记·萧相国世家》:"召平者,故秦东陵侯。秦破,为布衣,贫,种瓜于长安城东,瓜美,故世俗谓之东陵瓜。"⑨ 鹿门:鹿门山,在襄阳汉水之阴,汉末庞德公隐居之所。

送率府程录事还乡〔一〕

鄙夫行衰谢,抱病昏妄〔二〕集。
常时往还人,记一不识十。
程侯晚相遇,与语才杰立。
薰然耳目开,颇觉聪明入。
千载得鲍叔①,末契有所及。
意钟〔三〕老柏青,义动修蛇蛰。
若人可数见,慰我垂白②泣。
告别无淹晷③,百忧复相袭。
内愧突不黔,庶羞以〔四〕赒给④。
素丝挈长鱼,碧酒随玉粒。
途穷见交态,世梗悲路涩。
东风吹春冰,泱莽〔五〕⑤后土湿。
念君惜羽翮,既饱更思戢⑥。
莫作翻云鹘,闻呼向禽急。

〔一〕程携酒馔相就取别。 〔二〕妄:一作忘。 〔三〕钟:一作中。 〔四〕庶羞以:一云庶明似。 〔五〕莽:草堂本作潈。

① 鲍叔:即鲍叔牙,春秋时齐国大夫,以知人并笃于友谊著称。现常用"鲍叔"代称知己好友。② 垂白:白发低垂的样子,意谓老年。③ 淹晷(guǐ):指时间长久。淹,滞留;晷,日影,代指时间。④ 赒给:周济给助。⑤ 泱莽:昏暗不明。⑥ 戢:收敛,收藏。

述怀一首[一]

去年潼关破,妻子隔绝久。
今夏草木长,脱身得西走。
麻鞋见天子,衣袖露两肘。
朝廷愍①生还,亲故伤老丑。
涕泪授拾遗,流离主恩厚。
柴门虽得去,未忍即开口。
寄书问三川,不知家在否?
比闻同罹祸,杀戮到鸡狗。
山中漏茅屋,谁复依户牖②。
摧颓苍松根,地冷骨未朽。
几人全性命,尽室岂相偶?
嵚岑[二]③猛虎④场,郁结回我首。
自寄一封书,今已十月后。
反畏消息来,寸心亦何有⑤。
汉运⑥初中兴,生平老耽⑦酒。
沉思欢会处,恐作穷独[三]叟。

〔一〕此以下自贼中窜归凤翔作。 〔二〕岑:一作崟。
〔三〕独:一作途。

① 愍:哀怜。② 户牖(yǒu):指门窗,借指家。③ 嵚岑(qīn cén):形容高峻的山峰。④ 猛虎:比喻残暴的贼寇。⑤ "反畏""寸心"二句:反而害怕传来消息,万一有什么不幸,自己记挂妻子儿女的心就无所适从了。⑥ 汉运:此处以汉代唐。⑦ 耽:沉迷。

送长孙九侍御赴武威判官

骢马新凿蹄，银鞍被来好。
绣衣①黄白郎，骑向交河道。
问君适万里，取别何草草？
天子忧凉州，严程②到须早。
去秋群胡反，不得无电扫。
此行收〔一〕遗甿③，风俗方再造。
族父领元戎〔二〕，名声国中老。
夺我同官良，飘摇按城堡。
使我不能餐，令我恶怀抱。
若人才思阔，溟涨④浸〔三〕绝岛。
尊前失诗流，塞上得国宝⑤。
皇天悲送远，云雨白浩浩。
东郊尚烽火，朝野色枯槁。
西极柱亦倾〔四〕，如何正穹昊？

〔一〕收：陈作牧。 〔二〕钱注：至德二载五月，以武部侍郎杜鸿渐为河西节度使。 〔三〕浸：一作漫。 〔四〕钱注：禄山乱，吐蕃乘隙暴掠。至德初，巂州及武威等诸城入屯石堡。

① 绣衣：古代贵者所服的彩绣的丝绸衣服，此是御史的代称。② 严程：形容路程期限紧迫。③ 遗甿：亦作"遗氓"，指劫后残余的人民。④ 溟涨：大海。⑤ "尊前""塞上"二句：指长孙九侍御由朝廷到边关任职。尊前，皇帝面前。国宝，此指佐政事良才。

送樊二十三侍御赴汉中判官

威弧^①不能弦，自尔无宁岁。
川谷血横流，豺狼沸相噬。
天子从北来，长驱振凋敝。
顿兵岐梁^②下，却跨沙漠裔。
二京^③陷未收，四极我得制。
萧索汉水清，缅^④通淮湖税。
使者纷星散，王纲尚旒缀^⑤。
南伯从事^⑥贤，君行立谈际。
生〔一〕知七曜历，手画三军势。
冰雪净聪明，雷霆走精锐。
幕府辍谏官，朝廷无此〔二〕例。
至尊方盱食^⑦，仗尔布嘉惠。
补阙暮征入，柱史晨征憩〔三〕。
正当艰难时，实藉长久计。
回风吹独树，白日照执袂。
恸哭苍烟根，山门万重〔四〕闭。
居人莽牢落，游子方迢递。
徘徊悲生离，局促老一世。
陶唐歌遗民，反汉更列〔五〕帝。
恨无匡复姿〔六〕，聊欲从此逝。

〔一〕生：一作坐。　〔二〕此：一作比。　〔三〕樊作补阙入柱史，晨征固多憩。　〔四〕重：一作里。　〔五〕列：一作别。　〔六〕姿：一作资。

① 威弧：星名。② 岐梁：岐山和梁山的并称，俱在凤翔境内。③ 二京：西京长安和东京洛阳。④ 缅：遥远。⑤ 旒（liú）

缀：指旌旗的垂饰。比喻附属、附赘。⑥从事：官职名，汉以后三公及州郡长官皆自辟僚属，多以从事为称。⑦旰（gàn）食：晚食，指因事务繁忙不能按时吃饭。

送从弟亚赴西安〔一〕判官

南风作秋声，杀气薄炎炽。
盛夏鹰隼击，时危异人至。
令弟草中来，苍然〔二〕请论事。
诏书引上殿，奋舌动天意。
兵法五十家，尔腹为箧笥①。
应对如转丸，疏通略文字。
经纶皆新语，足以正神器。
宗庙尚为灰，君臣俱〔三〕下泪。
崆峒地无轴，青海〔四〕天轩轾②。
西极最疮痍，连山暗烽燧。
帝曰大布衣，藉卿佐元帅。
坐看清流沙，所以子奉使。
归当再前席，适远非历〔五〕试。
须存武威郡，为画长久计。
孤峰石戴驿，快马金缠辔。
黄羊饫不膻，芦〔六〕酒多还醉。
踊跃常人情，惨淡苦士志。
安边敌何有？反正计始遂。
吾闻驾鼓车，不合用骐骥。
龙吟回其头，夹辅待所致。

〔一〕西安：一云河西。　〔二〕然：一作茫。　〔三〕俱：一作皆。　〔四〕青海：浩然本作清海。　〔五〕历：一作虚。〔六〕芦：一作鲁。

① 箧笥：藏物的竹器。② 轩轾（zhì）：车前高后低为"轩"，车前低后高为"轾"，比喻高低轻重，此指倾斜。

送韦十六评事①充同谷郡防御判官

昔没贼中时，潜与子同游。
今归行在所，王事②有去留。
逼侧兵马间，主忧急良筹。
子虽躯干小，老〔一〕气横九州。
挺身艰难际，张目视寇仇。
朝廷壮其节，奉诏令参谋。
銮舆③驻凤翔，同谷为咽喉。
西扼弱水道，南镇枹罕〔二〕陬。
此邦承平日，剽劫吏所羞。
况乃胡未灭，控带莽悠悠。
府中韦使君，道足示怀柔。
令侄才俊茂，二美又何求？
受词太白脚，走马仇池头。
古色〔三〕沙土裂，积阴雪云稠〔四〕。
羌父豪猪靴〔五〕④，羌儿青兕⑤裘〔六〕。
吹角向月窟，苍山〔七〕旌旆愁。
鸟惊出死树，龙怒拔老湫。

古来无人境,今代横戈矛。

伤哉文儒士,愤激驰林丘。

中原正格斗,后会何缘由。

百年赋定命,岂料沉与浮?

且复恋良友,握手步道周。

论兵远壑净,亦可纵冥搜。

题诗得秀句,札翰时相投。

〔一〕老:一作志。 〔二〕枹罕:一作氐羌。 〔三〕色:一作邑。 〔四〕雪云:一作霜雪。句一作积雪阴云稠。〔五〕靴:一云帽。 〔六〕晋作汉兵黑貂裘。 〔七〕苍山:一作山苍。

① 评事:官职名。② 王事:王命差遣的公事。③ 銮舆:天子车驾,也叫銮驾,借指天子。④ 豪猪靴:指用豪猪皮做的靴子。⑤ 青兕:古代犀牛类兽名,指青兕牛。

塞芦子①

五城何迢迢,迢迢隔河水。

边兵尽东征,城内空荆杞②。

思明割怀卫③,秀岩西未已。

回略大荒来〔一〕,崤函④盖虚尔。

延州秦北户,关防犹可倚。

焉得一万人,疾驱塞芦子?

岐〔二〕有薛大夫,旁制山贼起。

近闻昆戎徒,为退三百里。

芦关扼两寇,深意实在此。
谁能[三]叫帝阍⑤?胡行速如鬼。

〔一〕来:一作东。 〔二〕岐:一作顷。 〔三〕能:晋作敢。 ○"扼两寇"者,谓东扼高、史等窥太原之寇,西则扼昆戎之寇。"塞"者,所以遮塞而扼守之也。钱氏谓塞芦关而入,直捣长安,殊非"塞"字之义,亦非诗旨。杜公以书生谈兵,未必有当于事理。然公之意,以延州为秦之北户,在长安之背,扼此两寇,则长安或可收复耳。末言胡行速如鬼,言我不疾驱塞之,胡将连行而入,则长安之守益固,援益厚,不复可克矣。

① 芦子:芦子关,在今陕西延安西北。② 荆杞:指荆棘和枸杞,都是野生灌木。形容蓁莽荒秽、残破萧条的景象。③ 怀卫:怀州和卫州的简称,均在今河南境内。此时为叛军史思明所占据。④ 崤函:崤山和函谷,自古为险要的关隘。函谷东起崤山,故函谷亦称崤函。⑤ 帝阍:天子之门。

彭衙①行

忆昔避贼初,北走经险艰。
夜深彭衙道[一],月照白水山②。
尽室久徒步,逢人多厚颜。
参差谷鸟吟[二],不见游子还。
痴女饥咬我,啼畏虎狼[三]闻。
怀中掩其口,反侧声愈嗔。
小儿强解事③,故索苦李餐。
一旬半雷雨,泥泞相牵攀。
既无御雨备,径滑衣又寒。

有时经[四]契阔，竟日数里间。
野果充糇粮④，卑枝成屋椽。
早行石上水，暮宿天边烟。
少留周[五]家洼，欲出芦子关。
故人有孙宰，高义薄曾云。
延客已曛黑，张灯启重门。
暖汤濯我足，剪纸招我魂。
从此出妻孥，相视涕阑干。
众雏烂漫睡，唤起沾盘飧。
誓将与夫子，永结为弟昆⑤。
遂空所坐堂，安居奉我欢。
谁肯艰难际，豁达露心肝？
别来岁月周，羯胡仍构患。
何当有翅翎，飞去堕尔前。

〔一〕道：一作门。 〔二〕吟：一作鸣。 〔三〕虎狼：一作猛虎。 〔四〕经：一作最。 〔五〕周：晋作固，一作同。

① 彭衙：在陕西白水东北六十里处，即现在的彭衙堡。② 白水山：白水县的山。③ 强解事：即所谓"强作解事"。④ 糇（hóu）粮：干粮，食粮。⑤ 弟昆：弟兄。

北征[一]

皇帝二载①秋，闰八月初吉②。
杜子将北征，苍茫问家室。
维时遭艰虞[二]，朝野少暇日。

顾惭恩私被，诏许归蓬荜③。
拜辞诣阙下〔三〕，怵惕④久未出。
虽乏谏诤⑤姿，恐君有遗失。
君诚中兴主，经纬固密勿。
东胡反未已，臣甫愤所切。
挥涕恋行在，道途〔四〕犹恍惚。
乾坤含〔五〕疮痍，忧虞何时毕〔六〕？
靡靡逾阡陌，人烟渺萧瑟〔七〕。
所遇多被伤，呻吟更流血。
回首凤翔县，旌旗晚明灭。
前登寒山重，屡得饮马窟。
邠郊入地底，泾水中荡潏⑥。
猛虎立我前，苍崖吼时裂。
菊垂今秋花，石戴〔八〕古车辙。
青云动高兴，幽事亦可悦。
山果多琐细，罗生杂橡栗。
或红如丹砂，或黑如点漆。
雨露之所濡，甘苦〔九〕齐结实。
缅思桃源内，益叹身世拙。
坡陀望鄜畤，岩谷互出没。
我行已水滨，我仆犹木末。
鸱鸟〔十〕鸣黄桑，野鼠拱乱穴。
夜深〔十一〕经战场，寒月照白骨。
潼关百万师，往者散〔十二〕何卒？
遂令半秦民，残害为异物〔十三〕。
况我堕〔十四〕胡尘，及归尽华发。
经年至茅屋，妻子衣百结。

恸哭松声回[十五],悲泉共幽[十六]咽。
平生所娇儿,颜色白胜雪。
见耶背面啼,垢腻脚不袜。
床前两小女,补绽才过膝。
海图坼波涛,旧绣移曲折。
天吴及紫凤,颠倒在裋[十七]褐。
老夫情怀恶,呕泄卧数日[十八]。
那无[十九]囊中帛,救汝寒凛慄。
粉黛亦解苞,衾裯稍罗列。
瘦妻面复光,痴女头自栉。
学母无不为,晓妆随手抹。
移时施朱铅,狼籍画眉阔。
生还对童稚,似欲忘饥渴。
问事竞挽须,谁能即嗔喝?
翻思在贼愁,甘受杂乱聒。
新归且慰意,生理焉得说[二十]。
至尊尚蒙尘,几日休练卒。
仰观[二十一]天色改,坐觉妖气豁[二十二]。
阴风西北来,惨淡随回鹘[二十三]。
其王愿助顺,其俗喜[二十四]驰突。
送兵五千人,驱马一万匹。
此辈少为贵,四方服勇决。
所用皆鹰腾,破敌过[二十五]箭疾。
圣心颇虚伫,时议气欲夺。
伊洛指掌收,西京不足拔。
官军请深入,蓄锐何[二十六]俱发。
此举开青徐,旋瞻略恒碣。

昊天积霜露，正气有肃杀。
祸转亡胡岁，势成擒胡月。
胡命其能久？皇纲未宜绝[二十七]。
忆昨狼狈初，事与古先别。
奸臣竟菹醢⑦，同恶随荡析。
不闻夏殷[二十八]衰，中自诛褒妲。
周汉获再兴，宣光果明哲。
桓桓陈将军，仗钺⑧奋忠烈。
微尔人尽非，于今国犹活。
凄凉大同殿，寂寞白兽闼。
都人望翠华⑨，佳气向金阙。
园陵固有神，扫洒数不缺。
煌煌太宗业，树立甚宏达[二十九]。

〔一〕归至凤翔，墨制放往鄜州作。　〔二〕虞：一作危。〔三〕拜：一作奉。阙下：一云阁门。　〔四〕途：一作路。〔五〕含：陈浩然本作合。　〔六〕以上将归而恋阙，不忍遽去。　〔七〕瑟：一作索。　〔八〕戴：一作带，一作载。〔九〕苦：一作酸。　〔十〕鸟：一作枭。　〔十一〕深：一作中。〔十二〕散：一作败。　〔十三〕以上叙述途次所见景物。〔十四〕堕：一作随。　〔十五〕回：一作迴。　〔十六〕幽：一作鸣。　〔十七〕裋：一作短。　〔十八〕一云：数日卧呕泄。〔十九〕无：一作能。　〔二十〕说：一作脱。　○以上叙到家后情形。　〔二十一〕观：一作看。　〔二十二〕坐：一作旁。气：一作氛。　〔二十三〕回鹘：一作胡纥。　〔二十四〕喜：一作善。　〔二十五〕过：一作如。　〔二十六〕何：一作可。〔二十七〕以上回忆至尊在凤翔，而忧回纥不可恃。　〔二十八〕夏殷：当作殷周。　〔二十九〕以上追颂勘乱之功，而极抒望治之怀。

① 皇帝二载：即唐肃宗至德二年（757）。② 初吉：朔日，即

农历每月初一日。③ 蓬荜：指穷人家住的房子。④ 怵惕：惶恐不安，惊惧。⑤ 谏诤：直言规劝。杜甫时任左拾遗，职属谏官，谏诤是他的职责。⑥ 荡潏（yù）：水流动的样子。潏，水涌流。⑦ 葅醢（zū hǎi）：古代酷刑，后泛指处死。⑧ 钺：大斧。⑨ 翠华：皇帝仪仗中饰有翠羽的旌旗，此代指皇帝。

得舍①弟消息

风吹紫荆树，色与春庭暮。
花落辞故枝，风回返无处。
骨肉恩书重，漂泊难相遇。
犹有泪成河，经天复东注②。

① 舍（shè）：谦辞，多指比自己年纪或辈分更小的亲属。② 注：灌。

玉华宫

溪迴〔一〕松风长，苍鼠窜古瓦。
不知何王殿，遗构①绝壁下。
阴房鬼火青，坏道哀湍泻。
万籁真笙竽〔二〕②，秋色正潇洒〔三〕。
美人为黄土，况乃粉黛假。
当时侍金舆，故物独石马。
忧来藉草坐，浩歌泪盈把。

冉冉征途间,谁是长年者?

〔一〕迴:一作迥。 〔二〕笙竽:一作竽瑟。 〔三〕色:一作气,一作光。正:一作极。

① 遗构:前代留下的建筑物。② 笙竽:笙和竽,竹制乐器,因形制相类,常联用。

九成宫

苍山入百里,崖断如杵臼。
曾宫凭风迴〔一〕,岌嶪①土囊口。
立神扶栋梁〔二〕,凿翠开户牖。
其阳产灵芝,其阴宿牛斗。
纷披长松倒〔三〕,揭嵲怪石走。
哀猿啼一声,客泪迸林薮②。
荒哉隋家帝,制此今颓朽。
向使国不亡,焉为巨唐有?
虽无新增修,尚置官居守。
巡非瑶水远,迹是雕墙后。
我行〔四〕属时危,仰望嗟叹久。
天王守〔五〕太白,驻马更搔〔六〕首③。

〔一〕迴:一作迥。 〔二〕梁:一作宇。 〔三〕披:一作扶。倒:一作侧。 〔四〕行:一作来。 〔五〕守:晋、晁并作狩,赵云守,音狩。 〔六〕搔:一作回。

① 岌嶪(jí yè):高峻的样子。② 林薮:山林与泽薮。③ 搔首:以手搔头,焦急或若有所思的样子。

羌村三首

峥嵘赤云西,日脚下平地。
柴门鸟雀噪,归客[一]千里至。
妻孥怪我在,惊定还拭泪。
世乱遭飘荡,生还偶然遂。
邻人满墙头,感叹亦歔欷①。
夜阑更秉烛②,相对如梦寐。

〔一〕归客:一云客子。

① 歔欷(xū xī):哀叹抽泣。② 秉烛:持烛以照明。

晚岁迫偷生,还家少欢趣。
娇儿不离膝,畏我复却去。
忆昔好[一]追凉,故绕池边树。
萧萧北风劲,抚事①煎百虑。
赖知禾黍[二]收,已觉糟床注。
如今足斟酌,且用慰迟暮②。

〔一〕好:一作多。　〔二〕禾黍:一作黍秋,一作黍稌。

① 抚事:追思往事,感念时事。② 迟暮:比喻晚年。

群鸡正[一]乱叫,客至鸡斗争。
驱鸡上树木,始闻扣柴荆①。
父老四五人,问我久远行。
手中各有携,倾榼②浊复清。
苦[二]辞酒味薄,黍地无人耕。
兵革既未息,儿童[三]尽东征。

请为父老歌,艰难愧深〔四〕情。

歌罢仰天叹,四座泪纵横。

〔一〕正:一作忽。　〔二〕苦:一作莫。　〔三〕童:一作郎。　〔四〕深:一作馀。

① 柴荆:指用柴荆做的简陋门户。② 榼(kē):酒器。

送李校书二十六韵

代北有豪鹰,生子毛尽赤。

渥洼①骐骥儿〔一〕,尤异是龙〔二〕脊。

李舟名父子,清峻流〔三〕辈伯。

人间好少〔四〕年,不必须白皙。

十五富文史,十八足宾客。

十九授校书,二十声辉〔五〕赫。

众中每一见,使我潜动魄。

自恐二男儿,辛勤养无益。

乾元元〔六〕年春,万姓②始安宅。

舟也衣彩衣③,告我欲远适。

倚门固有望,敛衽④就行役。

南登吟白华⑤,已见楚山碧。

蔼蔼咸阳都,冠盖日云〔七〕积。

何时太夫人,堂上会亲戚?

汝翁草明光,天子正前席。

归期岂烂漫?别意终感激。

顾我蓬屋姿,谬通金闺〔八〕籍。

小来习性懒，晚节[九]慵转剧。

每愁悔吝作，如觉天地窄。

羡君齿发新，行已能夕惕⑥。

临歧意颇切，对酒不能吃。

回身视绿野，惨淡如荒泽。

老雁春忍[十]饥，哀号待枯麦。

时哉高飞燕，绚练新羽翮。

长云湿褒斜，汉水饶巨石。

无令轩车迟，衰疾悲夙昔。

〔一〕儿：一作种。　〔二〕龙：一作虎。　〔三〕流：樊作时。　〔四〕少：一作妙。　〔五〕辉：樊作烜。　〔六〕元：一作二。　〔七〕日云：一作已如。　〔八〕闰：一作门。〔九〕节：一作岁。　〔十〕春忍：陈作忍春。

① 渥洼（wò wā）：指代神马。② 万姓：万民。③ 彩衣：谓孝养父母。《艺文类聚》卷二十引《列女传》："昔楚老莱子孝养二亲，行年七十，婴儿自娱，常着五色斑斓衣，为亲取饮。"④ 敛衽：整饬衣襟，表示恭敬。⑤ 白华：《诗经·小雅》的篇名。⑥ 夕惕：朝夕戒惧，毫不懈怠。

留花门

北门[一]天骄子，饱肉气勇决。

高秋马肥健，挟矢射汉月①。

自古以为患，诗人厌薄伐。

修德使其来，羁縻②固不绝。

胡为倾国至，出入暗金阙。

中原有驱除,隐忍用此物。
公主歌黄鹄,君王指白日③。
连云屯左辅,百里见积雪。
长戟鸟休飞,哀笳曙〔二〕幽咽。
田家最恐惧,麦倒桑枝折。
沙苑临清渭,泉香草丰洁。
渡河不用船,千骑常撇烈〔三〕④。
胡尘逾太行,杂种抵京室。
花门既须留,原野转萧瑟。

〔一〕北门:一作北方,一作花门。 〔二〕曙:一作晓。
〔三〕撇烈:一云灭没,《正异》作撇捩。

① 射汉月:入侵汉地。② 羁縻(mí):笼络,怀柔。唐代在边远之处设羁縻州。③ 指白日:发誓结盟。唐肃宗为了求得回纥的援兵,与回纥结盟。④ 撇烈:形容迅疾。

义鹘[一]①

阴崖有苍[二]鹰,养子黑柏颠。
白蛇登其巢,吞噬恣朝餐[三]。
雄飞远求食,雌者鸣辛酸。
力强不可制,黄口无半存。
其父从西归[四],翻身入长烟。
斯须领健鹘,痛愤[五]寄所宣。
斗上捩②孤影,噭哮[六]来九天。
修鳞脱远枝,巨颡折老拳。

高空得蹭蹬，短[七]草辞蜿蜒。

折尾能一掉[八]，饱肠皆已穿[九]。

生虽灭众雏，死亦垂千年。

物情有报复，快意贵目前。

兹实鸷鸟最，急难心炯[十]然。

功成失所往[十一]，用舍何其贤。

近经滟水湄，此事樵夫传。

飘萧觉素发，凛欲[十二]冲儒冠。

人生许与分，只在[十三]顾盼间。

聊为义鹘行，用[十四]激壮士肝。

〔一〕宋刻诸本皆曰义鹘行，惟吴若本无行字。 〔二〕苍：一作二。 〔三〕噬：一作之。恣：一作资。 〔四〕归：一作来。 〔五〕痛愤：一云愤懑，一云冤愤。 〔六〕嗷哮：一作无声。 〔七〕短：一作茂。 〔八〕掉：一作摆。 〔九〕皆：一作今。已：一作以，一云已皆。 〔十〕炯：一作皎。 〔十一〕往：一作在。 〔十二〕欲：一作烈，一作若。 〔十三〕只在：一云亦存。 〔十四〕用：一作永。

① 鹘（hú）：即隼。② 捩（liè）：扭转。

画鹘行[一]

高堂见生[二]鹘，飒爽动秋骨①。

初惊无拘挛[三]，何得立突兀？

乃知画师妙，功[四]刮造化窟。

写作[五]神俊姿，充君眼中物。

乌鹊满樛枝②，轩然恐其出。

侧脑看青霄,宁为众禽没。

长翮③如刀剑,人寰可超越。

乾坤空峥嵘,粉墨且萧瑟。

缅思〔六〕云沙际,自有烟雾质。

吾今意何伤?顾步独纡郁④。

〔一〕一作画雕。 〔二〕生:一作老。 〔三〕挛:一作卷。 〔四〕功:一作巧。 〔五〕作:一作此。 〔六〕思:一作想。

① 秋骨:鹘在秋天换羽后更矫健,擅长搏击。② 樛(jiū)枝:向下弯曲的树枝。③ 翮(hé):鸟的翅膀。④ 纡(yū)郁:抑郁。

新安①吏〔一〕

客行新安道,喧呼闻点兵②。

借问新安吏,县小更无丁。

府帖昨夜下〔二〕,次选中男③行。

中男绝短小,何以守王城④?

肥男有母送,瘦男独伶俜⑤。

白水暮东流,青山犹〔三〕哭声。

莫自使眼枯,收汝泪纵横。

眼枯即见骨,天地终无情。

我军取〔四〕相州,日夕望其平。

岂意贼难料,归军星散营。

就粮近故垒,练卒依旧京。

掘壕不到水,牧马役亦轻。

况乃王师顺，抚养甚分明。

送行勿泣血，仆射如父兄。

〔一〕收京后作。虽收两京，贼犹充斥。　〔二〕帖：一作符。夜：一作日。　〔三〕犹：一作闻。　〔四〕取：一作至。

① 新安：地名，今属河南。② 点兵：指召集并检阅即将或准备出征的士兵。③ 中男：未成丁的男子。唐朝规定男女始生为"黄"，四岁为"小"，十六为"中"，二十一为"丁"，六十为"老"。天宝三载（744）又降优制，以十八为"中男"，二十二为"丁"。④ 王城：指东都洛阳。⑤ 伶俜（líng pīng）：孤单、孤独的样子。

潼关①吏

士卒何草草？筑城潼关道。

大城铁不如，小城万丈余。

借问潼关吏，修关〔一〕还备胡②。

要我下马行，为我指山隅。

连云列战格，飞鸟不能逾。

胡来但自守，岂复忧西都③？

丈〔二〕人④视要处，窄狭容单车。

艰难奋长戟，万〔三〕古用一夫。

哀哉桃林战⑤，百万化为鱼。

请嘱防关将，慎勿〔四〕学哥舒！

〔一〕修关：一作筑城。　〔二〕丈：一作大。　〔三〕万：吴本作千。　〔四〕勿：一作莫。

① 潼关：关隘名，古称桃林塞。东汉时设潼关，在今陕西潼

关东南，处陕西、山西、河南三省要冲，素称险要。② 备胡：指防备安、史叛军。③ 西都：与东都对称，指长安。④ 丈人：古时对老年男子的尊称，此是关吏对杜甫的尊称。⑤ 桃林战：桃林，即桃林塞，在今陕西潼关东部。安禄山叛军进攻长安，哥舒翰请坚守潼关。唐玄宗受杨国忠蛊惑，极力督促其出关作战。哥舒翰不得已，抚膺恸哭而出，兵至灵宝而溃。桃林战即指此。

石壕①吏

暮投石壕村，有吏夜捉人。
老翁逾②墙走③，老妇出门看〔一〕。
吏呼一何怒！妇啼一何苦！
听妇前致词，三男邺城戍④。
一男附书至〔二〕，二男新战死。
存〔三〕者且偷生，死者长已矣。
室中更无人，惟〔四〕有乳下孙。
有孙母未去〔五〕，出入无完裙〔六〕。
老妪⑤力虽衰，请从吏夜归。
急应河阳役，犹得备晨炊。
夜久语声绝，如闻泣幽咽。
天明登前途，独与老翁别。

〔一〕苏润公本作老妇出看门。　〔二〕至：一作到。
〔三〕存：一作在。且：一作是。　〔四〕惟：《文粹》作所。
〔五〕陈浩然本作孙有母未去。　〔六〕入：一作更。二句一云：孙母未便出，见吏无完裙。

① 石壕：村名，在今河南三门峡陕州区东七十里，现名干

壕村。② 逾（yú）：越过，超过。③ 走：跑，此指逃跑。④ 戍（shù）：防守，此指服役。⑤ 老妪（yù）：老妇人。

新婚别

兔丝①附蓬麻，引蔓故〔一〕不长。
嫁女与征夫，不如弃路旁。
结发②为妻子〔二〕，席不暖君床。
暮婚晨告别，无乃太匆忙。
君行虽〔三〕不远，守边赴〔四〕河阳。
妾身未分明，何以拜姑嫜③？
父母养我时，日夜令我藏。
生女有所归，鸡狗〔五〕亦得将。
君今往死地〔六〕，沉痛迫中肠。
誓欲随君去〔七〕，形势反苍黄。
勿为新婚念，努力事戎行。
妇人在军中，兵气恐不扬。
自嗟贫家女，久致罗襦裳。
罗襦不复施，对君洗红妆。
仰视百鸟飞，大小必双翔。
人事〔八〕多错迕④，与君永相望。

〔一〕故：一作固。　〔二〕妻子：樊作子妻。　〔三〕虽：一作既。　〔四〕赴：一作戍。　〔五〕狗：一作犬。　〔六〕陈浩然本：君今死生地。草堂本：君生往死地。　〔七〕去：一作往。　〔八〕事：一作生。

① 兔丝：即菟丝，一种蔓生的草。此比喻妻室。② 结发：指结为夫妻。③ 姑嫜：丈夫的母亲与父亲。④ 错迕：违逆，不如意。

垂老别

四郊未宁静，垂老〔一〕不得安。
子孙阵亡尽，焉用身独完！
投杖出门去，同行为辛酸。
幸有牙齿存〔二〕，所悲骨髓〔三〕干。
男儿既介胄①，长揖②别上官。
老妻卧路啼，岁暮衣裳单。
孰知是死别，且复伤其寒。
此去必不归，还闻劝加餐。
土门壁甚坚，杏园度亦难。
势异邺城下，纵死时犹〔四〕宽。
人生有离合，岂择衰老〔五〕端！
忆昔少壮日，迟回③竟长叹。
万国尽征戍〔六〕，烽火被冈峦。
积尸草木腥，流血川原丹。
何乡为乐土，安敢尚盘桓④？
弃绝蓬室居，塌然摧肺肝。

〔一〕老：一作死。　〔二〕存：一作好。　〔三〕髓：一作肉。　〔四〕犹：晋作独。　〔五〕老：一作盛。　〔六〕征戍：一云东征。

① 介胄：铠甲和头盔。② 长揖：拱手高举，自上而下行礼。

③迟回：徘徊。④盘桓：犹豫不忍离去。

无家别

寂寞天宝后，园庐但蒿藜。
我里百〔一〕余家，世乱各东西。
存者无消息，死者为〔二〕尘泥。
贱子①因阵败，归来寻旧〔三〕蹊。
久行见空巷〔四〕，日瘦②气惨悽。
但对狐与狸，竖毛怒我啼。
四邻何所有，一二老寡妻。
宿鸟恋本枝，安辞且穷栖。
方春独荷锄，日暮还灌畦。
县吏知我至，召令习鼓鞞。
虽从本州役，内顾无所携。
近行止一身，远去终转迷。
家乡既荡尽，远近理亦齐。
永痛长病母，五年委③沟溪。
生我不得力，终身两酸嘶。
人生无家别，何以为烝黎④？

〔一〕百：一作万。　〔二〕为：一作委。　〔三〕旧：一作故。　〔四〕巷：一作室。

①贱子：此处是无家者的自称。②日瘦：日光淡薄。③委：抛弃。④烝黎：百姓，黎民。

夏日叹

夏日出东北,陵天经〔一〕中街①。
朱光彻厚地,郁蒸②何由开?
上苍久无雷,无乃号令乖③。
雨降不濡物,良田起黄埃。
飞鸟苦热死,池鱼涸其泥。
万人尚流冗,举目唯蒿莱。
至今大河北,化〔二〕作虎与豺。
浩荡想幽蓟,王师安在哉?
对食不能餐,我心殊未谐。
眇然贞观初,难与数子偕。

〔一〕陵天经:晋作经天陵。 〔二〕化:一作尽。

① 中街:星名,指黄道。② 郁蒸:闷热。③ 乖:违背,反常。

夏夜叹

永日①不可暮,炎蒸毒我〔一〕肠。
安得万里风,飘飘吹我裳?
昊天出华月,茂林延疏光。
仲夏②苦夜短,开轩纳微凉。
虚明见纤毫,羽虫亦飞扬。
物情无巨细,自适固其常。
念彼荷③戈士,穷年守边疆。
何由一洗濯?执热互相望。

竟夕击刁斗,喧声连万方。
青紫虽被体,不如早还乡。
北城悲笳发,鹳鹤号且翔。
况复烦促倦,激烈思时康。
〔一〕我:一作中。

① 永日:漫长的白天,夏日昼长,故称。② 仲夏:夏季的第二个月,即农历五月。③ 荷(hè):用肩扛或担。

立秋后题

日月不相饶①,节序昨夜隔。
元蝉②无停号,秋燕已如客。
平生独往愿,惆怅年半百。
罢官亦由人,何事拘形役?

① 饶:宽容,引申为时日无多。② 元蝉:即玄蝉。秋蝉,寒蝉。

贻阮隐居〔一〕

陈留风俗衰,人物世不数。
塞上得阮生,迥①继先父祖。
贫知静者性,自〔二〕益毛发古。
车马入邻家,蓬蒿翳②环堵③。
清诗近道要,识子〔三〕用心苦。

寻我草径微，褰裳④踏寒雨。
更议居远村，避喧甘猛虎。
足明箕颍客⑤，荣贵如粪土。

〔一〕阮隐居：昉。　〔二〕自：晋作白。　〔三〕子：一作字。

① 迥：远。② 翳：遮蔽，障蔽。③ 环堵：四面墙壁。④ 褰裳：提起衣服。⑤ 箕颍客：许由，尧帝时隐士。

遣兴三首

下马古战场，四顾但茫然。
风悲浮云去，黄叶坠〔一〕我前。
朽骨穴蝼蚁，又为蔓草缠。
故老行叹息，今人尚开边。
汉虏互胜负〔二〕，封疆不常全。
安得廉耻〔三〕将？三军同晏眠①。

〔一〕坠：一作堕。　〔二〕胜负：樊作失约。　〔三〕耻：一作颇。

① 晏眠：安眠，高枕无忧。

高秋登塞〔一〕山，南望马邑州。
降虏东击胡，壮健尽不留。
穹庐①莽牢落②，上有行云愁。
老弱哭道路，愿闻甲兵休。
邺中事反覆〔二〕，死人积如丘。

诸将已茅土③,载驱谁与谋?

〔一〕塞:一作寒。　〔二〕事反覆:一云何萧条。

① 穹庐:游牧民族的帐篷。② 牢落:寥落,稀疏。③ 茅土:古代分封王、侯,按封地所在方向,取社坛五色土之一,以茅草包之,授予被封者。后遂为分封诸侯的代称。

丰年孰〔一〕云迟?甘泽①不在早。
耕田秋雨足,禾黍已映道。
春苗九月交,颜色同日老②。
劝汝衡门③士,勿悲尚枯槁④。
时来展材力,先后无丑好。
但讶鹿皮翁⑤,忘机对芳〔二〕草。

〔一〕孰:一云既,一云亦。　〔二〕芳:一作荒。　○"时来"二句,谓天下多事,但展材力,早晚皆可致富贵也。"鹿皮"二句,公以自况,谓不思乘时自奋于功名,但忘机观物耳。

① 甘泽:甘霖,雨水。② 同日老:指节令已到,全都成熟。③ 衡门:即横门,横木为门,指房屋简陋、穷者所居。④ 枯槁(gǎo):困苦,贫穷。⑤ 鹿皮翁:即鹿皮公,传说中的仙人,事见刘向《列仙传·鹿皮公》。

昔游

昔谒华盖君①,深求洞宫脚〔一〕。
玉棺②已上天,白日亦寂〔二〕寞。
暮升艮岑〔三〕顶,巾几③犹未却。
弟子四五人,入来泪俱落。

余时游名山,发轫在远壑。
良觌④违夙愿,含凄〔四〕向寥廓。
林昏罢幽磬,竟夜伏石阁。
王乔下天坛,微月映皓鹤。
晨溪向虚驶,归径行已昨。
岂辞青鞋胝?怅望〔五〕金匕⑤药。
东蒙赴旧隐,尚忆同志乐。
休〔六〕事董先生,于今独萧索。
胡为客关塞?道意久衰薄。
妻子亦何人,丹砂负前诺。
虽悲鬒发⑥变〔七〕,未忧筋力弱。
扶〔八〕藜望清秋,有兴入庐霍⑦。

〔一〕陈作绿袍昆玉脚。 〔二〕寂:一作冥。 〔三〕岑:晋作峰。 〔四〕凄:晋作悽。 〔五〕怅望:一云惆怅。 〔六〕休:一作伏。 〔七〕鬒发变:一云须发变。 〔八〕扶:一作杖。

① 华盖君:即王子乔,传说中的仙人,修道于华盖山,故称。② 玉棺:意谓道人仙逝。③ 巾几:巾和案几,泛指日常起居用物。④ 良觌(dí):良晤。⑤ 金匕:金鼎、玉匕,道家炼丹器具。⑥ 鬒(zhěn)发:密而黑的头发。⑦ 庐霍:即庐山、霍山。庐山在今江西九江,霍山即南岳衡山,在今湖南衡阳。

幽人

孤云亦群游,神物有所归。
麟〔一〕凤在赤霄,何当〔二〕一来仪。

往与惠荀〔三〕辈,中年沧州期。

天高无消息,弃我忽若遗。

内惧非道流,幽人见瑕疵。

洪涛隐语笑,鼓枻①蓬莱池。

崔嵬②扶桑日,照曜珊瑚枝。

风帆倚翠盖〔四〕,暮把东皇③衣。

咽嗽元和津,所思烟霞微。

知名未足称,局促商山芝。

五湖复浩荡,岁暮有余悲〔五〕。

〔一〕麟:一作灵。 〔二〕当:一作常。 〔三〕荀:一作询。 〔四〕盖:一作巘。 〔五〕此游仙诗之类。"洪涛"以下八句,自思一旦飘然长往,造此境界,以自适其适。"知名"二句,谓不欲学四皓留名于世也。"五湖"二句,自叹束缚尘中,不能出世也。

① 鼓枻(yì):划桨,泛舟。② 崔嵬:指有石的土山,泛指高山。③ 东皇:传说中的东方之神,即青帝。

佳人

绝代有佳人,幽居在空〔一〕谷。

自云良家子,零落依草木。

关中昔丧败〔二〕,兄弟遭杀戮。

官高何足论?不得收骨肉。

世情恶衰歇,万事随转烛①。

夫婿轻薄儿,新人已〔三〕如玉。

合昏尚知时，鸳鸯不独宿。
但见新人笑，那闻旧人哭。
在山泉水清，出山泉水浊。
侍婢卖珠回，牵萝补茅屋。
摘花不插发〔四〕，采柏动盈掬〔五〕。
天寒翠袖薄，日暮倚修竹。

〔一〕空：一作山。　〔二〕败：一作乱。　〔三〕已：一作美。　〔四〕发：一作鬓，晋作鬟。　〔五〕掬：一作握。〇此诗不可解。当有一贤者，曾居高位，后遭屏弃，公敬慕而伤悼之，故作诗以叹美之耳。"关中丧败"四句，当是实赋其事。前后皆以美人喻贤者，迷离其辞，使人骤难寻求，与阮公《咏怀》诗相近。"在山"句，谓贤人之隐居未仕者。出山句，谓贤人已仕而因事为时所弃，则爱怜之者少矣。如李陵、房琯，虽为史迁与杜公所重，而终不为时论所许，亦出山泉浊之类也。

① 转烛：飘扬不定的蜡烛火焰，喻指人情变化无常。

赤谷西崦人家

跻险①不见喧〔一〕，出郊已清目。
溪回日气暖，径转山田熟。
鸟雀依茅茨②，藩篱带松菊。
如行武陵暮，欲问桃花〔二〕③宿。

〔一〕喧：荆作宣，一作安。　〔二〕花：一作源。

① 跻险：登上高处险处。② 茅茨：茅屋。③ 桃花宿：此指在当地人家借宿。

西枝村寻置草堂地夜宿赞公土室二首

出郭眄①细岑,披榛得微路。
溪行一流水,曲折方屡渡。
赞公汤休②徒,好静心迹素。
昨枉霞上作,盛论岩中趣。
怡然共携手,恣意同远步。
扪萝③涩先登,陟岰④眩反顾。
要求阳冈暖,苦陟〔一〕阴岭冱⑤。
惆怅老大藤,沉吟屈蟠树。
卜居意未展,杖策回且暮。
层巅〔二〕余落日,草蔓已多露。

〔一〕陟:晋作步。　〔二〕巅:一作天。

① 眄:斜着眼看。② 汤休:即南朝宋僧人惠休,俗姓汤,故称。③ 扪萝:攀援葛藤。④ 岰(yǎn):山峰。⑤ 冱(hù):寒冷。

天寒鸟已归,月出人更静〔一〕。
土室延白光①,松门耿②疏影。
跻攀倦日短,语乐寄夜永。
明然林中薪,暗汲石底〔二〕井。
大师京国旧,德业天机秉。
从来支许③游,兴趣江湖迥。
数奇④谪关塞,道广存箕颍。
何知戎马间,复接尘事屏。
幽寻岂一路?远色有诸岭。
晨光稍朦胧,更越西南顶。

〔一〕人：晋作山。更：一作已。　〔二〕底：一作泉。

① 白光：月光。② 耿：清晰。③ 支许：即支道林、许询。支道林（约314—366），名遁，字道林，东晋高僧。许询（约330—361），字玄度，东晋名士、玄言诗人，与支道林友善，二人并称支许。④ 数奇：命运不好，语出《史记·李将军列传》："李广老，数奇。"

寄赞上人①

一昨陪锡杖②，卜邻南山幽。
年侵③腰脚衰，未便阴崖秋。
重冈北面起，竟日阳光留。
茅屋买〔一〕兼土，斯焉心所求。
近闻西枝西，有谷杉黍稠。
亭午颇和暖，石〔二〕田又足收。
当期塞〔三〕雨干，宿昔齿疾瘳④。
徘徊虎穴上，面势龙泓头。
柴荆具茶茗，径〔四〕路通林丘。
与子成二老，来往亦风流。

〔一〕买：一作置。　〔二〕石：一作沙。　〔三〕塞：一作寒。　〔四〕径：一作遥。

① 上人：佛教对僧人的敬称。② 锡杖：僧人所持的禅杖，此代指赞上人。③ 年侵：为岁月所侵，年纪渐老。④ 瘳（chōu）：痊愈。

太平寺①泉眼

招提凭高冈,疏散连草莽。
出泉枯柳根,汲引岁月古。
石间〔一〕见海眼②,天畔萦水府。
广深丈尺间,宴息③敢轻侮?
青白二小蛇,幽姿可时睹。
如丝气或上,烂漫为云雨。
山头到山下,凿井不尽土。
取供十方僧,香美胜牛乳。
北风起寒文,弱藻舒〔二〕翠缕。
明涵④客衣净,细荡林影趣。
何当宅下流,余润通药圃。
三春湿黄精,一食生毛羽。

〔一〕间:亦作门。　〔二〕舒:一作胜。

① 太平寺:在秦州(今甘肃天水)附近。② 海眼:泉眼。古人以为井泉的水从地下通江海,故称。③ 宴息:休息。④ 明涵:清泉中的倒影。

梦李白二首

死别已吞声①,生别常恻恻。
江南瘴疠地,逐〔一〕客无消息。
故人入我梦,明我长相忆。
恐非平生魂,路远〔二〕不可测。

魂来枫叶〔三〕青，魂〔四〕返关塞黑。
君今在罗网②，何以〔五〕有羽翼？
落月满屋梁，犹疑照〔六〕颜色③。
水深波浪阔，无使蛟龙得。

〔一〕逐：一作远。　〔二〕远：一作迷。　〔三〕叶：一作林。
〔四〕魂：一作梦。　〔五〕以：一作似。　〔六〕照：樊作见。

① 吞声：极端悲痛，无声地哭泣。② 罗网：捕捉鸟兽的工具，这里用来比喻法网。③ 颜色：指容貌。

浮云终日行，游子久不至。
三夜频梦君，情亲见君意。
告归常局促，苦道来不易。
江湖多风波〔一〕，舟楫恐失坠。
出门搔白首，若〔二〕负平生志。
冠盖①满京华，斯人独憔悴。
孰云网恢恢？将老身〔三〕反累。
千秋万岁名，寂寞身后事。

〔一〕多风波：一云秋多风。　〔二〕若：一作苦。　〔三〕身：一作才。

① 冠盖：指仕宦，贵官。

有怀台州郑十八司户〔一〕①

天台隔三江〔二〕，风浪无晨暮。
郑公纵得归，老病不识路。

昔如水〔三〕上鸥，今如〔四〕罝②中兔。

性命由他人，悲辛但狂顾③。

山鬼独一脚，蝮蛇长如树。

呼号傍孤城，岁月谁与度？

从来御魑魅，多为〔五〕才名误。

夫子嵇阮流，更被〔六〕时俗恶。

海隅微小吏，眼暗发垂素④。

黄帽映〔七〕青袍，非供折腰⑤具。

平生一杯酒，见我故人遇。

相望无所成，乾坤莽回互。

〔一〕郑十八司户：虔。　〔二〕三江：一云江海。　〔三〕水：一作江，晋作天。　〔四〕如：樊作为。　〔五〕为：一作被。〔六〕被：晋作遭。　〔七〕黄帽映：一云鸠杖近。

① 郑十八司户：郑十八，即郑虔（691—759），字趋庭，又字若齐（一字弱齐、若斋），河南荥阳荥泽人。② 罝（jū）：网。③ 狂顾：惊慌失措。④ 垂素：白发散乱。⑤ 折腰：屈身事人。

遣兴五首

蛰龙①三冬卧，老鹤万里心。

昔时贤俊人，未遇犹视今。

嵇康不得死〔一〕，孔明有知音。

又如垅底松，用舍在所寻。

大哉霜雪干②，岁久为枯林。

〔一〕不得死：一云且不死。

① 蛰龙：比喻隐匿的志士。② 霜雪干：经霜历雪的枝干，喻指栋梁之材。

昔者〔一〕庞德公①，未曾入州府。
襄阳耆旧②间，处士节独〔二〕苦。
岂无济时策〔三〕？终竟畏罗罟〔四〕③。
林茂鸟有归，水深鱼知聚。
举家依〔五〕鹿门，刘表焉得取？

〔一〕昔者：一作在昔。　〔二〕独：一作犹。　〔三〕策：一作术。　〔四〕一作终岁畏罪罟。　〔五〕依：一作隐。

① 庞德公：东汉末年著名隐士，襄阳人。② 耆（qí）旧：年高望重的人。③ 罗罟：罗网。

我今日夜忧，诸弟各异方。
不知死与生，何况道路长！
避寇①一分散，饥寒永相望。
岂无柴门归〔一〕？欲出畏虎狼。
仰看云中雁，禽鸟亦有行。

〔一〕归：一作扫。

① 避寇：此指避安史之乱。

蓬生非无根，漂荡随高风。
天寒落万里，不复归本丛。
客子①念故宅，三年门巷空。
怅望但烽火，戎车②满关东。
生涯能几何？常在羁旅中。

①客子：客居他乡的人，这里是杜甫自称。②戎车：兵车。

昔在洛阳时，亲友相追攀①。
送客东郊道，遨游宿南山。
烟尘阻长河，树羽成皋②间。
回首载酒地，岂无一日还？
丈夫贵壮健，惨戚非朱颜。

①追攀：追随攀援，此指亲友间的交往频繁。②成皋，关名，在今河南荥阳。

遣兴五首

朔风①飘胡雁，惨淡带沙砾。
长林何萧萧，秋草萋更碧。
北里②富薰天，高楼夜吹笛。
焉知南邻客，九月犹絺绤③？

①朔风：北风，寒风。②北里：即康平里，长安城街坊名。③絺绤（chī xì）：葛布的统称。

长陵①锐头儿，出猎待明发。
骍〔一〕弓②金爪镝，白马蹴③微雪。
未知所驰逐，但见暮光灭。
归来悬两狼，门户有旌节。

〔一〕骍：一作觲。

① 长陵：汉高祖陵墓名，在陕西咸阳东北。② 驿弓：调和良好的弓。③ 蹑：踩，踏。

漆有用而割，膏①以明自煎。
兰摧白露下，桂折秋风前。
府中罗②旧尹，沙道③尚依然。
赫赫萧京兆④，今为时所怜。

① 膏：油脂，可照明。② 罗：罗致。③ 沙道：唐代专为宰相通行车马所铺筑的沙面道路，亦称沙堤。④ 萧京兆：萧炅，因依附李林甫于天宝二年（743）任京兆尹，后为杨国忠所黜，贬汝阴太守。

猛虎凭其威，往往遭急缚①。
雷吼徒咆哮，枝撑已在脚。
忽看皮寝处，无复睛闪烁。
人有甚于斯，足以劝〔一〕元恶②。

〔一〕劝：一作戒。

① 急缚：紧紧捆缚。② 元恶：首恶。

朝逢富家葬，前后皆〔一〕辉光。
共指亲戚大，缌麻①百夫行。
送者各有死，不须羡其强。
君看束练〔二〕②去，亦得归山冈。

〔一〕皆：一作见。　〔二〕练：一作缚。

① 缌（sī）麻：古代丧服名。缌，细麻布。② 束练：指裹束而葬。

遣兴五首

天用莫如龙,有时系扶桑。
顿辔①海徒涌,神人身更长。
性命苟不存,英雄徒自强。
吞声勿复道,真宰意茫茫。

① 顿辔:停车。

地用莫如马,无良复谁记?
此日千里鸣,追风可君意。
君看渥洼种,态与驽骀①异。
不杂〔一〕蹄啮间②,逍遥有能事。

〔一〕杂:一作在。

① 驽骀(nú tái):劣马。② 蹄啮间:互相踢咬的马群。

陶潜避俗翁,未必能达道。
观其著诗集,颇亦憾枯槁。
达生岂是足?默识盖不早。
有子贤与愚,何其挂怀抱?

贺公①雅吴语,在位常清狂。
上疏乞骸骨,黄冠②归故乡。
爽气③不可致,斯人今则亡。
山阴一茅宇,江〔一〕海日凄凉。

〔一〕江:一作淮。

① 贺公：贺知章（659—744），字季真，会稽永兴（今浙江萧山）人，唐代诗人。② 黄冠：道士之冠，借指道士。③ 爽气：豪迈的气概。

吾怜孟浩然，裋褐^①即长夜。
赋诗何必多？往往凌鲍谢^②。
清江^③空旧鱼〔一〕，春雨余甘蔗。
每望东南云，令人几悲咤！

〔一〕空旧鱼：一作旧鱼美，一作旧美鱼。

① 裋褐（shù hè）：指粗陋布衣。② 鲍谢：指南朝著名诗人鲍照、谢灵运。③ 清江：指汉江。

前出塞九首〔一〕

戚戚^①去故里，悠悠赴交河。
公家^②有程期，亡命婴^③祸罗。
君已富土境，开边一何多！
弃绝父母恩，吞声行负戈。

〔一〕国藩按：钱笺谓《前出塞》为征秦陇之兵赴交河而作，刺主上穷兵开边。其说近是。谓《后出塞》为征东都之兵赴蓟门而作，讥禄山逆节已萌，而人主不悟。其说尚有未当。两诗皆公在秦州追忆前事而作。《前出塞》追咎天宝间征兵开边，《后出塞》追咎至德间征兵赴蓟以讨安史。观"坐见幽州骑"二句，则所忆者乃安史已破两京以后之事，非忆未乱以前之事也。

① 戚戚：忧伤的样子。② 公家：指朝廷或官府。③ 婴：触犯。

出门日已远，不受徒旅欺。
骨肉恩岂断，男儿死无时①。
走马脱辔头，手中挑青丝。
捷下万仞〔一〕冈，俯身试搴②旗。

〔一〕仞：一作丈。

① 死无时：时时都有死的可能。② 搴：拔取，从马上俯下身去练习拔旗。

磨刀鸣咽水①，水赤刃伤手。
欲轻肠断声，心绪乱已久。
丈夫②誓许国，愤惋复何有？
功名图麒麟③，战骨当速朽。

① 鸣咽水：指陇头水。语出《陇头歌辞》其三："陇头流水，鸣声幽咽。遥望秦川，心肝断绝。"② 丈夫：指成年男子。《谷梁传·文公十二年》："男子二十而冠，冠而列丈夫。"③ 麒麟：即麒麟阁，汉武帝所建，图功臣像于阁上。

送徒既有长，远戍亦有身。
生死向前去，不劳吏怒瞋。
路逢相识人，附书①与六亲。
哀哉两决绝，不复同〔一〕苦辛！

〔一〕同：一作问。

① 附书：捎信，寄信。

迢迢万余里，领我赴三军。
军中异苦乐，主将宁尽闻？

隔河见胡骑,倏忽①数百群。
我始为奴仆,几时树②功勋?

① 倏忽:一会儿工夫。② 树:建立。

挽弓当挽强,用箭当用长。
射人先射马,擒贼先擒王。
杀人亦有限,列〔一〕国自有疆。
苟能制侵陵,岂在多杀伤?

〔一〕列:一作立。

驱马天雨雪①,军行入高山。
径危抱寒石,指落曾②冰间。
已去汉月远,何时筑城还?
浮云暮南征,可望不可攀。

① 雨雪:下雪。

单于寇我垒,百里风尘昏。
雄剑四五动,彼军为我奔①。
虏其名王归,系颈授辕门②。
潜身备行列,一胜何足论!

① 奔:奔北,此指打了败仗。② 辕门:领兵将帅的营门。

从军十年余,能无分寸功①?
众人贵苟得,欲语羞雷同。
中原有斗争,况在狄与戎!

丈夫四方志，安可辞固[一]穷？

[一] 固：一作困。

① 分寸功：形容功绩小，此是谦虚的说法。

后出塞五首

男儿生世间，及壮当封侯。
战伐有功业，焉能守旧丘①？
召募赴蓟门，军动不可留。
千金买马鞭[一]，百金装刀头。
闾里②送我行，亲戚拥道周。
斑白居上列，酒酣进庶羞③。
少年别有赠，含笑看吴钩。

[一] 鞭：一作鞍。

① 旧丘：指故乡，故居。② 闾里：平民聚居的地方，借指乡邻。③ 庶羞：指多种多样的美味。

朝进东门营[一]，暮上河阳桥。
落日照大旗，马鸣风萧萧。
平沙列万幕，部伍各见招。
中天悬明月，令严夜寂寥。
悲笳①数声动，壮士惨不骄。
借问大将谁？恐是霍嫖姚②。

[一] 营：一作营门。

① 悲笳：悲凉的笳声。笳，古代军中号角，声音悲壮。② 霍嫖姚：即霍去病。《史记·卫将军骠骑列传》："霍去病善骑射，再从大将军，受诏与壮士，为嫖姚校尉。"

古人重守边，今人〔一〕重高勋。
岂知英雄主？出师亘①长云。
六合②已一家，四夷且孤军。
遂使貔③虎士，奋身勇所闻。
拔剑击大荒，日收胡马群。
誓开玄冥北，持以奉吾君。

〔一〕人：一作日。

① 亘：连绵。② 六合：天地四方。③ 貔（pí）：即貔貅，一种猛兽，此比喻战士。

献凯日继踵，两蕃静无虞。
渔阳豪侠地，击鼓吹笙竽。
云帆转辽海，粳稻①来东吴。
越罗与楚练，照耀舆台躯。
主将位益崇，气骄凌②上都。
边人不敢议，议者死路衢。

① 粳稻：稻子的一种，谷粒短而粗。② 凌：凌犯。

我本良家子，出师亦多门。
将骄益愁思，身贵不足论。
跃马二十年，恐辜明主恩。
坐见幽州骑，长驱河洛昏。

中夜间道①归,故里但空村。
恶名幸脱免,穷老无儿孙。

① 间(jiàn)道:抄小路。

别赞上人

百川日东流,客去亦不息。
我生苦〔一〕漂荡,何时有终极?
赞公释门老,放逐来上国。
还为世尘婴①,颇带憔悴色。
杨枝晨在手,豆子雨已熟。
是身如浮云,安可限南北?
异县逢旧友〔二〕,初欣写胸臆。
天长关塞寒〔三〕,岁暮饥冻〔四〕逼。
野风吹征衣,欲别向曛〔五〕黑②。
马嘶〔六〕思故枥③,归鸟尽敛翼。
古来聚散地,宿昔长荆棘。
相看俱衰年,出处各努力。

〔一〕苦:一作若。 〔二〕友:一作交。 〔三〕寒:一作远。 〔四〕冻:一作寒。 〔五〕曛:一作昏。 〔六〕嘶:一作鸣。

① 婴:缠绕,束缚。② 曛黑:黄昏之时。③ 枥:马槽。

万丈潭[一]

青溪合[二]冥漠，神物有显晦。
龙依积水蟠，窟压万丈内。
跼步①凌垠堮②，侧身下烟霭。
前临洪涛宽，却立苍石大。
山危一径尽，崖绝两壁对。
削成根虚无，倒影垂澹濊[三]③。
黑④如[四]湾澴⑤底，清见光炯碎。
孤云[五]倒来深，飞鸟不在外⑥。
高罗成帷[六]幄，寒木累旌旆。
远川曲通流，嵌窦潜泄濑。
造幽无人境，发兴自我辈。
告归⑦遗恨多，将老斯游最⑧。
闭藏修鳞蛰，出入巨石[七]碍。
何事[八]暑天过？怪意风雨[九]会。

〔一〕同谷县作。按，此下皆由秦州赴同谷，旋赴剑南及居蜀以后之诗。 〔二〕合：赵鸿刻作含。 〔三〕濊：赵作渒。 〔四〕如：陈作为，黄作知。 〔五〕云：《方舆》作峰。 〔六〕帷：一作帐。 〔七〕石：赵作爪。 〔八〕事：赵作当。暑：一作炎。 〔九〕雨：一作云。

① 跼（jú）步：小步。② 垠堮（è）：悬崖岸，边际。③ 澹濊（dàn duì）：荡漾，形容物影在水中晃动。④ 黑：潭深不见底。⑤ 澴（huán）：旋涡。⑥ 不在外：形容潭宽广，飞鸟远去，还能看到倒影。⑦ 告归：指辞官。⑧ 最：指最惬意（游览）。

两当县吴十侍御江上宅

寒城朝烟澹,山谷落叶赤。
阴风千里来,吹汝江上宅。
鹍鸡①号枉渚,日色傍阡陌。
借问持斧翁,几年长沙客②?
哀哀失木狖③,矫矫避弓翮。
亦知故乡乐,未敢思宿昔。
昔在凤翔都,共通金闺〔一〕籍。
天子犹蒙尘,东郊暗长戟。
兵家忌间谍,此辈常接迹。
台中领举劾,君必慎剖析。
不忍杀无辜,所以分白黑。
上官权许与,失意见迁斥〔二〕。
仲尼甘旅人,向子④识损益。
朝廷非不知,闭口休叹息〔三〕。
余时忝诤臣,丹陛实咫尺。
相看受狼狈,至死难塞责。
行迈心多违,出门无与适。
于公负明义,惆怅头更白。

〔一〕闺:一作门。 〔二〕吴君因论贼谍宜分别真伪,酌予原宥,而见黜。叙事雅洁,极不易学。 〔三〕樊本,"仲尼"一联在"朝廷"一联下。

① 鹍鸡:一种鸟,似鹤,黄白色。② 长沙客:即贾谊。贾谊因遭权贵排挤,贬长沙王太傅。吴郁因事被贬,故以贾谊为喻。③ 狖(yòu):长尾猿猴。④ 向子:指向长,字子平,东汉时隐士。

发秦州[一]

我衰更懒拙,生事①不自谋。
无食问乐土,无衣思南州②。
汉源十月交,天气凉如秋。
草木未黄落,况闻山水[二]幽。
栗亭名更佳,下有良田畴。
充肠多薯蓣③,崖蜜④亦易求。
密竹复冬笋,清池可方舟。
虽伤[三]旅寓远,庶遂平生游。
此邦俯要冲,实恐人事稠。
应接非本性,登临未销忧。
溪谷无异石,塞田始微收⑤。
岂复慰老夫[四],惘[五]然难久留。
日色隐孤戍,乌啼满城头。
中宵⑥驱车去,饮马寒塘流。
磊落星月高,苍茫云雾浮。
大哉乾坤内,吾道长悠悠。

[一]乾元二年自秦州赴同谷县纪行十二首。 [二]水:一作东。 [三]伤:一作云。 [四]夫:一作大。 [五]惘:一作炯。

① 生事:下文所言衣食之事。②"无衣"句:指南州气候温暖,故有此说。南州,南方,此指同谷,在秦州南。③ 薯蓣(yù):山药。④ 崖蜜:蜂蜜。⑤ 微收:收成极少。⑥ 中宵:半夜。

赤谷

天寒霜雪繁,游子有所之。
岂但岁月暮?重来未有期。
晨发赤谷亭,险艰方自兹。
乱石无改辙,我车已载脂①。
山深苦多风,落日童稚饥。
悄然村墟②迥③,烟火何由追?
贫病转零落〔一〕,故乡不可思。
常恐死道路,永为高人嗤。

〔一〕零落:一云飘零。

① 载脂:在车轴上涂抹油脂,寓意启程。② 村墟:村落。
③ 迥:遥远。

铁堂峡

山风吹游子,缥渺乘①险绝。
硗形藏堂隍②,壁色立积〔一〕铁。
径摩③穿苍蟠,石与厚地裂。
修纤无垠〔二〕竹,嵌空〔三〕太始雪。
威迟④哀壑底,徒旅惨不悦〔四〕。
水寒长冰横,我马骨正折。
生涯抵弧矢,盗贼殊未灭。
飘蓬逾三年,回首肝肺热。

〔一〕积：荆作精。　〔二〕垠：一作限。　〔三〕空：一作孔。　〔四〕一作徒怀松柏悦。

① 乘：攀登。② 堂隍：广大的殿堂。③ 摩：接近。④ 威迟：迂回曲折。

盐井

卤中草木白，青者官盐烟。
官作既有程①，煮盐烟在川。
汲井岁榾榾〔一〕②，出车日连连。
自公斗三百，转致斛六千。
君子慎止足，小人苦喧阗③。
我何良叹嗟？物理固自然〔二〕。

〔一〕榾榾：草堂本云当作搰搰。　〔二〕固自然：一云亦固然。

① 程：程限。② 榾（gǔ）榾：用力的样子。③ 喧阗（tián）：喧哗，热闹。

寒硖

行迈①日悄悄，山谷势多端。
云门转绝岸，积阻②霾天寒。
寒硖不可度，我实〔一〕衣裳单。

况当仲冬交,沜沿③增波澜。

野人寻烟语,行子傍水餐。

此生免荷殳,未敢辞路难。

〔一〕实:一作贫。

① 行迈:远行。② 积阻:形容山峦连绵阻隔。③ 沜沿:盘旋。

法镜寺

身危适他州,勉强终劳苦。

神伤山行深,愁破崖寺古。

婵娟碧鲜净,萧摋①寒箨②聚。

回回山根水〔一〕,冉冉松上雨。

泄云③蒙清晨,初日翳④复吐。

朱甍⑤半光炯,户牖粲可数。

拄〔二〕策忘前期,出萝已亭午⑥。

冥冥子规叫,微径不复〔三〕取⑦。

〔一〕回回:一作洄洄。山:一作石。 〔二〕拄:一作柱。
〔三〕复:一作敢。

① 萧摋(shè):凋零,零落。② 箨(tuò):竹笋上一片一片的皮。③ 泄云:飘散的云。④ 翳(yì):遮蔽。⑤ 朱甍:红色屋顶,此指寺宇。⑥ 亭午:正午。⑦ 不复取:不再探游。

青阳峡

塞外苦厌山，南行道〔一〕弥恶。
冈峦相经亘，云水气参错。
林迥峡角来，天窄〔二〕壁面削。
磎①西五里石，奋怒向我落。
仰看日车侧，俯恐坤轴弱。
魑魅②啸有〔三〕风，霜霰浩漠漠。
昨忆〔四〕逾陇坂，高秋视吴岳。
东笑莲华③卑，北知崆峒薄。
超然侔④壮观，已谓殷〔五〕寥廓。
突兀犹趁人，及兹叹冥寞。

〔一〕行道：一云登道。 〔二〕窄：一作穿。 〔三〕有：一作狂。 〔四〕昨忆：一作忆昨。 〔五〕殷：一作隐。
○末八句谓登陇坂时，气象寥廓，眼界已为之一旷矣；不意兹山又突兀趁人，信造物之冥寞难测也。

① 磎（xī）：山谷。② 魑魅（chī mèi）：古指害人的山泽神怪，后泛指坏人。③ 莲华：西岳华山。④ 侔：相等。

龙门镇

细泉及轻冰，沮洳①栈道湿。
不辞辛苦行，迫〔一〕此短景②急。
石门雪云隘〔二〕，古镇峰峦集。
旌竿暮惨淡，风水白刃涩。

胡马屯成皋，防虞③此何及？

嗟尔远戍人，山寒夜中泣。

〔一〕迫：一作追。　〔二〕雪云：一作云雷。隘：一作溢。

① 沮洳（jù rù）：低湿的地方。② 短景：指时日不长。景，日光。③ 防虞：防备不虞之患。

石龛

熊罴①咆我东，虎豹号我西。

我后鬼长啸，我前狨②又啼。

天寒昏无日，山远道路迷。

驱车石龛下，仲冬见虹霓。

伐竹〔一〕者谁子？悲歌上〔二〕云梯。

为官采美箭③，五岁供梁齐。

苦云直榦〔三〕④尽，无以充〔四〕提携⑤。

奈何渔阳骑，飒飒惊烝黎⑥。

〔一〕竹：一作木。　〔二〕上：一作抱。　〔三〕榦：一作笴。　〔四〕充：一作应。

① 熊罴（pí）：熊和罴，皆为猛兽。② 狨（róng）：古指金丝猴。③ 美箭：美竹。④ 直榦（gǎn）：笔直的小竹，用以作箭杆。⑤ 提携：可以供悬持的容器，此指箭囊。⑥ 烝黎：黎民百姓。

积草岭

连峰积长阴,白日递隐见。
飕飕林响交,惨惨石状变。
山分〔一〕积草岭,路异明水县。
旅泊吾道穷〔二〕,衰年岁时倦。
卜居尚百里,休驾投诸彦。
邑有佳主人,情如已会面。
来书语绝妙,远客惊深眷。
食蕨不愿余,茅茨眼中见。

〔一〕分:一作外。 〔二〕穷:一作东。

泥功山

朝行青泥上,暮在青泥中。
泥泞〔一〕非一时,版筑①劳人功。
不畏道途〔二〕永,乃将〔三〕汩没②同。
白马为铁骊③,小儿成老翁。
哀猿〔四〕透却坠,死鹿力所穷。
寄语北来人,后来莫匆匆。

〔一〕泞:一作阱。 〔二〕途:一作路。 〔三〕乃将:一云反将,一云及此。 〔四〕猿:一作猱。

① 版筑:泛指土木营造之事。② 汩没:埋没。③ 铁骊:黑色的马。

凤凰台〔一〕①

亭亭凤凰台,北对西康州。

西伯②今寂寞,凤声亦悠悠③。

山峻路绝踪,石林气高浮。

安得万丈梯?为君上上头。

恐有无母雏,饥寒日啾啾〔二〕。

我能剖心出〔三〕,饮啄慰孤愁。

心以当竹实④,炯然无〔四〕外求。

血以当醴泉,岂徒比清流?

所重王者瑞,敢辞微命休?

坐看彩翮长〔五〕,举〔六〕意八极周。

自天衔瑞图〔七〕,飞下十二楼。

图以奉〔八〕至尊,凤以垂鸿猷⑤。

再光中兴业,一洗苍生忧⑥。

深衷⑦正〔九〕为此,群盗何淹留?

〔一〕山峻不至高顶。 〔二〕啾啾:一云喁啾。 〔三〕心出:《方舆胜览》作心血。 〔四〕无:《方舆》作忘。 〔五〕长:一作举。 〔六〕举:一作纵。 〔七〕瑞图:一作图谶。 〔八〕奉:一作献。 〔九〕正:《方舆》作止。

① 凤凰台:古台名,在甘肃成县东南的凤凰山。② 西伯:周文王。③ "凤声"句:传说周文王在岐山,有凤来仪。④ 竹实:又称练实,即竹米,以其色白如玉,故称练实。⑤ 鸿猷:鸿业,大业。⑥ "一洗"句:指平定安史之乱,国家安宁,百姓的忧苦去掉。⑦ 深衷:内心(想法)。

发同谷县〔一〕

贤有不黔突，圣有不暖席①。
况我饥愚人〔二〕，焉能尚安宅？
始来兹山中，休驾喜〔三〕地僻。
奈何迫物累，一岁四行役〔四〕。
忡忡去绝境，杳杳更远适②。
停骖龙潭云，回首白〔五〕崖石。
临歧③别数子，握手泪再滴。
交情无旧深〔六〕，穷老多惨戚④。
平生懒拙意，偶值栖遁迹。
去住与愿违，仰惭林间翮。

〔一〕乾元二年十二月一日自陇右赴剑南纪行。　〔二〕人：一作夫。　〔三〕喜：一作嘉。　〔四〕夏发华州，冬离秦州，十二月发同谷。　〔五〕白：一作虎。　〔六〕一作虽无旧深知，一作虽旧情深知。

①"贤有"句：意为圣贤也不能安居。贤，指墨翟；圣，指孔丘；黔，黑；突，烟囱；不暖席，席未坐暖，形容历时短暂。②适：往，到。③临歧：本义为面临歧路，后表示赠别。④惨戚：悲伤凄切。

木皮岭

首路栗亭西，尚想凤凰村。
季冬携童〔一〕稚，辛苦赴蜀门。
南登木皮岭，艰险不易论。
汗流被我体，祁寒为之暄。

远岫①争辅佐，千岩自崩奔。
始知五岳外，别有他山尊〔二〕。
仰干〔三〕②塞大明，俯入裂厚坤。
再闻虎豹斗，屡蹢风水昏。
高有废阁道③，摧折如短〔四〕辕。
下有冬青林，石上走长根。
西崖特秀发，焕若灵芝繁。
润聚金碧气，清无沙土痕。
忆观昆仑图〔五〕，目击元圃存。
对此欲何适？默伤垂老魂。

〔一〕童：一作幼。　〔二〕别：一作更。有：一作见。
〔三〕干：一作看。　〔四〕短：一作断。　〔五〕图：一作墟。

①远岫：远处的山峰。②干：冲犯，冒犯。③阁道：栈道。

白沙渡

畏途随长江，渡口欲绝岸。
差池①上舟楫，杳窱②入云汉。
天寒荒野外，日暮中流半。
我马向北嘶，山猿饮相唤。
水清石磊磊，沙白滩漫漫。
迥〔一〕然洗愁辛，多病一疏散。
高壁抵欹崟〔二〕③，洪涛越凌乱。
临风独回首，揽辔④复三叹。

〔一〕迥：一作翛。　〔二〕崟：一作岑。

①差池：不齐的样子。②杳窕：渺远，深邃。③嵚岑（qīn yín）：高大，险峻。④揽辔：挽住马缰。

水会渡〔一〕

山行有常程，中夜尚未安。
微月没已久，崖倾路何难！
大江动〔二〕我前，汹若溟渤①宽。
篙师②暗理楫③，歌笑轻波澜。
霜浓木石滑，风急〔三〕手足寒。
入舟已千忧，陟巘仍万盘。
回眺积水〔四〕外，始知众星干。
远游令人瘦，衰疾惭加餐。

〔一〕一云水回渡。　〔二〕动：一作当。　〔三〕急：一作烈，一作冽。　〔四〕水：一作石。

①溟渤：溟海和渤海，泛指大海。②篙师：熟练的撑船手。③理楫：即举桨行舟。理，治。

飞仙阁

土门山〔一〕行窄，微径缘秋毫〔二〕。
栈云阑干峻，梯石结构牢。
万壑欹疏林〔三〕，积阴带奔涛。
寒日外淡泊，长风中怒号。

歇鞍在地底,始觉所历高。

往来杂坐卧,人马同疲劳。

浮生有定分,饥饱岂可逃?

叹息谓妻子,我何随汝[四]曹?

〔一〕土:一作出。　〔二〕一云径微上秋毫。　〔三〕林:一作竹。　〔四〕汝:一作尔。

五盘

五盘虽云险,山色佳有余。

仰凌栈道[一]细,俯映江木疏。

地僻无网罟,水清反多鱼。

好鸟不妄飞,野人半巢居。

喜见淳朴俗,坦然心神舒。

东郊尚格斗,巨猾何时除?

故乡有弟妹,流落随丘墟。

成都万事好[二],岂若归吾庐?

〔一〕道:一作阁。　〔二〕好:一作在。

龙门阁

清江下龙门,绝壁无尺土。

长风驾高[一]浪,浩浩自太古。

危途中萦盘[二],仰望垂线缕。

滑石欹谁凿?浮梁袅相挂。

目眩陨杂花,头风吹过雨〔三〕。

百年不敢料,一坠那得取?

饱闻〔四〕经瞿塘,足见度大庾①。

终身历艰险,恐惧从此数。

〔一〕高:一作白。 〔二〕中萦盘:一作萦盘道。 〔三〕吹过雨:一云过飞雨。 〔四〕闻:一作知。

① 大庾:大庾岭,今江西、广东交界处。

石柜阁

季冬〔一〕日已长,山晚半天赤。

蜀道多早花,江间饶奇石。

石柜曾波上,临墟荡高壁。

清晖回群鸥,暝色带远客。

羁栖负幽意,感叹向绝迹。

信甘孱懦①婴,不独冻馁迫。

优游谢康乐②,放浪陶彭泽③。

吾衰未自安〔二〕,谢尔性所〔三〕适。

〔一〕季冬:一作冬季。 〔二〕安:一作由。 〔三〕所:一作有。

① 孱懦:孱弱。② 谢康乐:即谢灵运,曾袭封康乐公,故称。③ 陶彭泽:东晋陶渊明,曾被封彭泽令,故称。

桔柏渡

清冥①寒江渡，驾竹为长桥。
竿湿烟〔一〕漠漠，江永〔二〕风萧萧。
连筰②动嫋娜，征衣飒飘飘。
急流鸧鹢散，绝岸鼋鼍③骄。
西辕自兹异，东逝不可要。
高通荆门路，阔会沧海潮。
孤光隐顾眄，游子怅寂寥。
无以洗心胸，前登④但山椒。

〔一〕竿湿烟：一云竹竿湿。　〔二〕永：一作水。

① 清冥：清澄而深远，常用来形容天空。② 连筰（zé）：竹桥。两岸连结竹索，上铺竹木而成。③ 鼋鼍（yuán tuó）：大鳖和扬子鳄（猪婆龙）。④ 前登：前路。

剑门

惟天有设险，剑门〔一〕天下壮。
连山抱西南，石角皆北向。
两崖崇墉①倚，刻画城郭状。
一夫怒临关〔二〕，百万未可傍〔三〕。
珠玉〔四〕走中原，岷峨气悽怆②。
三皇五帝前，鸡犬各相〔五〕放③。
后王尚柔远，职贡④道已丧。
至今英雄人，高视见霸王。

并吞与割据,极力不相让。

吾将罪真宰,意欲铲叠嶂。

恐此复偶然,临风默[六]惆怅。

〔一〕门:一作阁。 〔二〕关:一作门。 〔三〕傍:一作仰。 〔四〕珠玉:陈作玉帛。 〔五〕相:一作自。 〔六〕默:一作黯。

① 崇墉(yōng):高墙,高城。② 凄怆:悲伤,悲凉。③ "鸡犬"句:指上古时期民风淳朴,安居乐业。④ 职贡:古代对朝廷按时的贡纳。

鹿头山

鹿头何亭亭①,是日慰饥渴。

连山西南断,俯见千里豁。

游子出京华,剑门不可越。

及兹险阻尽,始喜原野阔。

殊方昔三分,霸气曾间发。

天下今一家,云端失双阙。

悠然想扬马,继起名硊兀②。

有文[一]令人伤,何处埋尔骨?

纡余脂膏地,惨澹豪侠窟。

伏钺③非老臣,宣风岂专达?

冀公④柱石姿,论道邦国活。

斯人亦何幸?公⑤镇逾岁月[二]。

〔一〕文:一作才。 〔二〕仆射裴冀公冕。 ○国藩按,登鹿头山，则成都沃野千里，如在目前，故云"始喜原野阔"、"俯见千里豁"。

① 亭亭：高耸的样子。② 碑兀（lù wū）：高耸，突出。③ 伏钺：被处死。钺，古代兵器。④ 冀公：裴冕，以平叛有功，封冀国公，加御史大夫、成都尹，充剑南节度使。⑤ 公：指裴冕。

成都府

翳翳①桑榆②日，照我征衣裳。
我行山川异，忽在天一方。
但逢新人民③，未卜见故乡。
大江东流去〔一〕，游子去日〔二〕长。
曾城④填华屋，季冬树木苍。
喧然名都会，吹箫间〔三〕笙簧。
信美无与适，侧身望川梁⑤。
鸟雀夜各归，中原杳茫茫。
初月⑥出不高，众星尚争光。
自古有羁旅，我何苦哀伤？

〔一〕东流去：一作从东来。　〔二〕去日：一作日月。
〔三〕间：一作奏。

① 翳翳：晦暗不明的样子。② 桑榆：日暮。③ 新人民：此指没见过的人。④ 曾城：此指成都。⑤ 川梁：河桥。⑥ 初月：月亮初升。

赠蜀僧闾丘师兄〔一〕

大师铜梁秀，籍籍①名家孙。
呜呼先博士，炳灵精气奔。
惟〔二〕昔武皇后，临轩御乾坤。
多士尽儒冠，墨客蔼云屯。
当时上紫殿，不独卿相尊。
世传闾丘笔②，峻极逾〔三〕昆仑。
凤藏丹霄暮〔四〕，龙去〔五〕白水浑。
青荧雪岭东，碑碣③旧制存。
斯文散都邑，高价越玙璠④。
晚看作者意，妙绝与谁论？
吾祖诗冠古，同年蒙主恩。
豫章夹日月，岁久空深根。
小子思疏阔，岂能达词门？
穷愁〔六〕一挥泪，相遇即诸昆。
我住锦官城，兄居祇树园⑤。
地近慰旅愁，往来当丘樊⑥。
天涯歇滞雨，粳稻卧不翻。
漂然薄游倦，始与道侣敦〔七〕。
景晏步修廊，而无车马喧。
夜阑接软语〔八〕，落月如金盆。
漠漠世界黑〔九〕，驱驱争夺繁。
惟有摩尼珠，可照浊水源。

〔一〕太常博士均之孙。 〔二〕惟：一云往。 〔三〕逾：樊作侔。 〔四〕暮：一作穴。 〔五〕去：一作出。 〔六〕愁：一作秋。 〔七〕始：晋作如。侣：一作旅。 〔八〕一作夜言词常软。 〔九〕黑：一作空。 ○"呜呼先博士"以下十六句，均咏间丘均。"晚看作者"二句,指僧也。"不独卿相尊"者,谓主上亦重之也。

① 籍籍:形容名声盛大。② 间丘笔:间丘均以散文创作著称,故称间丘笔。③ 碑碣:碑刻的统称。④ 玙璠(yú fán):美玉。⑤ 祇树园:佛教圣地,此指寺庙。⑥ 丘樊:土丘和藩篱,泛指乡野。

泛溪

落景①下高堂,进舟泛回溪。
谁谓筑居小?未尽乔木西。
远郊信荒僻,秋色有余凄。
练练②峰上雪,纤纤云表霓。
童戏左右岸〔一〕,罟弋③毕提携。
翻倒荷芰乱,指挥径路迷。
得鱼已割鳞,采藕不洗泥。
人情逐鲜美,物贱事已〔二〕暌。
吾村霭暝姿,异舍鸡亦栖。
萧条欲何适?出处庶可齐。
衣上见新月,霜中登故畦。
浊醪④初自熟,东城多鼓鼙。

〔一〕一云儿童戏左右。 〔二〕已:一云迹。

① 落景:夕阳。② 练练:洁白的样子。③ 罟弋:捕鱼捉鸟的工具。④ 浊醪(láo):浊酒。

病柏

有柏生崇冈，童童①状车〔一〕盖。
偃蹙龙虎姿，主当风云会。
神明依正直，故老多再拜。
岂知千年根，中路颜色坏。
出非不得地，蟠据亦高大。
岁寒忽无凭〔二〕，日夜柯叶改〔三〕。
丹凤领九雏，哀鸣翔其外。
鸱鸮志意满，养子穿穴〔四〕内。
客从何乡来？伫立久吁怪②。
静求元精〔五〕理，浩荡难倚赖。

〔一〕车：一作青。 〔二〕凭：一作用。 〔三〕改：一云碎。 〔四〕穴：一云窟。 〔五〕元精：一云无根。

① 童童：形容茂盛。② 吁怪：惊讶，惊异。

病橘

群〔一〕橘少生意，虽多亦奚为？
惜哉结实小〔二〕，酸涩如棠梨。
剖〔三〕之尽蠹虫，采掇①爽②其〔四〕宜。
纷然不适口，岂只存其皮？
萧萧半死叶，未忍〔五〕别故枝。
元冬③霜雪积，况乃回风吹！
尝闻蓬莱殿，罗列潇湘姿。

此物岁不稔，玉食失〔六〕光辉。
寇盗尚凭陵，当君减膳④时。
汝病是天意，吾谂〔七〕⑤罪有司。
忆昔南〔八〕海使，奔腾献荔支。
百马死山谷，到今耆旧悲！

〔一〕群：一作伊。　〔二〕小：一作少。　〔三〕剖：一作割。　〔四〕其：一作所。　〔五〕未忍：一作匆匆。〔六〕失：一作少。　〔七〕谂：一作愁。　〔八〕南：一作闻。

① 采掇：拾取，摘取。② 爽：失。③ 元冬：即玄冬，冬天，冬季。④ 减膳：封建时代，皇帝在发生天灾或天象变异时吃素或减少肴馔，以示自责。⑤ 谂（shěn）：知道。

枯棕

蜀门多棕〔一〕榈，高者十八九。
其皮割剥甚，虽众亦易朽。
徒布〔二〕如云叶，青黄岁寒后。
交横集斧斤，凋丧先蒲柳。
伤时苦军乏，一物官尽取。
嗟尔江汉人，生成复何有？
有同枯棕木，使我沉叹久。
死者即已休，生者何〔三〕自守？
啾啾黄雀啅①，侧见寒蓬走。
念尔形影干〔四〕，摧残没藜莠②。

〔一〕棕：一作栟。　〔二〕布：一作有。　〔三〕何：一作能。　〔四〕形影干：一作枯形影。

① 啅（zhào）：聒噪。② 藜莠：泛指野草。藜，鹤顶草；莠，狗尾草。

枯楠

楩楠①枯峥嵘，乡党皆莫记。
不知几百岁，惨惨无生意。
上枝摩皇〔一〕天，下根蟠厚地。
巨围雷霆坼，万孔虫蚁萃。
冻雨落流胶，冲风夺佳气。
白鹄遂不来，天鸡为愁思。
犹含栋梁具，无复霄汉〔二〕②志。
良工③古昔少，识者出涕泪。
种榆水中央，长成何容易？
截承金露盘，袅袅不自畏。

〔一〕皇：一作苍。　〔二〕霄汉：一作云霄。

① 楩楠（pián nán）：黄楩木与楠木，都是大木。② 霄汉：天空，后比喻遥远，高远。③ 良工：古代对技艺高超的人的泛称。

大雨

西蜀冬不雪，春农尚嗷嗷。
上天回哀眷，朱〔一〕夏①云郁陶②。

执热乃沸鼎,纤绤③成缊袍④。
风雷飒万里,霈泽⑤施蓬蒿。
敢辞茅苇漏?已喜黍豆高。
三日无行人,二〔二〕江声怒号。
流恶邑里清,矧兹远江皋。
荒庭步鹳鹤,隐几望波涛。
沉疴⑥聚药饵,顿忘所进劳。
则知润物功,可以贷⑦不毛。
阴色静垅亩,劝耕自官曹。
四邻耒耜⑧出〔三〕,何必吾家操?

〔一〕朱:一作清。 〔二〕二:一作大。 〔三〕耒耜出:一作出耒耜。

① 朱夏:《尔雅·释天》中有"夏为朱明",后遂以"朱夏"称夏季。② 郁陶:凝聚的样子。③ 纤绤:细葛布衣。④ 缊袍:用乱麻做絮的袍子,古代一般为贫者所穿。⑤ 霈泽:指雨水。⑥ 沉疴:指久治不愈的病。⑦ 贷:施予。⑧ 耒耜(lěi sì):古代耕地翻土的农具,后演变为农具的总称。

溪涨

当时浣花桥,溪水才尺余。
白石〔一〕明可把,水中有行车。
秋夏忽泛溢,岂惟〔二〕入吾庐?
蛟龙亦狼狈,况是鳖与鱼。
兹晨已半落,归路跬步①疏。
马嘶未敢动,前有深填淤。

青青屋东麻,散乱床上书。
不意〔三〕远山雨,夜来复何如?
我游都市间,晚憩必村墟。
乃知久行客,终日思其居。
〔一〕石:一作日。 〔二〕惟:一作伊。 〔三〕意:一作知。

① 跬步:举步,迈步。

戏赠友二首

元年建巳月①,郎有焦校书。
自夸足膂力②,能骑生马驹。
一朝被马踏,唇裂板齿③无。
壮心不肯已,欲得东擒胡!

① 建巳:即农历四月。建,北斗斗柄所指方位。② 膂(lǚ)力:体力。③ 板齿:指门牙。

元年建巳月,官有王司直。
马惊折左臂,骨折面如墨。
驽骀①漫深泥〔一〕,何不避雨色?
劝君休叹憾,未必不为福。
〔一〕漫:一作慢。深:陈浩然本作染。

① 驽骀:指劣马。

遭①田父泥饮②美严中丞

步屦③随春风,村村自花柳。
田翁逼社日,邀我尝春酒。
酒酣夸新尹,畜眼未见有。
回头指大男,渠是弓弩手。
名在飞骑籍,长番④岁时久。
前日放营农,辛苦救衰朽。
差科死则已,誓不举家走。
今年大作社,拾遗⑤能住否?
叫妇开大瓶,盆中为吾取。
感此气扬扬,须知风化首。
语多虽杂乱,说尹终在口。
朝来偶然出,自卯将及酉。
久客惜人情,如何拒邻叟?
高声索果栗,欲起时被肘。
指挥过无礼,未觉村野丑。
月出遮我留,仍瞋问升斗。

①遭:指不期而遇。②泥(nì)饮:缠着对方喝酒。③步屦:行走,漫步。④长番:即长时间服役。⑤拾遗:指杜甫。杜甫曾任左拾遗。

喜雨

春旱天地昏,日色赤如血。
农事都已〔一〕休,兵戈况骚屑①。

巴人困军须,恸哭厚土热。

沧江夜来雨,真宰罪一雪。

谷根小〔二〕苏息②,沴气③终不灭。

何由见宁岁?解我忧思结。

峥嵘群〔三〕山云,交会未断绝。

安得鞭雷公?滂沱洗吴越〔四〕。

〔一〕已:樊作未。　〔二〕小:一作少。　〔三〕群:一作东。　〔四〕时闻浙右多盗贼。

① 骚屑:扰乱,动乱。② 苏息:复活,苏醒。③ 沴(lì)气:灾害不祥之气。

述古三首

赤骥顿长缨,非无万里姿。

悲鸣泪至地,为问驭者谁?

凤凰从东〔一〕来,何意复高飞?

竹花不结实,念子忍朝饥。

古时君臣合,可以物理推。

贤人识定分,进退固其宜〔二〕。

〔一〕东:一作天。　〔二〕退:一作用。固:一作因。

市人①日中集,于利竞锥刀②。

置膏烈火上,哀哀自煎熬。

农人望岁稔,相率除蓬蒿。

所务谷〔一〕为本,邪赢无乃劳。

舜举③十六相，身尊道何高！
秦时任商鞅，法令如牛毛。
〔一〕谷：一作农。

① 市人：商人。② 锥刀：追逐微利。③ 举：推选，推荐。

汉光①得天下，祚永固有开。
岂惟高祖圣？功自萧曹②来。
经纶中兴业，何代无长才？
吾慕寇邓勋③，济时信良哉！
耿贾④亦宗臣，羽翼共徘徊。
休运终四百，图画在云台。

① 汉光：东汉光武帝刘秀。② 萧曹：萧何和曹参。③ 寇邓：辅佐光武帝中兴的寇恂、邓禹。④ 耿贾：辅佐光武帝中心的耿弇、贾复。

冬到金华山观因得故拾遗陈公①学堂遗迹

涪右众山内，金华紫崔嵬②。
上有蔚蓝天，垂光抱琼台。
系舟接绝壁，策杖穷萦回。
四顾俯层巅，淡然川谷开。
雪岭日色〔一〕死，霜鸿有余哀。
焚香玉女跪，雾里仙人来。
陈公读书堂，石柱仄③青苔。

悲风为我起,激烈伤雄才。
〔一〕色:一作光。

① 拾遗陈公:陈子昂登进士第,官麟台正字,升任右拾遗,故称。下"陈拾遗"同。② 崔嵬:高大的样子。③ 仄:倾斜。

陈拾遗故宅

拾遗平昔居,大屋〔一〕尚修椽。
悠扬〔二〕荒山日,惨淡〔三〕故园〔四〕烟。
位下曷足伤?所贵者圣贤。
有才继骚雅①,哲匠②不比肩。
公生扬马③后,名与日月悬。
同游英俊人,多秉辅佐权。
彦昭超〔五〕玉价,郭振〔六〕起通泉。
到今素壁滑,洒翰银钩④连。
盛事会一时,此堂岂千年?
终古立忠义,感遇⑤有遗编⑥。

〔一〕屋:一作宅。　〔二〕悠扬:一作悠悠。　〔三〕惨淡:一作崔嵬。　〔四〕园:一作国。　〔五〕超:一作赵。〔六〕振:晋作震。

① 骚雅:《离骚》与《诗经》中《大雅》《小雅》的并称。② 哲匠:有才能的大臣。③ 扬马:汉代文学家扬雄和司马相如的并称。④ 银钩:比喻书法遒劲有力。⑤ 感遇:即陈子昂创作的三十八首组诗《感遇》。⑥ 遗编:前人留下的著作。

谒文公上方①

野寺隐乔木，山僧高下居。
石门日色异，绛气横扶疏。
窈〔一〕窕入风磴，长萝纷卷舒。
庭前猛虎卧，遂得文公庐。
俯视万家邑，烟尘对阶除。
吾师雨花外，不下十年余。
长者自布金，禅龛②只晏如③。
大〔二〕珠脱玷翳，白月〔三〕当空虚。
甫也南北人，芜蔓少耘锄。
久遭诗酒污，何事忝簪裾④？
王侯与蝼蚁，同尽随丘墟。
愿闻第一义，回向心地初。
金篦刮眼膜，价重百车渠⑤。
无生有汲引，兹理傥吹嘘。

〔一〕窈：晋作窅。 〔二〕大：一作火。 〔三〕月：一作日。

① 上方：僧人的居室，亦借指寺庙。② 禅龛：佛堂。③ 晏如：安宁，恬适。④ 簪裾：古代显贵者所穿的服饰，借指显贵。⑤ 车渠：即砗磲（chē qú），佛教七宝之一。

奉赠射洪李四丈〔一〕

丈人屋上乌，人好乌亦好。
人生意气豁，不在相逢早。

南京①乱初定,所向邑〔二〕枯槁。
游子无根株②,茅斋付秋草。
东征下月峡③,挂席④穷海岛。
万里须十金,妻孥未相保。
苍茫风尘际,蹭蹬⑤骐骥老。
志士怀感伤,心胸已倾倒。

〔一〕李四丈:明甫。　〔二〕邑:一作色。

① 南京:即成都。唐肃宗至德二年(757),升成都为府,置南京。② 根株:比喻事物的根基,基础。③ 月峡:即明月峡,在今四川广元嘉陵江西陵峡东段。④ 挂席:挂帆。⑤ 蹭蹬:困顿失意。

早发射洪县南途中作

将老忧贫窭①,筋力岂能及?
征途乃〔一〕侵星②,得使诸病入。
鄙人寡道气,在困无独立。
俶装③逐徒旅,达曙④凌险涩。
寒日出雾迟,清江转山急。
仆夫行不进,驽马若维絷⑤。
汀洲稍疏散,风景开怏〔二〕悒⑥。
空慰所尚怀,终非曩⑦游集。
衰颜偶一破,胜事难屡〔三〕挹。
茫然阮籍途⑧,更洒杨朱泣⑨。

〔一〕乃:吴作后,一作复。　〔二〕怏:一云悁。

〔三〕难屡:一云皆空。

①贫窭:贫乏,贫穷。②侵星:拂晓。③俶装:整理行装。④达曙:达旦。⑤维絷(zhí):羁绊。⑥怏悒:郁郁不乐的样子。⑦曩(nǎng):以往,从前。⑧阮籍途:典出《晋书·阮籍传》:"时率意独驾,不由径路,车迹所穷,辄恸哭而返。"⑨杨朱泣:典出《淮南子·说林训》:"杨子见歧路而哭之,为其可以南、可以北。"

通泉驿南去通泉县十五里山水作

溪行衣自湿,亭午气始散。
冬温蚊蚋①在〔一〕,人远凫鸭②乱。
登顿生曾阴,欹倾③出高岸。
驿楼衰柳侧,县郭轻烟畔。
一川何绮丽,尽目〔二〕穷壮观。
山色远寂寞,江光夕滋漫。
伤〔三〕时愧孔父④,去国同王粲⑤。
我生苦飘零,所历有嗟叹。

〔一〕在:一作集。 〔二〕目:一作日。 〔三〕伤:一作知。

①蚊蚋:蚊子一类的小飞虫。②凫鸭:水鸭。③欹倾:形容道路曲折。④"伤时"句:《论语·子罕》载孔子伤时而言"凤鸟不至,河不出图,吾已矣夫"。孔父,即孔子。⑤"去国"句:指王粲南下依附刘表。王粲《七哀诗》:"西京乱无象,豺虎方遘患。复弃中国去,委身适荆蛮。"

过郭代公①故宅

豪俊初未遇，其迹或脱略②。
代公尉通泉，放意何自若！
及夫登衮冕③，真气森喷薄〔一〕。
磊落见异人，岂伊常情度？
定策神龙④后，宫中翕清廓。
俄顷辨尊亲，指挥存顾托。
群公有〔二〕惭色，王室无削弱。
迥出名臣上，丹青照台阁。
我行得遗迹〔三〕，池馆皆疏凿。
壮公临事断，顾步涕横落〔四〕。
高咏宝剑篇，神交付冥漠。

〔一〕一本此下有精魄凛如在，所历终萧索。真气：国藩按，钱笺本、玉句草堂本皆作直气。 〔二〕有：一作见。 〔三〕迹：一作址。 〔四〕草堂本"精魄凛如在"一联在此下。

① 郭代公：郭元振，玄宗先天二年（713）拜相，因参与平定太平公主叛乱有功，封代国公。② 脱略：洒脱不羁。③ 衮冕（gǔn miǎn）：公侯的礼服和礼帽，代指高官，此指郭元振拜相。④ 神龙：唐中宗李显年号。

观薛稷少保书画壁

少保有古风，得之陕郊篇①。
惜哉功名忤②，但见书画传。
我游梓州东，遗迹涪江边。

画藏青莲界③,书入金榜悬。
仰看垂露姿,不崩亦不骞。
郁郁三大字,蛟龙岌相缠。
又挥西方变,发地扶屋椽。
惨淡壁飞动,到今色未填。
此行叠壮观,郭薛④俱才贤。
不知百载后,谁复来通泉?

① 陕郊篇:指薛稷名作《秋日还京陕西十里作》,诗中有"驱车越陕郊,北顾临大河"句。②"惜哉"句:唐玄宗即位后,太平公主与窦怀贞密谋政变,薛稷知情不报,赐死狱中。③ 青莲界:即青莲宇,佛寺。④ 郭薛:郭元振、薛稷。

通泉县署屋壁后薛少保画鹤

薛公十一鹤,皆写青田①真。
画色久欲尽,苍然犹出尘。
低昂各有意,磊落如长人。
佳此志气远,岂惟粉墨新!
万里不以力,群游森会神。
威迟②白凤态,非是仓鹒③邻。
高堂未倾覆,常〔一〕得慰嘉宾。
曝露墙壁外,终嗟风雨频。
赤霄有真骨,耻饮洿④池津。
冥冥任所往,脱略谁能驯。

〔一〕常:一作幸。

①青田:地名,今浙江青田,传有白鹤代指鹤。②威迟:曲折绵延。③仓鹒(gēng):黄莺。④洼:低洼的地方。

陪章留后惠义寺饯嘉州崔都督赴州

中军待上官,令肃事有恒。
前驱入宝地,祖帐①飘金绳。
南陌〔一〕既留欢,兹山亦深登。
清闻树杪磬,远谒云端僧。
回策匪新岸〔二〕,所攀仍旧藤。
耳激洞门飙,目存寒谷冰。
出尘闷②轨躅③,毕景遗炎蒸。
永愿坐长夏,将衰栖大乘。
羁旅惜宴会,艰难怀友朋。
劳生共几何?离憾兼相仍。

〔一〕陌:一作伯。 〔二〕岸:樊作崖。

①祖帐:饯行时所设的帷帐。②闷(bì):止息。③轨躅(zhú):车轮辗过之痕迹。

将适吴楚,留别章使君留后兼幕府诸公,得柳字

我〔一〕来入蜀门,岁月亦已久。
岂唯长儿童?自觉成老丑。

常恐性坦率,失身为杯酒。
近辞痛饮徒,折节①万夫〔二〕后。
昔如〔三〕纵壑鱼②,今如丧家狗③。
既无游方恋,行止复何有?
相逢半新故,取别随薄厚。
不意青草湖,扁舟落吾手。
眷眷章梓州④,开筵俯高柳。
楼前出骑马,帐下罗宾友。
健儿簸红旗,此乐或〔四〕难朽。
日车隐昆仑,鸟雀噪户牖。
波涛未足畏〔五〕,三峡徒雷吼。
所忧盗贼多,重见衣冠走。
中原消息断,黄屋⑤今安否?
终作适荆蛮,安排用庄叟。
随云拜东皇,挂席上南斗⑥。
有使即寄书,无使长回首。

〔一〕我:一作甫。　〔二〕夫:一作人。　〔三〕如:樊作若。　〔四〕或:一作几。　〔五〕畏:一作慰。　○自首至"扁舟落吾手",自叙居蜀已久,将赴吴楚。"眷眷"八句,叙饮饯。末十二句,叙别意。

① 折节:改变志趣。② 纵壑鱼:比喻身处顺境。③ 丧家狗:比喻流离失所、无所依归的人。④ 章梓州:章彝,时为梓州刺史。⑤ 黄屋:指帝王。⑥ "挂席"句:即谓乘船东下至吴地。南斗,星宿名。

山寺[一]

野寺根[二]石壁,诸龛遍崔嵬。
前佛不复辨,百身一莓苔。
虽[三]有古殿存,世尊亦尘埃。
如闻龙象泣,足令信者哀。
使君骑紫马,捧拥从西来。
树羽静千里,临江久徘徊。
山僧衣蓝缕①,告诉栋梁摧。
公为顾宾徒[四],咄嗟檀施②开。
吾知多罗树,却倚莲华台。
诸天必欢喜,鬼神无嫌猜。
以兹抚士卒,孰曰非周才?
穷子失净处,高人忧祸胎。
岁晏③风破肉,荒林寒可回。
思量入[五]道④苦,自哂同婴孩。

〔一〕得开字,章留后同游。 〔二〕根:一作限。 〔三〕虽:一作唯。 〔四〕顾:一作领。徒:荆作从。 〔五〕入:一作人。

① 蓝缕:指破旧的衣服,也形容衣服破旧。蓝,通"褴"。② 檀施:即施主施舍。③ 晏:晚,迟。④ 入道:出家为僧。

棕拂子①

棕拂且薄陋,岂知身效能?
不堪代白羽,有足除苍[一]蝇。

荧荧金错刀，擢擢②朱丝绳。

非独颜色好，亦用〔二〕顾盼称。

吾老抱疾病，家贫卧炎蒸③。

咂肤④倦扑灭，赖尔甘服膺。

物微世竞弃，义在谁肯征？

三岁清秋至，未敢阙缄縢⑤。

〔一〕苍：一作青。　〔二〕用：晋作由。

① 棕拂：用棕榈叶制成的拂尘，用于掸尘、驱蚊蝇等。② 擢擢：挺拔的样子。③ 炎蒸：酷热。④ 咂肤：即蚊虫叮咬。⑤ 缄縢（téng）：绳索。

0802

寄题江外草堂〔一〕

我生性放诞，难欲逃自然①。

嗜酒爱风〔二〕竹，卜居必〔三〕林泉。

遭乱到蜀江，卧疴遭〔四〕所便。

诛茅初一亩，广地方〔五〕连延。

经营上元始，断手宝应年。

敢谋土木丽，自觉面势坚〔六〕。

台亭〔七〕随高下，敞豁当清川。

虽〔八〕有会心侣，数能同钓船。

干戈未偃息，安得酣歌眠？

蛟龙无定窟，黄鹄摩苍天。

古来达士志〔九〕，宁受外物牵？

顾惟鲁钝②姿，岂识悔吝先？

偶携老妻去，惨淡凌风烟。

事迹无固必，幽贞愧双全。

尚念四小松，蔓草易〔十〕拘缠③。

霜骨不甚长，永为邻里怜。

〔一〕梓州作，寄成都故居。　〔二〕风：一作修。　〔三〕必：一作此。　〔四〕遣：晋作遗。　〔五〕方：一作必。　〔六〕坚：一作贤。　〔七〕台亭：一作亭台。　〔八〕虽：樊作惟。〔九〕达士志：一作贤达士。　〔十〕易：一作已。　〇自首至"数能同钓船"，谓至成都经营草堂，数年乃成。自"干戈未偃息"以下，谓因乱至梓州，远离草堂，思忆之也。

① 逃自然：藏身自然。② 鲁钝：粗鲁，迟钝。③ 拘缠：缠绕，纠缠。

送韦讽上阆州录事参军

国步犹艰难，兵革未衰息。

万方哀〔一〕嗷嗷，十载〔二〕供军食。

庶官务割剥，不暇①忧反侧。

诛求何多门？贤者贵为德〔三〕。

韦生富春秋，洞澈②有清识。

操持纲纪地，喜见朱丝直。

当令〔四〕豪夺吏，自此无颜色。

必若救疮痍，先应去蟊贼③。

挥泪临大江，高天意悽恻。

行行树佳政，慰我深相忆。

〔一〕哀：一作尚。　〔二〕载：一作年。　〔三〕晋作贤俊愧为力。　〔四〕当令：晋作因循。

① 不暇：没有时间，来不及。② 洞澈：为人光明磊落。③ 蟊（máo）贼：吃庄稼的两种害虫，多比喻危害人民和国家的坏人。

阆州东楼筵，奉送十一舅往青城县，得昏字

曾城①有高楼〔一〕，制古丹艧②存。
迢迢百余尺，豁达开四门。
虽有〔二〕车马客，而无人世喧。
游目③俯大江，列筵④慰别魂。
是时秋冬交，节往颜色昏。
天寒鸟兽休〔三〕，霜露在草根。
今我送舅氏，万感集清樽。
岂伊山川间，回首盗贼繁。
高贤意不暇，王命久崩奔⑤。
临风欲恸哭，声出已复吞。

〔一〕楼：旧作会。　〔二〕有：一作会。　〔三〕休：一作伏。

① 曾城：层城，高城。② 丹艧（huò）：颜料。丹，红色；艧，彩色。③ 游目：放眼观看。④ 列筵：张设酒席。⑤ 崩奔：行色匆匆。崩，山塌；奔，人快跑。

南池

峥嵘巴阆间，所向尽山谷。
安知有苍池，万顷浸坤轴？
呀然阆城南，枕〔一〕带巴江①腹。
芰荷入异县，粳稻共比屋。
皇天不无意，美利戒止足。
高田失西成②，此物颇丰熟。
清源多众鱼，远岸富乔木。
独叹枫香林，春时好颜色。
南有汉王〔二〕祠，终朝走巫祝。
歌舞散灵衣，荒哉旧风俗。
高堂〔三〕亦明王，魂魄犹正直。
不应空陂上，缥缈亲酒食。
淫祀③自古昔，非唯一川渎。
干戈浩茫茫，地僻伤极目。
平生江海〔四〕兴，遭乱身局促。
驻马④问渔舟，踌躇慰羁束⑤。

〔一〕枕：一作控。 〔二〕王：晋作主。 〔三〕堂：一作皇。 〔四〕江海：一作溟渤。 ○自首至"富乔木"，叙南池景物。自"独叹"至"一川渎"，叙汉主淫祀。末六句，唱叹作收。

① 巴江：嘉陵江。② 西成：秋天谷物成熟。③ 淫祀：不合礼制的祭祀。④ 驻马：使马停下不走。⑤ 羁束：羁旅困顿。

赠别贺兰铦

黄雀饱野粟,群飞动荆榛。
今君抱何憾?寂寞向时人。
老骥倦骧首①,苍〔一〕鹰愁易驯。
高贤世未识,固合婴②饥贫。
国步初返正,乾坤尚风尘。
悲歌鬓发白,远赴湘吴春。
我恋岷下芋③,君思千里莼④。
生离与死别,自古鼻酸辛!

〔一〕苍:一作饥。

① 骧首:抬头。② 婴:缠绕。③ 岷下芋:芋的美称。④ 千里莼:千里,千里湖,在今江苏溧阳东南,产莼菜。

别唐十五诫因寄礼部贾侍郎①

九载一相逢,百年能几何?
复为万里别,送子山之阿。
白鹤久同林,潜鱼本同河。
未知栖集期,衰老强高歌。
歌罢两悽恻,六龙②忽蹉跎。
相视发皓白,况难驻羲和!
胡星坠燕地③,汉将仍横戈。
萧条四海内,人少豺虎多。
少人慎莫投,多虎信所过。

饥有易子食，兽犹畏虞罗。
子负经济才，天门郁嵯峨④。
飘摇适东周，来往若〔一〕崩波。
南宫吾故人，白马金盘陀。
雄笔映千古，见贤心靡〔二〕他。
念子善师事，岁寒守旧柯。
为吾谢贾公，病肺卧江沱。

〔一〕若：一作亦。　〔二〕靡：一作匪。

① 贾侍郎：贾至，唐朝官员、诗人，时任礼部侍郎。② 六龙：传说羲和驾日车，驭以六龙，此代指时日。③"胡星"句：意谓史朝义之死。④ 嵯峨：形容山高峻。

草堂

昔我去①草堂，蛮夷塞成都②。
今我归草堂，成〔一〕都适无虞③。
请陈初乱时，反覆乃须臾〔二〕。
大将④赴朝廷，群小⑤起异图。
中宵斩白马，盟歃气已粗。
西取邛南⑥兵，北断剑阁隅。
布衣数十人，亦拥专城居。
其势不两大，始闻蕃汉殊。
西卒却倒戈，贼臣互相诛。
焉知肘腋祸，自及枭獍⑦徒。
义士皆痛愤，纪纲乱相逾。

一国实三公，万人欲为鱼。

唱和作威福，孰肯[三]辨无辜？

眼前列杻械⑧，背后吹笙竽。

谈笑行杀戮，溅[四]血满长衢。

到今用钺地⑨，风雨闻号呼。

鬼妾与鬼[五]马，色悲充尔娱。

国家法令在，此又足惊吁。

贱子且奔走，三年望东吴。

弧矢暗江海，难为游五湖。

不忍竟舍此，复来薙榛芜⑩。

入门四松在，步屟[六]万竹疏。

旧犬喜我归，低徊入衣[七]裾。

邻舍喜我归，沽酒⑪携胡芦[八]。

大官喜我来，遣骑问所须。

城郭喜[九]我来，宾客隘[十]村墟。

天下尚未宁，健儿胜腐儒。

飘飖[十一]风尘际，何地置[十二]老夫？

于时见[十三]疣赘，骨髓幸未枯。

饮啄⑫愧残生，食薇不敢余。

〔一〕成：一作此。　〔二〕须臾：一作斯须。　〔三〕肯：一作能。　〔四〕溅：一作流。　〔五〕鬼：一作人。　〔六〕屟：一作堞。　〔七〕衣：旧作我。　〔八〕携胡芦：一云提榼壶。〔九〕喜：一作知。　〔十〕隘：一作溢。　〔十一〕飘飖：一作飘飘。　〔十二〕置：一作致。　〔十三〕见：一作是。
○自"请陈丧乱初"，至"自及枭獍徒"，叙宝应元年严武入朝，徐知道反，旋为其下李忠厚所杀也。自"义士皆痛愤"，至"此又足惊吁"，叙徐逆虽诛，而成都无主，纪纲大乱，诛杀无辜。但所谓一国三公者，不知指何人耳。自"贱子且奔走"以下，叙广德二年严武再来镇蜀，公自梓州复还成都。

①去：离开。②"蛮夷"句：此指剑南兵马使徐知道勾结川西羌兵叛乱，羌兵攻占成都。③虞（yú）：忧患。④大将：指严武。宝应元年，严武奉召还朝，故称"赴朝廷"。⑤群小：即叛乱的徐知道等。⑥邛（qióng）南：邛州以南，时为羌人聚居区。⑦枭獍（jìng）：传说枭为恶鸟，生而食母；獍为恶兽，生而食父。比喻忘恩负义之人或狠毒的人。⑧杻械（chǒu xiè）：脚镣手铐，泛指刑具。⑨用钺地：刑场。⑩榛芜：指丛杂的草木。⑪沽酒：买酒。⑫饮啄：即饮食。

四松

四松初移时，大抵三尺强。
别来忽三载〔一〕，离①立如人长。
会看根不拔，莫计枝凋伤。
幽色幸〔二〕秀发，疏柯亦〔三〕昂藏②。
所插小藩篱，本亦有堤防。
终然扳〔四〕③拔损，得吝〔五〕千叶黄。
敢为故林主？黎庶犹未康。
避贼今始归，春草满空堂。
览物叹衰谢，及兹慰凄凉。
清风为我起，洒面若微霜。
足以送老姿〔六〕，聊待〔七〕偃盖④张。
我生无根带〔八〕，配尔〔九〕亦茫茫。
有情且赋诗，事迹可两〔十〕忘。
勿矜⑤千载后，惨淡蟠穹苍。

〔一〕载：一作岁。　〔二〕幸：一作会。　〔三〕亦：一作已。　〔四〕扳：直根切。　〔五〕吝：一作愧。　〔六〕一作足为送老资。　〔七〕待：一作将。　〔八〕带：一作蒂。
〔九〕尔：一作汝。　〔十〕可两：一作两可。

① 离：茂盛。② 昂藏：器宇轩昂。③ 揁（chéng）：触碰。
④ 偃盖：车盖，此指如车盖一样的树冠。⑤ 矜：夸耀。

水槛①

苍江多风飙，云雨昼夜飞。
茅轩驾巨浪，焉得不低垂？
游子久在外，门户无人持。
高岸尚如〔一〕谷，何伤浮柱欹？
扶颠②有劝诫，恐贻识者嗤。
既殊大厦倾，可以一木支。
临川视万里，何必栏槛为？
人生感故物，慷慨有余悲。
〔一〕如：一作为。

① 水槛（jiàn）：临水的栏杆，可以凭槛眺望。② 扶颠：扶持危局。

破船

平生江海心①，宿昔具扁舟。
岂惟清溪上，日傍柴门游？

苍皇避乱兵,缅邈②怀旧丘。
邻人亦已非,野竹独修修。
船舷不重③扣,埋没已经秋。
仰看西飞翼,不愧东逝流。
故者或可掘,新者亦易求。
所悲数奔窜,白屋难久留。

① 江海心:即隐逸之心。② 缅邈:久远,遥远。

营屋①

我有阴江竹,能令朱夏寒。
阴通积水内,高入浮云端。
甚〔一〕疑鬼物凭,不顾剪伐残。
东偏若面势,户牖永可安。
爱惜已六载,兹晨去千竿〔二〕。
萧萧见白日,泫泫闻奔湍。
度堂匪华丽,养拙②异考槃。
草茅虽薙葺③,衰疾方少宽。
洗然顺所适,此足代加餐。
寂无斤斧响,庶遂憩息欢。

〔一〕甚:一作如。 〔二〕不顾疑当作不愿。谓前此甚好此竹,爱惜六载,不愿伐之;兹晨将营屋,乃伐去千竿耳。

① 营屋:治理房屋。② 养拙:指才能低下而闲居度日,常用为退隐不仕的自谦之辞。③ 薙(tì)葺(qì):用草覆盖房屋。薙,割草。

除草〔一〕

草有害于人，曾何生阻修？
其毒甚蜂虿，其多弥道周①。
清晨步前林，江色未散忧。
芒刺在我眼，焉能待高秋？
霜露一沾凝〔二〕，蕙叶亦难留。
荷锄先童稚，日入仍讨求。
转致水中央，岂无双钓舟？
顽根易滋蔓，敢使依旧丘？
自兹〔三〕藩篱旷，更觉松竹幽。
芟夷②不可阙，疾恶信如仇。

〔一〕吴若本注：去藗草也。藗，音潜，山韭。 〔二〕露：一作雪。凝：一作衣。 〔三〕兹：一作移。

① 道周：路旁。② 芟（shān）夷：除草。

扬旗〔一〕

江〔二〕雨飒长夏，府中有余清。
我公①会宾客，肃肃有异声。
初筵阅军装，罗列照广庭。
庭空六〔三〕马入，駊騀②扬旗㫋〔四〕旌。
回回③偃飞盖，熠熠迸流星。
来缠〔五〕风飙急，去擘④山岳倾。
材归俯身尽，妙取略地平。

虹霓就掌握，舒卷随人轻。
三州陷犬戎⑤，但见西岭青。
公来练猛士，欲夺天边城。
此堂不易升，庸蜀日已宁。
吾徒且加餐，休食蛮与荆。

〔一〕二年夏六月，成都尹严公置酒公堂，观骑士试新旗帜。
〔二〕江：一作风。　〔三〕六：一作四。　〔四〕旗：一作旆。
〔五〕缠：一作冲。

① 公：指严武。② 駊騀（pǒ é）：马头摇动的样子。③ 回回：军旗翻飞的样子。④ 擘（bò）：分开。⑤ "三州"句：指代宗广德元年（763）十二月，松、维、保三州等地被吐蕃攻陷。

太子张舍人①遗织成褥段

客从西北来，遗我翠〔一〕织成。
开缄风涛涌，中有掉尾鲸。
逶迤罗水族，琐细不足名。
客云充君褥，承君终宴荣。
空堂魑魅〔二〕走，高枕形神清。
领客珍重意，顾我非公卿。
留之惧不祥，施之混柴荆。
服饰定尊卑，大哉万古程②。
今我一贱老，裋〔三〕褐更无营。
煌煌珠宫③物，寝处祸所婴〔四〕④。
叹息当路子⑤，干戈尚纵横。

掌握有权柄，衣马自[五]肥轻。

李鼎⑥死岐阳，实以骄贵盈。

来瑱⑦赐自尽，气豪直[六]阻兵。

皆闻[七]黄金多，坐见悔吝生。

奈何田舍翁，受此厚贶⑧情？

锦鲸卷还客，始觉心和平。

振我粗席尘，愧客茹[八]藜羹⑨。

〔一〕翠：一作细。　〔二〕魑魅：一作魍魉。　〔三〕袒：一作短。　〔四〕婴：一作萦。　〔五〕自：一云已。　〔六〕直：一作真。　〔七〕皆闻：一作昔闻。　〔八〕茹：一作饭。○国藩按，叙事得雄直之气，韩公五古多学此等。

①太子舍人：东宫太子侍从官。②程：法则。③珠宫：指宫廷。④婴：遭受。⑤当路子：当权者，权贵。⑥李鼎：中唐时期官员，任右羽林大将军，上元元年（674）授凤翔尹、兴凤陇节度使。⑦来瑱（zhèn）：唐将领，安史之乱，屡败叛军。代宗宝应二年（763），得罪权宦程元振等，被贬播州，中途赐死。⑧贶：赠予。⑨藜羹：用藜菜做的羹，泛指粗劣的食物。

别蔡十四著作[一]

贾生恸哭①后，寥落无其人。

安知蔡夫子？高义迈②等伦。

献书谒皇帝，志已清风尘。

流涕洒丹极，万乘为酸辛。

天地则创痍，朝廷当[二]正臣。

异才复间出，周道日惟新。

使蜀见知己，别颜始一伸。

主人薨城府，扶榇③归咸秦。

巴道此相逢，会我病江滨。

忆念凤翔都，聚散俄十春。

我衰不足道，但愿子意〔三〕陈。

稍令社稷安，自契鱼水亲④。

我虽消渴甚，敢忘帝力勤？

尚思未朽骨，复睹耕桑民。

积水驾三峡，浮龙倚长津〔四〕。

扬舲⑤洪涛间，仗子济物身。

鞍马下秦塞，王城通北辰。

元甲⑥聚不散，兵久食恐贫。

穷谷无粟帛，使者来相因。

若凭南辕吏，书札到天垠〔五〕⑦。

〔一〕自此以上，公自陇至蜀，久居成都草堂，中间曾至青城、新津，曾居梓州、阆州，仍归成都草堂之诗。　〔二〕当：一作多。〔三〕意：一作音。　〔四〕长津：一云轮囷。　〔五〕凭：一云逢。吏：陈作使。

① 贾生恸哭：典出贾谊《陈政事疏》："臣窃惟事势，可为痛哭者一，可为流涕者二，可为长太息者六。" ② 迈：超越。③ 扶榇（chèn）：护送灵柩。④ 鱼水亲：此指君臣相得。⑤ 扬舲：驾驶小船。⑥ 元甲：即玄甲，指军队。⑦ 天垠：天边，指极远的地方。

卷八

杜工部五古下

九十五首

杜鹃〔一〕

西川有杜鹃,东川无杜鹃。

涪万①无杜鹃,云安有杜鹃。

我昔游锦城②,结庐锦水边。

有竹一顷余,乔木上参天。

杜鹃暮春至,哀哀叫其间。

我见常再拜,重是古帝魂③。

生子百鸟巢,百鸟不敢瞋〔二〕。

仍为喂其子,礼若奉至尊。

鸿雁及羔羊,有礼太古前。

行飞与跪乳,识序如〔三〕知恩。

圣贤古〔四〕法则,付与后世传。

君看禽鸟情,犹解事杜鹃。

今忽暮春间,值我病经年④。

身病不能拜,泪下如迸泉。

〔一〕自此以下,严武卒后公去成都,至戎州、渝州、忠州,暨寓居云安、夔州之诗。 〔二〕瞋:一作喧。 〔三〕如:一作又。 〔四〕古:一作吾。 ○黄鹤本载旧本题注云:上皇幸蜀还,肃宗用李辅国谋,迁之西内,上皇悒悒而奔。此诗感是而作。钱笺以是说为然。国藩按,望帝禅位于开明,而自隐于西山,与明皇幸蜀而内禅于肃宗,其事略同。此诗及《杜鹃行》皆为上皇而作,殆近之矣。

① 涪万:涪陵、万州。② 锦城:锦官城,成都的别称。③ 古帝魂:杜宇是望帝,死,化为子规。④ 经年:经过一年或若干年。

客居

客居所居堂，前江后山根。
下牢万寻①岸，苍涛郁飞翻。
葱青众木梢，邪竖杂石痕。
子规昼夜啼，壮士敛精魂。
峡开四千里，水合数百源。
人虎相半居，相伤终两存。
蜀麻久不来，吴盐拥荆门。
西南失大将〔一〕②，商旅自星奔。
今又降元戎，已闻动行轩。
舟子候利涉③，亦凭节制尊。
我在路中央，生理④不得论。
卧愁病脚废，徐步视小园。
短畦带碧草，怅望思王孙。
凤随其皇去，篱雀暮喧繁。
览物想故国，十年别荒村。
日暮归几翼，北林空自昏。
安得覆八溟？为君洗乾坤。
稷契易为力，犬戎何足吞？
儒生老无成，臣子忧四番。
箧中有旧笔，情至时复援。

〔一〕钱笺：永泰元年闰十月，郭英乂为崔旰所杀，蜀中大乱。大历元年二月，以杜鸿渐为山南西道剑南东西川副元帅。

① 寻：长度单位，八尺为一寻。② "西南"句：指郭英乂被杀。③ 利涉：顺利渡河。④ 生理：谋生之道。

客堂

忆昨离少城,而今异楚蜀。
舍舟复深山,窅窕①一林麓。
栖泊云安县,消中内相毒。
旧疾甘载〔一〕来,衰年得无足〔二〕。
死为殊方②鬼,头白免短促。
老马终望云,南雁意在北。
别家长儿女,欲起惭筋力。
客堂叙节改,具物对羁束。
石暄蕨芽紫,渚秀芦笋绿。
巴鹦〔三〕纷未稀,徽麦早向熟。
悠悠日动江,漠漠春辞木。
台郎选才俊,自顾亦已极。
前辈声名人,埋没何所得?
居然绾章绂③,受性本幽独。
平生憩息地,必种数竿竹。
事业只浊醪,营葺但草屋。
上公有记者,累奏资薄禄。
主忧岂济时?身远弥旷职。
循〔四〕文庙算④正,献可天衢直。
尚想趋朝廷,毫发裨社稷。
形骸今若是,进退委行色。

〔一〕载:一作战,一作再。　〔二〕得无足:一作得弱足,一作弱无足。　〔三〕鹦:一作稼。　〔四〕循:鲍作修。

① 窅(yǎo)窕:幽深,阴暗。② 殊方:异域。③ 绾章绂

(fú)：借指官爵。绲，绲结，打结；章绂，标志官品等级的彩色绶带等饰物。④庙算：朝廷谋划。

石砚诗 〔一〕

平公今诗伯，秀发吾所羡。
奉使三峡中，长啸得石砚。
巨璞①禹凿余，异状君独见。
其滑乃波涛，其光或雷电。
联坳各尽墨，多水递隐见。
挥洒容数人，十手可对面。
比公头上冠，贞质未为贱。
当公赋佳句，况得终清宴。
公含起草姿，不远明光殿②。
致于丹青地，知汝随顾盼。

〔一〕平侍御者。

① 巨璞：大块的璞玉，形容石质之美。② 明光殿：汉武帝所建宫官殿，代指唐朝宫殿。

水阁朝霁奉简严云安〔一〕

东城抱春岑①，江阁邻石面。
崔嵬晨云白，朝旭〔二〕射芳甸。

雨槛卧花丛，风床展书卷〔三〕。
钩帘宿鹭起，丸药流莺②啭。
呼婢取酒壶，续儿诵文选。
晚交严明府，矧此数相见！

〔一〕严云安：一作云安严明府。　〔二〕旭：一作日。
〔三〕展书卷：一作展轻慢。

① 春岑：春山。② 流莺：亦作流莺，其鸣声婉转。

赠郑十八贲

温温士君子，令人怀抱尽。
灵芝冠众芳，安得阙亲近。
遭乱意不归，窜身迹非隐。
细人尚姑息，吾子色愈谨。
高怀见物理，识者安肯晒？
卑飞欲何待？捷径应未忍。
示我百篇文，诗家一标准。
羁离①交屈宋，牢落②值颜闵③。
水陆迷畏〔一〕途，药饵驻修轸。
古人日已远，青史字不泯。
步趾咏唐虞，追随饭葵堇④。
数杯资好事，异味烦县尹。
心虽在朝谒，力与愿矛盾。
抱病排金门，衰容岂为敏？

〔一〕畏：一作长。

① 羁离：飘泊他乡。② 牢落：孤寂，无聊。③ 颜、闵：孔子弟子颜渊、闵子骞。④ 葵堇：葵、堇均为野菜名，泛指野菜。

三韵三篇

高马勿唾〔一〕面，长鱼无损鳞。
辱马马毛焦，困鱼鱼有神。
君看磊落士，不肯易其身。

〔一〕唾：一作捶。

荡荡万斛船①，影若扬白虹。
起樯②必椎牛，挂席集众功。
自非风动天，莫置大水中。

① 万斛船：即大船。斛，容量单位，一斛为十斗。② 起樯：把樯帆竖起来，指开船。

烈士〔一〕恶多门①，小人自同调。
名利苟可取，杀身傍权要。
何当官曹清？尔辈堪一笑。

〔一〕烈：一作列。

① 多门：多门类，派别。此指无节操。

郑典设自施州归

吾怜荥阳秀,冒暑初有适。
名贤慎所出〔一〕,不肯妄行役。
旅兹殊俗远〔二〕,竟以屡空①迫。
南谒裴施州,气合无险僻。
攀援悬根木,登顿入天〔三〕石。
青山自一川,城郭洗忧戚。
听子话此邦,令我心悦怿。
其俗则〔四〕纯朴,不知有主客。
温温诸侯门,礼亦如古昔。
敕厨倍常羞,杯盘颇狼籍。
时虽属丧乱,事贵赏〔五〕匹敌。
中宵愜良会,裴郑非远戚。
群书一万卷,博涉供务隙。
他日辱银钩,森疏见矛戟。
倒屣②喜旋归,画地求〔六〕所历。
乃闻风土质,又重田畴辟。
刺史似寇恂③,列郡宜竞惜〔七〕。
北风吹瘴疠,羸老④思散策。
渚拂兼葭塞〔八〕,崎穿萝茑幂。
此身仗儿仆,高兴潜有激。
孟冬方首路,强饭取崖壁。
叹尔疲驽骀,汗沟血不赤。
终然备外饰,驾驭何所益?
我有平肩舆,前途犹准的。
翩翩入鸟道,庶脱蹉跌厄。

〔一〕所出：一作出处。　〔二〕远：一作还。　〔三〕天：草堂、陈浩然并作矢。　〔四〕则：一作甚。　〔五〕赏：一作当。　〔六〕求：一作来。　〔七〕惜：一作借，音迹。　○以上叙郑自施州归，以下叙公亦思南行也。　〔八〕塞：一作寒。

① 屡空：指穷困。② 倒屣：指急于出迎才学之士而把鞋倒穿。
③ 寇恂：东汉光武帝时名臣，曾平定颍川之乱，受颍川百姓爱戴。
④ 羸老：指衰弱的老人。

柴门

孤〔一〕舟登瀼西，回首望两崖。
东城干旱天，其气如焚柴。
长影没窈窕，余光散唅呀①。
大江蟠嵌根，归海成一家。
下冲割坤轴，竦壁攒②镆铘。
萧飒洒秋色，氛〔二〕昏霾日车。
峡〔三〕门自此始，最窄容浮查③。
禹功翊④造化，疏凿就欹斜。
巨渠决太古，众水为长蛇。
风烟渺吴蜀，舟楫通盐麻。
我今远游子，飘转混泥沙。
万物附本性，约身不愿奢〔四〕。
茅栋盖一床，清池有余花。
浊醪与脱粟，在眼无咨嗟。
山荒人民少，地僻日夕佳。
贫病〔五〕固其常，富贵任生涯。

老于干戈际，宅幸蓬荜遮。
石乱上云气，杉清延月华[六]。
赏妍又分外，理惬夫何夸？
足了垂百年，敢居高士差。
书此豁平昔，回首犹暮霞。

〔一〕孤：一作泛。　〔二〕氛：一作气。　〔三〕峡：一作硖。　〔四〕约：一作处。身：一作性。愿：一作欲。　〔五〕病：一作贱。　〔六〕清：晋作青。月：一作日。

① 唅（hán）呀：指山谷。② 攒：聚集。③ 浮查：木筏。④ 翊：辅佐。

贻华阳柳少府

系马乔木间，问人野寺门。
柳侯披衣笑[一]，见我颜色温。
并坐石下堂[二]，俯视大江奔。
火云洗月露，绝壁上朝暾。
自非晓相访，触热生病根。
南方六七月，出入异中原。
老少多暍死，汗逾水浆翻。
俊才得之子，筋力不辞烦。
指挥当世事，语及戎马存。
涕泪溅我裳，悲气排帝阍。
郁陶抱长策，义仗知者论。
吾衰卧江汉，但愧识玙璠。

文章一小技，于道未为尊。
起予幸斑白，因是托子孙。
俱客古信州，结庐依毁垣。
相去四五里，径微山叶繁。
时危抱佳士，况免军旅喧。
醉从赵女舞，歌鼓秦人盆。
子壮顾我伤，我欢兼泪痕。
余生如过鸟，故里今空村。

〔一〕笑：晋作啸。 〔二〕石下堂：一云堂下石，一云石堂下。

雷

大旱山岳焦，密云复无雨〔一〕。
南方瘴疠地，罹此农事苦。
封内必舞雩①，峡中喧击鼓。
真龙竟寂寞，土梗空俯偻②。
吁嗟公私病，税敛缺不补。
故老仰面啼，疮痍向谁数？
暴尪③或前闻，鞭巫非稽古。
请先偃甲兵，处分听人主。
万邦但各业，一物休尽取。
水旱其数然〔二〕，尧汤免亲睹。
上天铄④金石，群盗乱豺虎。
二者存一端，愆阳⑤不犹愈。

昨宵殷其雷，风过齐万弩。
复吹霾翳散，虚觉神灵聚。
气暍肠胃融，汗滋衣裳污〔三〕。
吾衰尤拙计〔四〕，失望筑场圃。

〔一〕复无雨：一云覆如雨。　〔二〕其数然：一云数至然。
〔三〕污：一云腐。　〔四〕拙计：一云计拙。

① 舞雩：古代求雨时举行的伴有乐舞的祭祀。② 俯偻：低头曲背。③ 暴尫（wāng）：古代祈雨风俗。大旱不雨，则曝晒瘠病者，冀天哀怜之而降雨。④ 铄：熔化。⑤ 愆阳：阳气过盛，天旱。

火

楚山经月火，大旱则斯举。
旧俗烧蛟〔一〕龙，惊惶致雷雨。
爆嵌魑魅泣，崩冻岚阴胇①。
罗落②沸百泓，根源皆万〔二〕古。
青林一灰烬，云气无处所。
入夜殊赫然，新秋照牛女。
风吹巨焰作，河棹腾烟柱〔三〕。
势欲焚昆仑，光弥燉③洲渚。
腥至焦长蛇，声吼〔四〕缠猛虎。
神物已高飞，不〔五〕见石与土。
尔宁要谤讟④，凭此近荧侮。
薄关长吏忧，甚昧至精主。

远迁谁扑灭?将恐及环堵⑤。

流汗卧江亭,更深气如缕。

〔一〕蛟:一作蛇。　〔二〕万:一作太。　〔三〕椁:一作淡。腾:一作胜。　〔四〕声吼:一云吼争。　〔五〕不:一作只。

① 旿(hù):分明。② 罗落:连绵不断。③ 焮(xīn):火焰炽盛。④ 谤讟(dú):怨恨毁谤。⑤ 环堵:四周土墙围城的简陋居室,代指贫穷人家。

七月三日,亭午已后,较热退,晚加小凉,稳睡有诗,因论壮年乐事,戏呈元二十一曹长

今兹商用事,余热亦已末。
衰年旅炎方,生意从此活。
亭午减汗流,北邻耐人聒。
晚风爽乌匼①,筋力苏摧折。
闭目逾十旬,大江不止渴。
退藏憾雨师,健步闻〔一〕旱魃。
园蔬抱金玉,无以供采掇。
密云虽聚散,徂暑②终〔二〕衰歇。
前圣慎焚巫,武王亲救暍③。
阴阳相主客,时序递回斡。
洒落唯清秋,昏霾一空阔。
萧萧紫塞④雁,南向欲行列。
欻思红颜日,霜露冻阶闼。

胡马挟雕弓,鸣弦不虚发。

长铍⁵逐〔三〕狡兔,突羽当满月。

惆怅白头吟,萧条游侠窟。

临轩望山阁,缥缈安可越?

高人炼丹砂,未念将朽骨。

少壮迹颇疏,欢娱曾倏忽。

杖藜风尘际,老丑难剪拂。

吾子得神仙,本是池中物。

贱夫美一睡,烦促婴词笔。

〔一〕闻:一作供。 〔二〕终:一作经。 〔三〕逐:一作及。 ○"欢思"以下八句,盖公回思少年时清秋射猎之乐。公他日有诗,所谓"放荡齐赵间,裘马颇清狂。春歌丛台上,冬猎青丘旁"者也。

① 乌匼(kē):黑头巾,古代多为隐居不仕者所戴的帽子。② 徂暑:暑气正盛。③ "武王"句:武王救护中暑的人。《淮南子·人间》:"(武王)左拥而右扇之,而天下怀其德。"④ 紫塞:边塞。⑤ 铍(pī):薄而宽的箭头。

牵牛织女

牵牛出河西,织女处其东。

万古永相望,七夕谁见同?

神光意难候〔一〕,此事终蒙胧。

飒然精灵合,何必秋遂通?

亭亭新妆立,龙驾具曾空〔二〕。

世人亦为尔,祈请走儿童。

称家随丰俭，白屋达公宫。

膳夫翊堂殿，鸣玉凄房栊。

曝衣①遍天下，曳月扬微风。

蛛丝小人态，曲缀〔三〕瓜果中。

初筵浥重露，日出甘所终〔四〕。

嗟汝未嫁女，秉心郁忡忡。

防身动如律，竭力机杼中。

虽无姑舅②事，敢昧织作功？

明明君臣契，咫尺或未容。

义无弃礼法，恩始夫妇恭。

小大有佳期，戒之在至公。

方圆苟龃龉③，丈夫多英雄〔五〕。

〔一〕光：一作仙。意：一作竟。　〔二〕空：一作穹。〔三〕缀：一作掇。　〔四〕终：一作从。　〔五〕一云：勿替丈夫雄。　○末句不可解。

① 曝衣：晾晒衣服，古代七夕风俗之一。② 姑舅：公婆。③ 龃龉（jǔ yǔ）：相互抵触。

毒热寄简崔评事十六弟

大暑〔一〕运金气，荆扬①不知秋。

林下有塌翼，水中无行舟。

千室但扫地，闭关人事休。

老夫〔二〕转不乐，旅次兼百忧。

蝮蛇暮偃蹇，空床难暗投。

炎宵恶明烛,况乃怀旧丘!
开襟仰内弟,执热露白头。
束带负芒刺,接居成阻修。
何当清霜飞,会子临江楼。
载闻大易义,讽兴[三]诗家流。
蕴藉异时辈,检身非苟求。
皇皇使臣体,信是德业优。
楚材择杞梓②,汉苑归骅骝。
短章达我心,理为识者筹。

〔一〕暑:一作火。 〔二〕夫:一作大。 〔三〕兴:一作咏。 ○"空床难暗投"云者,谓蝮蛇出于床间,不敢于暮暗投身寝卧也,而执烛入室,又恶其炎热。种种可憎,况乃心怀故乡乎?公诗拙处往往如此,不可学也。

① 荆扬:荆州和扬州,亦泛指长江中下游地区。② 杞梓:比喻优秀人才。

殿中杨监见示张旭草书图

斯人①已云亡,草圣秘难得。
乃兹烦见示,满目一凄恻。
悲风生微绡②,万里起古色。
锵锵鸣玉动,落落群松直。
连山蟠其间,溟涨与笔力。
有练实先书,临池真尽墨。
俊拔为之主,暮年思转极。

未知张王^③后,谁并百代则?

呜呼东吴精^④,逸气感清识。

杨公拂箧笥^⑤,舒卷忘寝食。

念昔挥毫端,不独观酒德。

① 斯人:张旭。② 微绡:薄绢。③ 张王:张芝、王羲之。
④ 东吴精:东吴精气,此指张旭。张旭为苏州吴县人,故称。
⑤ 箧笥(qiè sì):藏物的竹器。

杨监又出画鹰十二扇

近时冯绍正^①,能画鸷鸟样。

明公出此图,无乃传其状?

殊姿各独立,清绝心有向〔一〕。

疾禁千里马,气敌万人将。

忆昔骊山宫,冬移含元^②仗。

天寒大羽猎,此物神俱王。

当时无凡材,百中皆用壮。

粉墨形似间,识者一惆怅。

干戈少暇日,真骨老崖嶂。

为君除狡兔,会是翻〔二〕韝^③上。

〔一〕向:一作尚。 〔二〕翻:一作飞。

① 冯绍正:初盛唐时画家。② 含元:含元殿,唐代大明宫正殿。③ 韝(gōu):皮质袖套。

送殿中杨监赴蜀见相公①

去水绝还波,曳云无定姿。
人生在世间,聚散亦暂时。
离别重相逢,偶然岂定期?
送子清秋暮,风物长年悲。
豪俊贵勋业,邦家频出师。
相公镇梁益②,军事无孑遗③。
解榻④再见今,用才复择谁?
况子已高位,为郡得固辞?
难拒供给费,慎哀渔夺私。
干戈未甚息,纪纲正所持。
泛舟巨石横,登陆草露滋。
山门日易久〔一〕,当念居者思。
〔一〕久:一云夕。

① 相公:杜鸿渐,时主蜀政。② 梁益:梁州、益州。③ 孑遗:遗留,残存。④ 解榻:即下榻,意谓受人重视。此指殿中监杨炎可为主政四川的杜鸿渐所重视。

赠李十五丈别

峡人鸟兽居,其室附层颠。
下临不测江,中有万里船。
多病纷倚薄,少留改岁年。
绝域谁慰怀?开颜喜名贤。

孤陋忝末亲，等级敢比肩？

人生意颇〔一〕合，相与襟袂连①。

一日两遣仆，三日一共筵。

扬论展寸心，壮笔过飞泉。

玄成②美价存③，子山④旧业传〔二〕。

不闻八尺躯，常受众目怜。

且为辛苦行，盖被生事牵。

北回白帝棹，南入黔阳天。

汧公⑤制方隅，迥出诸侯先。

封内如太古，时危独萧然。

清高金茎露〔三〕⑥，正直朱丝弦。

昔在尧四岳，今之黄颍川⑦。

于迈恨不同，所思无由宣。

山深水增波，解榻秋露悬。

客游虽云久，主要〔四〕月再圆。

晨集风渚亭，醉操云峤篇⑧。

丈夫贵知己，欢罢念归旋。

〔一〕颇：一作气。　〔二〕李十五之父当有名位于时，故以韦贤、庾肩吾比之。　〔三〕金茎露：一作金掌露，一作金茎掌。
〔四〕主要：陈作亦思。

① 襟袂连：即连襟。② 玄成：即韦玄成，西汉人，汉元帝时宰相，韦贤之子。③ 美价存：指韦玄成能够子继父业，不坠家声。④ 子山：南北朝文学家庾信之字，其父庾肩吾，亦为著名文人，故称"旧业传"。⑤ 汧（qiān）公：李勉，唐王室郑惠王元懿曾孙，封汧国公。⑥ 金茎露：汉武帝所建承露盘中的露水。⑦ 黄颍川：黄霸，汉宣帝时颍川太守，深得民心。⑧ 云峤篇：即游仙诗，得名于南朝王融《游仙诗》之二"结赏自云峤，移燕乃方壶"。

西阁曝日

凛冽倦玄冬，负暄嗜飞阁。
羲和流德泽，颛顼愧倚薄。
毛发具自和〔一〕，肌肤潜沃若①。
太阳信深仁，衰气欻有托。
欹倾烦注②眼，容易收病脚。
流离木杪猿〔二〕，翩跹③山颠鹤。
用〔三〕知苦聚散，哀乐日已作〔四〕。
即事会赋诗，人生忽如昨〔五〕。
古来遭丧乱，贤圣尽萧索。
胡为将暮年，忧世心力弱？

〔一〕和：一作私。 〔二〕流离：或作浏漓。杪：一作梢。
〔三〕用：刊作朋。 〔四〕日已作：一作亦已昨。 〔五〕昨：一作错。

①沃若：润泽的样子。②注：阳光照射。③翩跹：飘逸飞舞。

课①伐木〔一〕

课隶人伯夷、幸〔二〕秀、信行等入谷斩阴木，人日四根止。维条伊枚②，正直挺然。晨征暮返，委积庭内。我有藩篱，是缺是补。载伐篠簜，伊仗〔三〕支持，则旅次于小安。山有虎，知禁。若恃爪牙之利，必昏黑樘〔四〕突③。夔人屋壁，列〔五〕树白菊〔六〕，镘④为墙，实以竹，示式遏⑤。为与虎近，混沦乎无良。宾客忧〔七〕害马之徒，苟活为幸，可嘿息已。作诗示宗武[八]诵。

　　长夏无所为，客居课奴[九]仆。

　　清晨饭其腹[十]，持斧入白谷。

　　青冥曾巅后，十里斩阴木。

　　人肩四根已，亭午下山麓。

　　尚闻丁丁声，功课日各足。

　　苍皮成委积[十一]，素节⑥相照烛。

　　藉汝跨小篱，当仗苦虚竹[十二]。

　　空荒咆熊罴，乳兽待人肉。

　　不示知禁情，岂惟干戈哭？

　　城中贤府主，处贵如白屋⑦。

　　萧萧理体净，蜂虿⑧不敢毒。

　　虎穴连里闾，堤防旧风俗。

　　泊舟沧江岸，久客慎所触。

　　舍西崖峤壮，雷雨蔚含蓄。

　　墙宇资屡修，衰年怯幽独。

　　尔曹轻执热，为我忍烦促。

　　秋光近青岑，季月⑨当泛菊。

　　报之以微寒，共给酒一斛。

〔一〕并序。　〔二〕幸：一作辛。　〔三〕仗：一作杖。〔四〕橖：晋作撑，一作搪。　〔五〕列：一作例。　〔六〕菊：一作萄。　〔七〕忱：一作齿。　〔八〕武：一作文。〔九〕奴：一作童。　〔十〕腹：一作阳。　〔十一〕委积：吴本作积委。　〔十二〕仗：一云杖，一云材。苦：一云若。

①课：稽查，考核。②枚：树干。③橖突：唐突，冒犯。④镘（màn）：抹墙用的工具，俗称"抹子"。⑤式遏：防卫。⑥素节：竹子。⑦白屋：茅屋，穷人居所。⑧虿（chài）：毒虫，喻指歹毒之人。⑨季月：末月，此为九月。

园人送瓜

江间虽炎瘴,瓜熟亦不早。
柏公镇夔国,滞务①兹〔一〕一扫。
食新先战士,共少及溪〔二〕老。
倾筐蒲鸽②青,满眼颜色好。
竹竿接嵌窦③,引注来鸟道。
沉浮乱水玉,爱惜如芝草。
落刃嚼冰霜,开怀慰枯槁。
许以秋蒂除,仍看小童〔三〕抱。
东陵〔四〕迹芜绝④,楚汉休征讨。
园人非故侯,种此何草草?

〔一〕兹:一作资。 〔二〕溪:一作穷。 〔三〕童:一作儿。 〔四〕陵:一作溪。

① 滞务:积压的事务。② 蒲鸽:瓜名。仇兆鳌《杜诗详注》:"青瓜,色如蒲鸽。"③ 嵌窦:山洞。④ "东陵"句:意谓召平瓜园已经荒芜。东陵,即东陵瓜,秦东陵侯召平,秦灭后,为布衣,种瓜于长安城东。

信行远修水筒

汝性不茹荤①,清静仆夫内。
秉心识本〔一〕源,于事少滞碍。
云端水筒坼,林表山石碎。
触热藉子修,通流与厨会。

往来四十里,荒险崖谷大。

日曛惊未餐[二],貌赤愧相对。

浮瓜供老病,裂饼尝所爱。

于斯答恭谨,足以殊殿最②。

讵要方士符,何假将军盖[三]?

行诸直如笔,用意崎岖外。

〔一〕本:一作根。　〔二〕餐:一作食。　〔三〕盖:高丽本作佩。

① 茹荤:本指吃葱韭等辛辣的蔬菜,后用来指吃鱼、肉等。
② 殿最:古代考核评语,下等为殿,上等为最。

槐叶冷淘①

青青高槐叶,采掇付中厨。

新面来近市,汁滓宛相俱。

入鼎资过熟,加餐愁欲无。

碧鲜俱照箸,香饭兼苞芦。

经齿冷于雪,劝人投此[一]珠。

愿随金騕褭,走置锦屠苏[二]②。

路远思恐泥,兴深终不渝。

献芹③则小小,荐藻明区区。

万里露寒殿,开冰清玉壶。

君王纳凉晚,此味亦时须。

〔一〕此:一作比。　〔二〕屠苏:又作麖麻。

①槐叶冷淘：古代以槐叶汁和面的传统凉食。②屠苏：平屋，茅庵。③献芹：喻指微薄的礼物。

行官张望补稻畦水归

东屯大江北〔一〕，百顷平若案①。
六月青稻多，千畦碧泉乱。
插秧适云已，引溜加溉灌。
更仆往方塘，决渠当断岸。
公私各地著②，浸润无天旱。
主守问家臣，分明见溪伴〔二〕。
芊芊炯翠羽，剡剡生银〔三〕汉。
鸥鸟镜里来，关山雪边看。
秋菰成黑米，精凿传白粲〔四〕③。
玉粒足晨炊，红鲜任霞散。
终然添旅食，作苦期壮观。
遗穗④及⑤众多，我仓戒滋蔓⑥。

〔一〕江北：一云枕大江。 〔二〕明：一作朋。伴：一作畔。 〔三〕生：一作向。 〔四〕凿：一作谷。传：一作傅。

①案：案几，条案。②地著（zhuó）：意谓附着在土地上。著，即着。③白粲：白米。④遗穗：指收获后遗落在田的谷穗。⑤及：惠及。⑥滋蔓：此指扩大。

催宗文树鸡栅

吾衰怯行迈，旅次展崩迫①。
愈风传乌鸡，秋卵方漫吃。
自春生成者，随母向百翻。
驱趁制不禁，喧呼山腰宅。
课奴杀青竹，终日憎〔一〕赤帻②。
踏藉盘案翻，塞蹊使之隔。
墙东有隙〔二〕地，可以树高栅。
避热时来〔三〕归，问儿所为迹。
织笼曹其内，令入不得掷③。
稀间可〔四〕突过，觜爪还污席。
我宽螳蚁遭，彼免狐貉厄。
应宜各长幼，自此均勍敌④。
笼栅念有修，近身见〔五〕损益。
明明领处分，一一当剖析。
不昧风雨晨，乱离减忧戚。
其流则凡鸟，其气心匪石。
倚赖穷岁晏，拨烦⑤去〔六〕冰释。
未似尸乡翁⑥，拘留盖阡陌。

〔一〕憎：一作增，一作帽。 〔二〕有隙：晋作闲散。 〔三〕来：晋作未。 〔四〕可：一作苦。 〔五〕见：一作知。 〔六〕去：一作及。

① 崩迫：奔忙。② 赤帻：红色头巾，代指雄鸡。③ 掷：腾跃。④ 勍（qíng）敌：强敌。⑤ 拨烦：处理繁忙的政务。⑥ 尸乡翁：即祝鸡翁，洛阳人，居住在尸乡北山下。见《列仙传·祝鸡翁》。

园官送菜[一]

园官送菜把①,本数日阙,矧苦苣、马齿掩乎嘉蔬!伤小人妒害君子,菜不足道也,比而作诗。

清晨蒙[二]菜把,常荷地主恩。
守者愆实数,略有其名存。
苦苣刺如针,马齿叶亦繁。
青青嘉蔬色,埋没在[三]中园。
园吏未足怪,世事固堪论。
呜呼战伐久,荆棘暗长原。
乃知苦苣辈,倾夺蕙草根。
小人塞道路,为态何喧喧!
又如马齿盛,气拥葵荏昏。
点染不易虞,丝麻杂罗纨。
一经器[四]物内,永挂粗刺痕。
志士采紫芝,放歌避戎轩。
畦丁②负笼至,感动百虑端。

〔一〕并序。　〔二〕蒙:一作送。　〔三〕在:晋作自。
〔四〕器:一作气。

① 菜把:蔬菜。② 畦丁:园丁。

上后园山脚

朱夏热所婴①,清旭[一]步北林。
小园背高冈,挽葛上崎嶔②。

旷望延驻目，飘摇散疏襟。

潜鳞恨水〔二〕壮，去翼依云深。

勿谓地无疆，劣于山有阴。

石榍遍天下，水陆兼浮沉。

自我登陇首，十年经碧岑。

剑门来巫峡，薄倚浩至今。

故园暗戎马，骨肉失追寻。

时危无消息，老去多归心。

志士惜白日，久客藉黄金。

敢为苏门啸③，庶作梁父吟。

〔一〕旭：一作日。　〔二〕水：一作川。

①婴：缠绕。②崎嵚（qí yín）：山不平处。③苏门啸：喻指隐士情怀，晋阮籍在苏门山访孙登，孙登长啸若鸾凤之音。

驱竖子①摘苍耳

江上秋已分，林〔一〕中瘴犹剧。

畦丁告劳苦，无以供日夕。

蓬莠独〔二〕不焦，野蔬暗泉石。

卷耳况疗风，童儿且时摘〔三〕。

侵星〔四〕②驱之去，烂漫任远适。

放筐亭〔五〕午际，洗剥相蒙幂。

登③床半生熟，下箸还小益。

加点瓜薤间，依稀橘〔六〕奴迹。

乱世诛求急，黎民糠籺④窄。

饱食复何心?荒哉膏粱⑤客。

富家厨肉臭,战地骸骨白。

寄语恶少年,黄金且休掷。

〔一〕林:一作村。 〔二〕独:一作犹。 〔三〕一云:童仆先时摘。 〔四〕侵星:疑当作侵晨。 〔五〕亭:一作当。 〔六〕橘:一作木。

① 竖子:指小孩。② 侵星:拂晓。③ 登:放置。④ 糠籺(kāng hé):指粗劣的食物。⑤ 膏粱:肥美的食物,借指富贵人家及其后嗣。

秋,行官张望督促东渚耗〔一〕稻①向毕。清晨,遣女奴阿稽、竖子阿段往问

东渚雨今足,伫闻粳稻香。

上天无偏颇,蒲稗②各自长。

人情见非类,田家戒其荒。

功夫竞榾榾③,除草置岸旁。

谷者命之本,客居安可忘?

青春具所务,勤垦免乱常。

吴牛④力容易,并驱动莫当〔二〕。

丰苗亦已穊⑤,云水照方塘。

有生固蔓延,静一资堤防。

督领不无人,提携〔三〕颇在纲。

荆扬风土暖,肃肃候微霜。

尚恐主守疏,用心未甚臧⑥。

清朝遣婢仆，寄语逾崇冈。
西成聚必散，不独陵我仓。
岂要仁里⑦誉？感此乱世忙。
北风吹蒹葭，蟋蟀近中堂。
荏苒⑧百工休，郁纡⑨迟暮伤。

〔一〕耗：一作刈。 〔二〕驱：去声。动莫当：一云纷游扬。 〔三〕携：一作挈。

① 耗稻：即为稻田除草。② 蒲稗：蒲草与稗草，用以指相近相依的事物。③ 榾榾（gǔ）：一作"搰搰"。用力甚多的样子。④ 吴牛：即水牛。⑤ 概（jì）：稠密。⑥ 臧：好、善。⑦ 仁里：指风俗淳朴的乡里。⑧ 荏苒：时间渐渐过去，常用来形容时光易逝。⑨ 郁纡：苦闷盘结，忧思缠绕。

阻雨不得归瀼西甘林

三伏适已过，骄阳化为霖。
欲归瀼西宅，阻此江浦深。
坏舟百板坼，峻岸复万寻。
篙工初一弃，恐泥劳寸心。
伫〔一〕立东城隅，怅望高飞禽。
草堂乱玄圃，不隔昆仑岑。
昏浑衣裳外，旷绝同层阴。
园甘长成时，三寸如黄金。
诸侯旧上计，厥贡倾千林。
邦人不足重，所迫豪吏侵。

客居暂封殖,日夜偶瑶琴。
虚徐五株态,侧塞烦胸襟。
焉得辍两足〔二〕?杖藜出岖嵚①。
条流数翠实,偃息归碧浔。
拂拭乌皮几,喜闻樵牧音。
令儿快搔背,脱我头上簪。

〔一〕伫:一作倚。　〔二〕得:一作能。两:一作雨。

① 岖嵚(qū qīn):形容道路险阻不平。

雨

峡云行清晓,烟雾相徘徊。
风吹苍江树〔一〕,雨洒石壁来。
凄凄生余寒,殷殷①兼出〔二〕雷。
白谷变气候,朱炎安在哉?
高鸟湿不下,居人门未开。
楚宫久已灭,幽佩为谁哀?
侍臣书王梦,赋有冠古才②。
冥冥翠龙③驾,多自巫山台④。

〔一〕树:晦庵作去。　〔二〕出:一作山。

① 殷殷:雨水盛大的样子。② "赋有"句:指宋玉创作《高唐赋》。③ 翠龙:传说中穆天子所乘之马。④ 巫山台:语出《高唐赋》:"妾在巫山之阳,高丘之阻,旦为朝云,暮为行雨,朝朝暮暮,阳台之下。"

雨二首

青山淡无姿,白露谁能数?
片片水上云,萧萧沙中雨。
殊俗①状巢居,曾台俯风渚。
佳客适万里,沉思情延伫②。
挂帆远色外,惊浪满吴楚。
久阴蛟螭出,寇盗〔一〕复几许?
〔一〕寇盗:一作冠盖。

① 殊俗:风俗、习俗不同。② 延伫:久立,久留。

空山中宵阴,微冷先枕席。
回风起清曙〔一〕,万象萋已碧。
落落出岫云,浑浑倚天石。
日假何道行?雨含长江白。
连樯荆州船,有士荷矛戟。
南防草镇惨,沾湿赴远役。
群盗下辟山,总戎备强敌。
水深云光廓,鸣橹各有适。
渔艇息〔二〕悠悠,夷歌①负樵客。
留滞一老翁,书时记朝夕②。
〔一〕曙:一作晓。 〔二〕息:一作自。

① 夷歌:此指夔州地方歌曲。②"书时"句:书写时事,记录风光。时,指政局战乱。朝夕,指早晚景色变化。

晚登瀼上堂

故跻瀼岸高，颇免崖石拥。
开襟①野堂豁，系马林花动。
雉堞②粉如云，山田麦无垄。
春气晚更生，江流静犹涌。
四序婴我怀，群盗久相踵③。
黎民困逆节，天子渴垂拱④。
所思注东北，深峡转修耸。
衰老自成病，郎官未为冗。
凄其望吕葛⑤，不复梦周孔。
济世数向时，斯人各枯冢。
楚星南天黑，蜀月西雾重。
安得随鸟翎，迫此惧将恐？

① 开襟：敞开衣襟。② 雉堞：指城墙。堞，女墙，城上短墙。③ 相踵：相继，互相追随。④ 垂拱：垂衣拱手，无为而治。⑤ 吕葛：吕尚、诸葛亮。

又上后园山脚

昔我游山东，忆戏东岳阳①。
穷秋立日观②，矫首③望八〔一〕荒。
朱崖著毫发，碧海吹衣裳。
蓐收④困用事，玄冥蔚强梁⑤。
游水自朝宗⑥，镇名各其方。

平原独憔悴,农力废耕桑。
非关〔二〕风露凋,曾是戍役伤。
于时国用富,足以守边疆。
朝廷任猛将,远夺戎马场。
到今事反覆,故老泪万行。
龟蒙⑦不复见,况乃怀旧〔三〕乡。
肺萎属久战,骨出热中肠。
忧来杖匣剑,更上林北冈。
瘴毒猿鸟落,峡干南日黄。
秋风亦已起,江汉始如汤。
登高欲有往,荡析川无梁。
哀彼远征人,去家死路旁。
不及祖父茔,累累冢相当。

〔一〕八:一云北。 〔二〕非关:一作北关。 〔三〕旧:一作故。

① 阳:山南水北为阳,此指泰山南面。② 日观:山峰名,泰山观日出处。③ 矫首:抬头。④ 蓐(rù)收:古代传说中的西方神名。⑤ 强梁:强劲有力。⑥ 朝宗:流注大海。⑦ 龟蒙:山东境内龟山和蒙山的并称。两山连续,长约八十余里,其西北一段名龟山,东南名蒙山。

雨

山雨不作泥,江云薄为雾。
晴飞半岭鹤,风乱平沙树。
明灭洲景微,隐见岩姿露。

拘闷①出门游，旷绝经目趣。
消中日伏枕，卧久尘及屦。
岂无平肩舆②？莫辨望乡路。
兵戈浩未息，蛇虺反相顾。
悠悠边月破，郁郁流年度。
针灸阻朋曹，糠籺对童孺。
一命须屈色，新知渐成故。
穷荒益自卑，飘泊欲谁诉？
尪羸③愁应接，俄顷恐违〔一〕迕。
浮俗何万端？幽人有独〔二〕步。
庞公④竟独往，尚子⑤终罕遇。
宿留洞庭秋，天寒潇湘素。
杖策可入舟，送此齿发暮。
〔一〕违：一作危。　〔二〕独：吴作高。

① 拘闷：郁闷。② 肩舆：轿子。③ 尪（wāng）羸：瘦弱，亦指瘦弱之人。④ 庞公：即庞德公，东汉末年襄阳隐士。⑤ 尚子：东汉初年隐士，名长，字子平。"尚"当为"向"。

甘林

舍舟越西冈，入林解我衣。
青刍①适马性，好鸟知人归。
晨光映远岫，夕露见日晞。
迟暮少寝食，清旷喜荆扉。
经过倦俗态，在野无所〔一〕违。

试问甘黎藿,未肯羡轻肥。
喧静不同科,出处各天机。
勿矜朱门是,陋此白屋非。
明朝步邻里,长老可以依。
时危赋敛数②,脱粟为尔挥。
相携行豆田,秋花霭菲菲。
子实不得吃,货市送王畿③。
尽添军旅用,迫此公家威。
主人长跪问,戎马何时稀?
我衰易悲伤,屈指数贼围。
劝其死王命,慎莫远奋飞。

〔一〕所:一云或。

① 青刍:新鲜的草料。② 数(shuò):屡次。③ 王畿:指王城周围千里的地域,泛指帝京。

雨

行云递崇高,飞雨霭①而至。
潺潺石间溜,汩汩松上驶。
亢阳②乘秋热,百谷皆〔一〕已弃。
皇天德泽降,焦卷③有生意。
前雨伤卒暴④,今雨喜容易。
不可无雷霆,间作鼓增气。
佳声达中宵,所望时一致。
清霜九月天,仿佛见滞穗。

郊扉⑤及我私〔二〕，我圃日苍翠。
恨无抱瓮力⑥，庶减临江费〔三〕。

〔一〕皆：一作亦。 〔二〕我私：一作栽耘。 〔三〕吴若本注：峡内无井，取江水吃。

①霭：云气。②亢阳：指旱灾。③焦卷：指枯萎的庄稼、草木。④卒暴：急促。⑤郊扉：指郊外住宅。⑥抱瓮力：指抱瓮汲水灌溉，用力甚多而功效小。见《庄子·天地》。

种莴苣〔一〕

既雨已秋，堂下理小畦，隔种一两席许莴苣，向二旬矣。而苣不甲坼①，伊人〔二〕苋青青。伤时君子或晚得微禄，坎坷不进，因作此诗。阴阳一错〔三〕乱，骄蹇②不复理。

枯旱于其中，炎方惨如毁。
植物半蹉跎，嘉生将已矣。
云雷欻奔命，师伯③集所使。
指麾赤白日，洞洞④青光〔四〕起。
雨声先已〔五〕风，散足尽西靡。
山泉落沧江，霹雳犹在耳。
终朝纡飒沓，信宿罢潇洒。
堂下可以畦，呼童对经始。
苣兮蔬之常，随事艺⑤其子。
破块数席间，荷锄功易止。
两旬不甲坼，空惜埋泥滓。
野苋迷汝来，宗生实于此。

此辈岂无秋？亦蒙寒露委。

翻然出地速，滋蔓户庭毁。

因知邪干正，掩抑至没齿。

贤良虽得禄，守道不封己。

拥塞败芝兰，众多盛荆杞。

中园陷萧艾，老圃永为耻。

登于白玉盘，藉以如霞绮。

苋也无所施，胡颜⑥入筐篚⑦？

〔一〕并序。　〔二〕伊人：一作独野。　〔三〕错：一作屯。　〔四〕青光：一作云色。　〔五〕已：晋作以。

① 甲坼：发芽。② 骄蹇：不顺从，此指阴阳错乱。③ 师伯：风伯、雨师。④ 澒洞（hòng tóng）：汹涌，水流转的样子。⑤ 艺：种植。⑥ 胡颜：有何面目，愧极。⑦ 筐篚（fěi）：竹制容器，方形为筐，圆形为篚。

暇日小园散病，将种秋菜，督勒耕牛，兼书触目

不爱入州府，畏人嫌我真。

及乎归茅宇〔一〕，旁舍未曾瞋。

老病忌〔二〕拘束，应接丧精神。

江村意自〔三〕放，林木心所欣。

秋耕属地湿，山雨近甚匀。

冬菁饭之半，牛力晚〔四〕来新。

深耕种数亩，未甚后四邻。

嘉蔬①既不一，名数颇具陈。

荆巫②非苦寒，采撷接青春〔五〕。

飞来两白鹤，暮啄泥中芹。

雄者左翮垂，损伤已露〔六〕筋。

一步再流血，尚经〔七〕矰缴③勤。

三步六号叫，志屈悲哀频。

鸾凤不相待，侧颈诉高旻。

杖藜俯沙渚，为汝鼻酸辛！

〔一〕一云及归在茅屋。 〔二〕忌：一作恐。 〔三〕自：一作日。 〔四〕晓：一作晓。 〔五〕以上叙散病种秋菜之事，以下书触目也。 〔六〕露：一作及。 〔七〕经：一作惊。

① 嘉蔬：美味的蔬菜。② 荆巫：荆山、巫山，此指夔州之地。③ 矰（zēng）缴：古代用来射鸟的拴着丝绳的短箭，泛指箭。

八哀诗〔一〕

伤时盗贼未息，兴起王公、李公，叹旧怀贤，终于张相国。八公前后存没，遂不诠次焉。

赠司空王公思礼〔二〕

司空出东夷①，童稚刷劲翮。

追随燕蓟儿，颖锐〔三〕物不隔。

服事哥舒翰，意无〔四〕流沙碛②。

未甚拔行间，犬戎大充斥。

短小精悍姿，屹然强寇敌。

贯穿百万众,出入由咫尺。
马鞍悬将首,甲外控鸣镝③。
洗剑青海水,刻铭天山石。
九曲非外蕃[五]④,其王转深壁。
飞兔不近驾,鸷鸟资远击。
晓达兵家流,饱闻春秋癖。
胸襟日沉静,肃肃[六]自有适。
潼关初溃散,万乘犹辟易⑤。
偏裨无所施,元帅见手格[七]⑥。
太子入朔方,至尊狩梁益。
胡马缠伊洛,中原气甚逆。
肃宗登宝位,塞望势敦迫[八]。
公时徒步至,请罪将厚责[九]。
际会清河公⑦,间道⑧传玉册。
天王拜跪毕,说议⑨果冰释。
翠华卷飞雪[十],熊虎亘阡陌。
屯兵凤凰山,帐殿泾渭辟。
金城贼咽喉[十一],诏镇雄所扼。
禁暴清[十二]无双,爽气春淅沥。
巷有从公歌,野多青青麦。
及夫哭庙后,复领太原役[十三]。
恐惧禄位高,怅望王土窄。
不得见清时,呜呼就窀穸⑩。
永[十四]系五湖舟⑪,悲甚田横客⑫。
千秋汾晋间,事与云水白。
昔观文苑传,岂述廉蔺⑬绩[十五]?
嗟嗟[十六]邓大夫⑭,士卒终倒戟[十七]。

〔一〕并序。　〔二〕高丽人。　〔三〕锐：一作脱。〔四〕意无：晋作气无。　〔五〕钱笺：拔石堡城，除右金吾卫将军。十二载，翰征九曲，思礼后期，欲引斩之，续使命释之。思礼徐言曰："斩则斩，却唤何物。"　〔六〕肃肃：晋作萧萧。　〔七〕钱笺：《安禄山事迹》：翰至关津驿，火拔归仁帅诸将叩马请降禄山。翰欲下马，遂以毛绳于马腹连缚其脚，控辔出驿。翰怒，握鞭自筑其喉，又被夺鞭，拢马就乾祐，送于洛阳。〔八〕迫：一作逼。　〔九〕钱笺：潼关失守，西赴行在。思礼与吕崇贲、李承光并引于纛下，责以不能坚守，并从军令。或救之可收后效，遂斩承光，而释思礼、崇贲。《新书》云：宰相房琯谏，以为可收后效，遂独斩承光。《安禄山事迹》：十六日，玄宗幸蜀，十七日至金城宿。是夜王思礼自潼关至，始知哥舒翰被擒。以思礼为河西陇右节度使，即令赴镇。旧、新二书，记思礼纛下被释，与公诗合。而《通鉴》载思礼自潼关至，在次马嵬驿之前，又云即授节度使，恐当有误。　〔十〕卷飞雪：一云飞雪中。　〔十一〕钱笺：《寰宇记》：景龙四年，送金城公主至始平县，因改为金城。至德二载，复为兴平。思礼为关内节度使，镇此。黄鹤以为河西之金城，谬矣。　〔十二〕清：一作靖，一作静。　〔十三〕钱笺：从广平王收西京，领兵先入清宫，迁兵部尚书。霍国公李光弼镇河阳，以思礼为太原尹、北京留守、河东节度使，贮军粮百万，器械精锐，寻加守司空。自武德以来，三公不居宰辅，惟思礼而已。　〔十四〕永：一作空。　〔十五〕绩：一作迹。　〔十六〕嗟嗟：晋作诺诺。　〔十七〕钱笺：思礼薨，管崇嗣代为太原尹、北京留守。数月，召景山代崇嗣。思礼立法严整，士卒不敢犯。景山以文吏见称，至太原，以镇抚纲纪为己任，检复军吏隐没者。军众愤怒，遂杀景山。

①"司空"句：王思礼为高丽人，故称"出东夷"。②流沙碛：流动的沙洲、沙漠。③鸣镝：响箭。④"九曲"句：九曲，地名，今青海化隆县。天宝十二载，哥舒翰带兵收复。⑤辟易：退避。⑥"偏裨""元帅"二句：指潼关兵败，王思礼受困于偏将身份而无计可施，哥舒翰亦被杀。偏裨，偏将；裨将；挌，击杀。⑦清河公：房琯，封清河郡公。⑧间道：小路。⑨谠议：刚直的议论，直言不讳的议论。⑩窀穸（zhūn xī）：埋葬，引申为墓穴。⑪五湖

舟：此指归隐江湖。⑫田横客：田横自杀，门人伤悲，此指王思礼死后，门人悲伤不已。⑬廉蔺：战国时期赵国将相廉颇、蔺相如。
⑭邓大夫：邓景山。王思礼卒，邓景山接替王思礼为太原尹，因查勘军吏贪腐，而为军吏所杀。

故司徒李公光弼〔一〕

司徒天宝末，北收晋阳甲〔二〕。
胡〔三〕骑攻吾城，愁寂意不惬。
人安若泰山，蓟北断右胁。
朔方气乃〔四〕苏，黎首①见帝业。
二宫②泣西郊，九庙起颓压。
未散河阳卒〔五〕，思明伪臣妾③。
复自碣石来④，火焚乾坤猎。
高视笑禄山，公又大献捷〔六〕⑤。
异王册崇勋⑥，小敌信所怯。
拥兵镇河汴〔七〕，千里初妥帖。
青蝇纷〔八〕营营，风雨秋一叶。
内省未入朝，死泪终映睫。
大屋去高栋，长城扫遗堞。
平生白羽扇，零落蛟龙匣。
雅望与〔九〕英姿，恻怆槐里接〔十〕⑦。
三军晦光彩，烈士痛稠叠。
直笔在史臣，将来洗箱箧。
吾思哭孤冢，南纪阻归楫。
扶颠永萧条，未济失利涉。
疲苶⑧竟何人？洒涕巴东峡。

〔一〕广德二年七月卒。　〔二〕钱笺：禄山之乱，命郭子仪为朔方节度，收兵河西。玄宗眷求良将，委以河北、河东之事，以问子仪。子仪荐光弼堪当闾寄。以光弼为云中太守,充河东节度副使。潼关失守,授户部尚书,兼太原尹、北京留守。史思明等四伪帅率众十万余攻太原,拒守五十余日。伺其怠,出击,大破之,斩首七万余级。　〔三〕胡:一作犷。　〔四〕乃:一作多。〔五〕钱笺:思明杀庆绪,即伪位,破洛阳。光弼率军赴河阳,大破贼众,斩万余级,生擒八千余人,收怀州。思明来救,逆击于泌水之上,又败之。遂拔怀州,生擒安太清、周挚、杨希文等,送于阙下。进爵临淮郡王。颜鲁公《神道碑》:乾元二年冬,十月甲申,贼将周挚悉河北之众,萃于河阳城北;思明以河南之众,顿于河阳南城之南。南北夹攻,表里受敌。公设奇,分锐袭其虚而大破挚军,擒其大将徐璜玉。挚仅以身免。思明心悸气索,烟火不举者三日。官军大振。　〔六〕大献捷:一云献大捷。　〔七〕钱笺:《谭宾录》:光弼之未至河南也,田神功平刘展后,逗留于阳府,尚衡、殷仲卿相攻于兖郓,来瑱旅拒而还襄阳。朝廷患之。及光弼自河中入朝,复拜太尉,出镇临淮。至徐州,史朝义退走,田神功遽归河南。尚衡、殷仲卿、来瑱皆惧其威名,相继赴阙。吐蕃犯都,上手诏追光弼率众赴长安。光弼与程元振不协,迁延不至。初,光弼御军严肃,天下服其威名。及惧朝恩之害,不敢入朝,田神功等诸军皆不受其制,因此不得志,愧耻成疾,薨于徐州。《神道碑》:遂趣徐州,因召田神功与同寝宿,以宋州之难告。祖道郊外,俾先饮,以宠之。分麾下隶于其将乔岫,仍令兵马使郝庭玉与岫犄角而击之。贼遂一战而走。上在陕州,以公兼东都留守。制书未下,久待命于徐州。将赴中都,属痾疾增剧,公知不起,使使赍表奉辞。广德二年七月,薨于官舍。将吏问以后事,公曰:"吾久在军中,不得就养,今为不孝子矣!夫复何言!"　〔八〕纷:一作徒。　〔九〕与:晋作叹。　〔十〕钱笺:《长安志》:槐里故城,即犬丘城,在兴平县东南一十里,即《汉书》所谓槐里环堤者也。《神道碑》:窆公于富平县先茔之东。铭曰:渭水川上,檀山路旁。檀山,在县西北四十里。汉武帝墓在槐里之茂陵,卫青、霍去病去茂陵不三里。光弼葬在冯翊,犹卫、霍之接近槐里,故曰"恻怆槐里接"。

① 黎首:黎民、黔首,即百姓。② 二宫:玄宗、肃宗。③ "思明"句:指肃宗至德二年(757)史思明以所部暂降朝廷。④ "复自"句:乾元元年(758),史思明再次反叛。⑤ "公又"句:乾元二年(758),邺城兵败,李光弼接替郭子仪任朔方节度使,天下兵

马副元帅,与史思明鏖战河阳,大败史思明。⑥"异王"句:宝应元年(762),李光弼因功进封临淮郡王。⑦槐里接:李光弼死后葬冯翊,与高祖李渊献陵、中宗李显定陵接近,故称,意谓李光弼死后有陪葬帝陵的荣耀。槐里,汉武帝茂陵所在处,在今陕西兴平县东南;接,临近。⑧疲苶(pí nié):困惫。

赠左仆射郑国公严公武〔一〕

郑公瑚琏①器,华岳金天晶。

昔在童子日,已闻老成名。

颀然②大贤后,复见秀骨清。

开口取将相,小心事友生。

阅书百纸〔二〕尽,落笔四座惊。

历职匪父任③,嫉邪常力争。

汉仪尚整肃,胡骑忽纵横。

飞传自河陇,逢人问公卿。

不知万乘〔三〕出,雪涕风悲鸣。

受词剑阁道,谒帝萧关城〔四〕。

寂寞云台仗,飘摇沙塞旌。

江山少使者,笳鼓凝皇情。

壮士血相视〔五〕,忠臣气不〔六〕平。

密论贞观体,挥发岐阳征。

感激动四极,联翩收二京。

西郊牛酒④再〔七〕,原庙丹青明。

匡汲⑤俄⑥宠辱,卫霍⑦竟哀荣。

四登会府地,三掌华阳兵。

京兆空柳色〔八〕,尚书无履声。

群乌自朝夕,白马休横行。

诸葛蜀人爱,文翁儒化成。

公来雪山重,公去雪山轻。

记室得何逊,韬钤⑧延子荆。

四郊失壁垒,虚馆开逢迎。

堂上指图〔九〕画,军中吹玉笙。

岂无成都酒?忧国只细倾。

时观锦水钓,问俗终相并。

意待犬戎灭,人藏红粟盈。

以兹报主愿,庶或〔十〕裨世程。

炯炯一心在,沉沉二竖⑨婴。

颜回竟短折,贾谊徒忠贞。

飞旐出江汉⑩,孤舟转荆衡。

虚无〔十一〕马融笛,怅望龙骧⑪茔。

空余老宾客,身上愧簪缨⑫。

〔一〕永泰元年卒。 〔二〕纸:一云氏。 〔三〕万乘:一作乘舆。 〔四〕武自剑阁,受玄宗之命,谒肃宗于灵武,亦与房琯、张镐相同。 〔五〕视:一作见。 〔六〕不:一作未。 〔七〕再:一作至。 〔八〕色:一作市。 〔九〕图:一作书。 〔十〕或:一作获。 〔十一〕虚无:旧本作虚为,时本作虚横。"横"字盖公自况也。

① 瑚琏:比喻治国安邦的人才。② 嶷(nì)然:形容年幼聪慧。③ "历职"句:谓严武出仕乃是凭自己才华,而非门荫所致。父任,父亲的官职。④ 牛酒:犒劳或赏赐的物品,此指百姓迎接官军。⑤ 匡汲:匡衡、汲黯。⑥ 俄:短时间。⑦ 卫霍:卫青、霍去病。⑧ 韬钤(tāo qián):古代兵书《六韬》《玉钤篇》的并称,后泛指兵书,借指武将。⑨ 二竖:病魔。⑩ "飞旐"句:指严武病逝成都。旐(zhào),引魂幡。⑪ 龙骧:军职名,此指严武。⑫ "身上"句:杜甫曾依附严武,为严武举荐,任检校工部员外郎,故自称"老宾客"而"愧簪缨"。

赠太子太师汝阳郡王琎[一]

汝阳让帝子，眉宇真天人。
虬髯似太宗，色映塞外[二]春。
往者开元中，主恩视遇频。
出入独非时，礼毕见群臣。
爱其谨洁极，倍此骨肉亲。
从容听[三]朝后，或在风雪晨。
忽思格猛兽，苑囿①腾清尘。
羽旗动若一，万马肃驵驵②。
诏王来射雁，拜命已挺身。
箭出飞鞚③内，上又[四]回翠麟。
翻然紫塞翮，下拂明月轮。
胡人虽获多，天笑不为新。
王每中一物，手自与金银。
袖中谏猎书④，扣马久上陈。
竟无衔橛虞，圣聪[五]矧多仁。
官免供给费，水有在藻鳞。
匪唯帝老大，皆是王忠勤。
晚年务置醴，门引申白宾⑤。
道大容无能，永怀侍芳茵。
好学尚贞烈，义形必沾巾。
挥翰绮绣扬，篇什若有神。
川广不可泝，墓久狐兔邻。
宛彼汉中郡，文雅见天伦⑥。
何以开[六]我悲？泛舟俱远津⑦。
温温昔风味，少壮已书绅⑧。
旧游易磨灭，衰谢增[七]酸辛。

〔一〕天宝九载卒。　〔二〕塞外：一作寒夜。　〔三〕听：一作退。　〔四〕又：一作人。　〔五〕聪：一作慈。　〔六〕开：一作慰。　〔七〕增：一作多。

① 苑囿：古代畜养禽兽供帝王玩乐的园林。② 駪駪（shēn）：众多疾行的样子。③ 鞚（kòng）：带嚼子的马笼头。④ 谏猎书：本为司马相如所作劝谏狩猎的奏章，此指李琎劝谏玄宗。⑤ "门引"句：意谓李琎如楚元王一样礼贤下士。⑥ 天伦：天然伦次，此指李琎之弟汉中王李瑀。⑦ "泛舟"句：时杜甫漂泊夔州，李瑀亦不在汉中，而在归州，故称"俱远津"。⑧ 书绅：指牢记。见《论语·卫灵公》。

赠秘书监江夏李公邕

长啸宇宙间，高才日陵〔一〕替①。
古人不可见，前辈复谁继？
忆昔李公存，词林有根柢。
声华②当健笔，洒落富清制。
风流散金石，追琢山岳锐③。
情穷造化理，学贯天人际〔二〕。
干谒④走其门，碑版照四裔⑤。
各满深望还，森然起凡例。
萧萧白杨路，洞彻〔三〕宝珠惠。
龙宫塔庙涌〔四〕，浩劫浮云〔五〕卫。
宗儒俎豆事，故吏去思计。
眄睐已皆虚，跋涉曾不泥。
向来映当时，岂独〔六〕劝后世？
丰屋⑥珊瑚钩，骐驎织成罽⑦。
紫骝随剑几，义取无虚岁。
分宅脱骖⑧间，感激怀未济。

众归赒给美,摆落多藏[七]秽。

独步四十年,风听九皋唳[八]。

呜呼江夏姿⑨,竟掩宣尼袂[九]。

往者武后朝,引用多宠嬖。

否臧⑩太常议[十],面折二张⑪势[十一]。

衰俗凛生风,拂荡秋旻霁。

忠贞负冤[十二]恨,宫阙深旒缀。

放逐早联翩[十三],低垂困炎厉。

日斜鹏鸟入,魂断苍梧帝。

荣[十四]枯走不暇,星驾无安税。

几分汉廷竹,夙拥文侯篲。

终悲洛阳狱[十五]⑫,事近小臣敝[十六]。

祸阶初负谤,易力何深哜[十七]⑬。

伊昔临淄亭,酒酣托末契。

重叙东都别,朝阴改轩砌。

论文到崔苏,指[十八]尽流水逝。

近伏盈川雄[十九],未甘特进丽[二十]。

是非张相国[二十一]⑭,相扼一危脆。

争名古岂然?键捷欻不闭[二十二]。

例[二十三]及吾家诗,旷怀扫氛翳。

慷慨嗣真作[二十四],咨嗟玉山桂。

钟律俨高悬,鲲鲸喷迢递[二十五]。

坡陀青州血⑮,芜没汶阳瘗。

哀赠竟萧条,恩波延揭厉。

子孙存如线,旧客舟凝滞。

君臣尚论兵,将帅接燕蓟。

朗咏六公篇[二十六]⑯,忧来豁蒙蔽[二十七]。

〔一〕陵：一作沦。　〔二〕以上浑赞其才与学，以下至"竟掩宣尼袂"，叙其多作碑鬻文获财。　〔三〕洞彻：晋作涸辙。〔四〕涌：下作踊。　〔五〕云：一作空。　〔六〕独：一作特。　〔七〕藏：晋作赃。　〔八〕钱笺：《唐诗纪事》：邕知名长安中，死天宝初，四十年间可谓独步矣。累献词赋，甚称玄宗旨。后因上计，中使临索其新文。以文章彻天听，故有九皋鹤唳之句。《朝野佥载》：李邕文章、书翰、正直、辞辨、义、烈皆过人，时谓六绝。　〔九〕以下至"易力何深哜"，叙其风骨崚嶒，劲直获罪。　〔十〕钱笺：太常博士李处直议韦巨源，谥曰昭，邕再驳之。　〔十一〕二：晋作三。　○钱笺：召拜左拾遗。御史中丞宋璟奏："侍臣张昌宗兄弟有不顺之言，请付法推断。"则天初不应，邕在陛下进曰："璟言事关社稷，望陛下可其奏。"则天色稍解，始允璟所请。孔璋书曰：往者张易之用权，人畏其口，而邕折其角；韦氏恃势，言出祸应，而邕挫其锋。颜鲁公《宋文贞碑》：张易之、昌宗兄弟，席宠胁权，天下侧目。公危冠入奏，奋不顾身。天后失色，仓皇欲起。拾遗李邕奏曰："陛下坐则天下安，起则天下危。"遂俱摄诣台庭，立切责。二竖股栗气索，不敢仰视。自朝至于日昃，敕使驰救之。　〔十二〕冤：晋作怨。〔十三〕钱笺：邕始以与张柬之善，贬雷州。玄宗初，又贬崖州。召还，为姚崇所嫉，贬括州，征为陈州。玄宗东封回，邕于汴州谒见，累献词赋，颇自矜炫。张说甚恶之。发陈州赃事，抵死。孔璋上书，请代邕死。贬钦州，累转括、淄、滑三州刺史。天宝初，为汲郡、北海二太守。　〔十四〕荣：一作策。　〔十五〕钱笺：邕与柳勣马匹。及勣下狱，吉温令勣引邕，议及休咎，词状连引。敕刑部员外郎祁顺之、监察御吏罗希奭驰往，就郡决杀之。年七十余。《后汉·蔡邕传》：下邕，质于洛阳狱。邕集曰：以辛卯诏书收邕，送洛阳诏狱。　〔十六〕敕：一作弊。　〔十七〕以下公自叙获交于李公，而记录其论文之语。　〔十八〕指：晋作推。　〔十九〕杨炯。　〔二十〕李峤。　〔二十一〕燕公说。　〔二十二〕键捷：《英华》作关键。　〔二十三〕例：一作倒。　〔二十四〕钱笺：杜审言有《和李大夫嗣真奉使存抚河东》诗。　〔二十五〕以下十句，盖哀之也。　〔二十六〕张、桓等五王泪狄相六公。钱笺：赵明诚《金石录》：唐《六公诗》，李邕撰，胡履灵书。余初读《八哀诗》，恨不见其诗。晚得石本，其文词高古，真一代佳作也。六公者，五王各为一章，狄丞相为一章。董逌《书跋》云：李北海《六公咏》，今《泰和集》中虽有诗而无其姓名。又其说一章，不尽或遗。余见荆州《六公咏》石刻，文既不刊，故得尽存，可以序载于此。五王皆狄公所进，故邕叹其成大功者六人。诗尤奇伟，豪气激发，如见断鳌立极。时至今读之，令人想望风采，宜老杜有云。余见邕他文，亦不若是壮厉警拔，殆感愤而作，故气激于内，而横放于外者也。序言邕为荆州，今新旧书皆不书。　〔二十七〕"论文"以下，述李公评论诸家之文。"是非张相国"，谓李于张之文有褒有贬，因此两贤相厄，李为张所排挤。键犹机也，谓李之机锋警捷，一发不能自闭也。"例及吾家诗"四句，谓李评论杜审言之诗，赏其嗣真之作，比之玉山之桂也。"钟律"句，赞李论文法律之细。"鲲鲸"句，赞李才力之大。

① 陵替：此指人才的更新换代。② 声华：此指美好的名声。③ "追琢"句：李邕工书，喻指书法的刚劲有力。④ 干谒：求见，拜谒；⑤ 四裔：四极，泛指各地，此指求李邕写碑文者众多，所写碑文遍布天下。⑥ 丰屋：富足人家。⑦ 屩（jì）：毛毡。⑧ 脱骖：此指李邕时常救济死去的朋友。⑨ 江夏姿：指李邕出自江夏李氏，故称。⑩ 否臧：否指恶，臧指善，此指品评。⑪ 二张：武则天男宠张易之、张昌宗兄弟。⑫ 洛阳狱：东汉蔡邕下狱洛阳。此借蔡邕写李邕蒙冤入狱。⑬ 哜（jì）：尝。⑭ 张相国：宰相张说。李邕下狱，为张说所发陈州赃事。⑮ 青州血：指李邕被李林甫构陷，被杖杀于青州。⑯ 六公篇：即李邕为张柬之、桓彦范、敬晖、崔元暐、袁恕己、狄仁杰六人所作《六公诗》，今佚。

故秘书少监武功苏公源明

武功少也孤，徒步客〔一〕徐兖。

读书东岳中，十载考坟典。

时下莱芜郭，忍饥浮云巘。

负米晚为身，每食脸必泫。

夜字照爇①薪，垢衣生〔二〕碧藓。

庶以勤苦志，报兹劬劳②显〔三〕。

学蔚醇儒姿，文包旧史善。

洒落〔四〕辞幽人，归来潜京辇。

射君东堂策〔五〕③，宗匠集精选。

制可④题〔六〕未干，乙科〔七〕已大阐。

文章日自负，吏禄〔八〕亦累践。

晨趋阊阖内，足踏宿昔趼⑤。

一麾出守还，黄屋朔风卷。

不暇陪八骏，虏庭悲所遣⑥。

平生满樽酒，断此朋知展。

忧愤病二秋，有恨石〔九〕可转？

肃宗复社稷，得无逆顺辨？

范晔顾其儿，李斯忆黄犬。

秘书⑦茂松意〔十〕，溟涨本末浅。

青荧芙蓉剑，犀兕岂独剸！

反为后辈亵，予实苦怀缅。

煌煌斋房芝，事绝万手搴⑧。

垂之俟来者，正始征劝勉。

不要〔十一〕悬黄金，胡为投乳〔十二〕赞⑨？

结交三十载，吾与谁游衍？

荥阳复冥寞，罪罟已〔十三〕横罥。

呜呼子逝日，始泰则〔十四〕终蹇。

长安米万钱，凋丧尽余喘。

战伐何当解？归帆阻清沔。

尚缠漳水疾，永负蒿里⑩饯。

〔一〕客：一作寓。　〔二〕生：一作带。　〔三〕显：一作愿。　〔四〕落：一作泪。　〔五〕鲁作射策君东堂。　〔六〕制可题：一作制题墨。〔七〕乙科：一作休声。〔八〕吏禄：一作掾吏。〔九〕石：一作不。〔十〕《文苑英华》云：秘书茂松色，屡扈祠坛埒。前后百卷文，枕藉皆禁脔。篆刻扬雄流，溟涨本末浅。王仲正本：屡扈作再从，篆刻作制作。〔十一〕要：一作恶。〔十二〕乳：一作乱。〔十三〕胃：音法。〔十四〕则：一作即。　○蔡梦弼以肃宗得两京，辨别逆顺，诸署伪官者皆伏诛，故有"范晔"、"李斯"之句，独源明以临难不变其节，得知制诰，故有"茂松"之况云云。国藩按，肃宗收京之后，污伪职者以六等定罪，殊不类范晔、李斯之事，不知公诗竟何指也？又"虏庭悲所遣"句，似苏公曾奉命出使虏中，谕贼使反正，而不效者。"胡为投乳赟"句，似苏公曾撄权奸之怒，摧折以死者。其事均不可考，诗旨亦难尽明。

① 爇（ruò）：焚烧。② 劬劳：劳累，劳苦。③ 东堂策：指苏源明参加科举考试。④ 制可："制曰可"的省称，此指苏源明的策论获得皇帝认同。制，诏命；可，判词。⑤ 胼：脚上的硬皮。⑥ "虏庭"句：意谓苏源明随驾不及，而为叛军所俘。⑦ 秘书：肃宗收复两京后，苏源明曾任秘书监。⑧ "事绝"句：意谓苏源明死后为人所诋毁。⑨ 乳赟（xuàn）：乳赟，指育子的母赟，比喻恶人，此指中伤苏源明的人。⑩ 蒿里：即《蒿里行》，丧歌名。

故著作郎贬台州司户荥阳郑公虔

鹈鹕①至鲁门，不识钟鼓飨。

孔翠望赤霄，愁思〔一〕雕笼养。

荥阳②冠众儒，早闻名公赏。

地崇士大夫，况乃气精爽〔二〕。

天然生知姿，学立游夏③上。

神农极阙漏，黄石愧师长④。

药纂西极〔三〕名，兵流指诸掌〔四〕。

贯穿无遗恨，荟蕞何技痒！

圭臬星经奥，虫篆丹青广。

子云⑤窥未遍，方朔⑥谐太柱。
神翰顾不一，体变锺⑦兼两。
文传天下口，大字犹在榜。
昔献书画图，新诗亦俱往。
沧洲动玉陛，宣[五]鹤误一响。
三绝自御题，四方尤所仰。
嗜酒益疏放，弹琴视天壤。
形骸实土木，亲近唯几杖。
未曾寄[六]官曹，突兀倚书幌。
晚就芸香阁，胡尘昏坱莽。
反覆归圣朝，点染无涤荡。
老蒙台州掾，泛泛[七]浙江桨。
履穿四明雪，饥拾楢溪橡。
空闻紫芝歌，不见杏坛⑧丈。
天长眺东南，秋色余魍魉。
别离惨至今，斑白徒怀曩。
春深秦[八]山秀，叶坠清渭朗。
剧谈王侯门，野税林下鞅。
操纸终夕酣，时物集遐想[九]。
词场竟疏阔，平昔滥吹[十]奖。
百年见存没，牢落吾安放[十一]？
萧条阮咸⑨在，出处同世网。
他日访江楼，含悽述飘荡[十二]。

〔一〕思：一作入。　〔二〕往者，公在疚，苏许公颋位尊望重，素未相识，早爱才名，躬自哀问，后结忘年之契，远迩嘉之。
〔三〕极：一作域。　〔四〕公著《荟蕞》等诸书之外，又撰《胡本草》七卷。　〔五〕宣：一作寡。　〔六〕寄：鲁作记。
〔七〕泛泛：《英华》作遝泛。　〔八〕秦：一作泰。　〔九〕"春深"六句追忆昔在长安,与虔宴游之乐,所谓"怀囊"也。
〔十〕吹:晋作咨。 〔十一〕放:一作仿。 〔十二〕原注:著作与秘书监郑君审,篇翰齐价,谪江陵,故有"阮咸","江楼"之句。

① 鹓鶋(yuán jū):即爰居,海鸟名。② 荥阳:即郑虔,荥阳人。③ 游夏:孔子弟子子游、子夏。④"神农""黄石"二句:意谓郑虔医药著述能补神农缺漏,兵法识见超越黄石公。⑤ 子云:扬雄。⑥ 方朔:东方朔。⑦ 锺:锺繇,曹魏时期书法家。⑧ 杏坛:传说孔子讲学处。郑虔曾任广文馆博士,讲学于此,故称杏坛丈。⑨ 阮咸:竹林七贤之一,此代指郑审。

故右仆射相国〔一〕张公九龄〔二〕

相国生南纪,金璞无留矿。
仙鹤下人间,独立霜毛整。
矫然江海思〔三〕,复与云路永。
寂寞想上阶〔四〕,未遑等箕颍。
上君白玉堂,倚君金华省。
碣石岁峥嵘〔五〕,天地日蛙黾〔六〕。
退食吟大庭,何心记榛梗〔七〕①?
骨惊畏曩哲,鬒变负人境〔八〕。
虽蒙换蝉冠②,右地恧③多幸。
敢忘二疏归〔九〕?痛迫苏耽井。
紫绶映暮年〔十〕,荆州谢所领④。
庾公兴⑤不浅,黄霸镇每静。
宾客引调同,讽咏在务屏。
诗罢地有余〔十一〕,篇终语清省。
一阳发阴管⑥,淑⑦气含公鼎。
乃知君子心,用才文章境。

散帙起翠螭，倚薄巫庐并。
绮丽玄晖⑧拥，笺诔任昉⑨骋。
自我一家则〔十二〕，未缺只字警。
千秋沧海南，名系朱鸟影。
归老守故林，恋阙悄延颈〔十三〕。
波涛良史笔，芜绝大庾岭。
向时礼数隔⑩，制作难上请⑪。
再读徐孺碑⑫，犹思理烟艇⑬。

〔一〕《英华》有"曲江"二字。〔二〕开元二十八年七月卒。〔三〕海：一作汉。〔四〕上：一作玉。〔五〕碣石：一作竭力。〔六〕地：一作池。〔七〕记：一作托。〔八〕冀：一作冀。〔九〕忘：一作志。〔十〕紫绶：一作金紫。〔十一〕一云：诗地能有馀。〔十二〕我：一作成。则：一作削。〔十三〕悄：一作尝。 ○自"寂寞"至"讽咏"句，叙张公仕宦出处，虽一生翱翔云路，而不忘江海之思也。"碣石"句，指禄山。"天池"句，指李林甫。二人者，乃张公之榛梗也。自"诗罢地有馀"至"未缺"句，叙张公诗文之美。

①"退食""何心"二句：意谓张九龄心怀天下，不以个人嫌隙为意。榛梗，丛生的杂木，比喻隔阂、嫌怨。②"虽蒙"句：指开元二十四年张九龄罢中书令，改尚书右丞相。蝉冠，汉代侍从官所戴的冠。上有蝉饰，并插貂尾，故亦称貂蝉冠，后泛指高官。③恧（nǜ）：惭愧。④"荆州"句：指张九龄晚年被贬荆州长史。⑤庾公兴：借指文人雅兴。庾公，庾亮。⑥"一阳"句：指九龄诗音律动听。⑦淑：美。⑧玄晖：谢朓，南朝齐人，字玄晖，工诗。⑨任昉：南朝梁人，善文。⑩礼数隔：未尽礼数，指与张九龄没有往来。⑪请：请教，请益。⑫徐孺碑：即张九龄所作《徐征君碣》。徐孺（97—168），东汉名士徐稚，字孺子。⑬"犹思"句：还打算乘船去墓前参拜。烟艇，烟雾水波中的小舟。

写怀二首

劳生①共乾坤,何处异风俗?
冉冉自趋竞,行行见羁束。
无贵贱不悲,无富贫亦足。
万古一骸骨,邻家递歌哭。
鄙夫到巫峡,三岁如转烛。
全命甘留滞,忘情任荣辱。
朝班及暮齿,日给②还脱粟。
编蓬③石城东,采药山北〔一〕谷。
用心霜雪间,不必条蔓绿。
非关故安排,曾是顺幽独。
达士如弦直,小人似钩曲④。
曲直我不知,负暄候樵牧。

〔一〕北:一作林。

① 劳生:指辛苦劳累的生活。② 日给:每日供给,指朝廷所给俸禄。③ 编蓬:编结蓬草,亦指结草为庐。④ "达士""小人"二句:指二类人。语出《后汉书·五行志》:"直如弦,死道边。曲如钩,反封侯。"

夜深坐南轩,明月照我膝。
惊风翻河汉,梁栋已出日〔一〕。
群生各一宿,飞动自俦匹①。
吾亦驱其儿,营营为私实〔二〕。
天寒行旅稀,岁暮日月疾。
荣名忽〔三〕中人,世乱如虮虱。
古者三皇前,满腹志愿毕。

胡为有结绳？陷此胶与漆。
祸首燧人氏，厉阶董狐笔②。
君看灯烛张，转使飞蛾密。
放神八极外，俯仰俱萧瑟。
终契如往还〔四〕，得匪合仙术〔五〕？

〔一〕已出日：一作日已出。　〔二〕实：晋作室。　〔三〕忽：一云惑。　〔四〕一云终然契真如。　〔五〕一作归匪金仙术。

① 俦匹：同伴。② 董狐笔：指春秋时晋国史官，后指直笔记事、无所忌讳的笔法。

往在

往在西京日〔一〕，胡来满彤〔二〕宫。
中宵焚九庙，云汉为之红。
解瓦飞十里，穗帷纷〔三〕曾空。
疚心惜木主①，一一灰悲风。
合昏排铁骑，清旭散锦䘲〔四〕。
贼臣表逆节〔五〕，相贺以成功。
是时妃嫔戮，连为粪土丛。
当宁陷玉座，白间剥画虫。
不知二圣处，私泣百岁翁。
车驾既云还，楹桷欹穹崇。
故老复涕泗，祠堂树椅桐。
宏壮不如初，已见帝力雄。
前春礼郊庙，祀事亲圣躬。

微躯忝近臣，景从陪群公。

登阶捧玉册，峨冕②耿〔六〕金钟。

侍祠恧先露〔七〕，掖垣③迩濯龙。

天子惟孝孙，五云起九重。

镜奁换粉黛，翠羽犹葱胧。

前者厌羯胡，后来遭犬戎。

俎豆腐〔八〕膻肉，罘罳行角弓。

安得自西极，申命空山东？

尽驱诣阙下，士庶塞关中。

主将晓逆顺，元元归始终。

一朝自罪己〔九〕，万里车书通。

锋镝④供锄犁，征戍听所从。

冗官各复业，土著还力农。

君臣节俭足，朝野欢呼〔十〕同。

中兴似〔十一〕国初，继体如太宗。

端拱纳谏诤，和风日冲融。

赤墀樱桃枝，隐映银丝笼。

千春荐⑤陵寝，永永垂无穷。

京都不再火，泾渭开愁容。

归号故松柏⑥，老去苦飘蓬。

〔一〕日：一作时。　〔二〕彤：一作丹。　〔三〕纷：一作粉。　〔四〕骤：一作骠。　〔五〕节：晋作帅。　〔六〕耿：一作聆。　〔七〕露：一作沾。　〔八〕腐：一作胔。　〔九〕自罪己：一云罪己已。　〔十〕呼：一作娱。　〔十一〕似：一作比。　○自首至"私泣百岁翁"，叙述禄山陷京、焚毁宗庙之事。自"车驾既云还"至"罘罳行角弓"，述肃宗收京、重修庙祀，而以末四句叙吐蕃再毁宗庙之事。自"安得自西极"至末，悬想中兴致治之盛，而以结二句自抒不得还乡之悲。豪迈苍凉之气，跌宕变幻之节，皆臻绝诣。

① 木主：神主，死者的牌位。② 峨冕：高冠，祭祀时所戴礼帽。③ 掖垣：指门下、中书省，因在宫内左、右掖，故称。④ 锋镝：刀刃和箭镞，借指兵器。⑤ 荐：献，此指献祭。⑥ 松柏：古代墓前多植松柏，此指坟墓。

昔游

昔者与高李〔一〕①，晚登单父台〔二〕②。
寒芜际碣石，万里风云来。
桑柘叶如雨，飞藿去徘徊〔三〕。
清霜大泽冻，禽兽有余哀。
是时仓廪实，洞达寰区开〔四〕。
猛士思灭胡，将帅望三台。
君王无所惜，驾驭英雄材。
幽燕盛用武，供给亦劳哉。
吴门转粟帛，泛海陵蓬莱。
肉食三十万〔五〕，猎射起黄埃。
隔河忆长眺，青岁已摧颓。
不及少年日，无复故人杯。
赋诗独流涕，乱世想贤才。
有〔六〕能市骏骨③，莫恨少龙媒④。
商山议得失，蜀主脱嫌猜⑤。
吕尚封国邑〔七〕，傅说已盐梅⑥。
景晏⑦楚山深，水鹤去低回。
庞公任本性，携子卧苍苔。

〔一〕高、李：适、白。　〔二〕晚：一作同。　〔三〕去：一作共。 〔四〕区：一作瀛。 〔五〕三：一作四。 〔六〕有：一作君。 〔七〕国邑：一云内国。 ○自"是时仓廪实"至"起黄埃"，指安禄山酿乱之由。"思灭胡"谓禄山讨奚契丹也。"望三台"谓禄山领范阳节度使求平章事也。"隔河"云者，杜公时游单父，在黄河之南，禄山领范阳，在黄河之北，当日见禄山之烦费骄贵，隔河长眺，不胜感叹，至今犹忆之也。

① 高李：高适、李白。② 单父台：单父，即孔子学生宓子贱，曾作单父宰。单父台即宓子贱琴台，在今山东单县。③ 市骏骨：求千里马，喻招求贤才。④ 龙媒：即龙之媒，指天马、骏马。⑤ "蜀主"句：此指君臣之间信任，关系融洽。蜀主，刘备。⑥ "傅说"句：指商王武丁以傅说为相。⑦ 景晏：即日暮。景，日光；晏，迟，晚。

壮游

往昔〔一〕十四五，出游〔二〕翰墨场①。
斯文崔魏徒〔三〕，以我似〔四〕班扬②。
七龄思即壮，开口咏凤凰。
九龄书大字，有作成一囊。
性豪业嗜酒，嫉恶怀刚肠。
脱略〔五〕小时辈，结交皆老苍。
饮酣视八极，俗物都茫茫〔六〕。
东去姑苏台，已具浮海航。
到今有遗恨，不得穷扶桑。
王谢风流远，阖庐③丘墓荒。
剑池石壁仄，长洲荷芰香。
嵯峨阊门北，清庙映回〔七〕塘。

每趋吴太伯,抚事泪浪浪。
枕戈忆句践,渡浙想秦皇。
蒸鱼闻匕首④,除道⑤哂要章。
越女天下白,鉴湖五月凉。
剡溪蕴秀异,欲罢不能忘。
归帆拂天姥,中岁贡⑥旧乡。
气劘屈贾垒,目[八]短曹刘墙。
忤下考功第,独辞京尹堂。
放荡齐赵间,裘马颇清狂。
春歌丛台上,冬猎青丘旁。
呼鹰皂[九]枥[十]林,逐兽云雪冈。
射飞曾纵鞚,引[十一]臂落鹙鸧。
苏侯⑦据鞍喜[十二],忽如携葛强[十三]。
快意八九年,西归到咸阳。
许与必词伯,赏[十四]游实贤王。
曳裾置醴地,奏赋入明光⑧。
天子废食召,群公会轩裳。
脱身无所爱[十五],痛饮信行藏⑨。
黑貂不[十六]免敝,斑鬓兀称觞⑩。
杜曲晚[十七]耆旧,四郊多白杨。
坐深乡党敬,日[十八]觉死生忙。
朱门任[十九]倾夺,赤族迭罹殃。
国马竭粟豆,官鸡输稻粱。
举隅见烦费,引古惜兴亡[二十]。
河朔风尘起,岷山行幸长。
两宫各警跸⑪,万里遥相望。
崆峒杀气黑,少海旌旗黄。

禹功亦命子，涿鹿亲戎行。

翠华拥英[二十一]岳，螭虎啖豺狼。

爪牙一不中，胡兵更陆梁。

大[二十二]军载草草，凋瘵满膏肓。

备员窃补衮⑫，忧愤心飞扬。

上感九庙焚[二十三]，下悯万民[二十四]疮。

斯时伏青蒲，廷争守御床。

君辱敢爱死？赫怒幸无伤⑬。

圣哲体仁恕，宇县复小康。

哭庙灰烬中，鼻酸朝未央[二十五]。

小臣议论绝，老病客殊方。

郁郁苦不展，羽翮困低昂。

秋风动哀壑，碧蕙捐[二十六]微芳。

之推⑭避赏从，渔父濯沧浪⑮。

荣华敌勋业，岁暮有严霜。

吾观鸱夷子⑯，才格出寻常。

群凶逆未定，侧伫英俊翔[二十七]。

〔一〕昔：一作者。　〔二〕游：一作入。　〔三〕崔郑州尚，魏豫州启心。　〔四〕似：一作比。　〔五〕略：一作落。　〔六〕以上述少年意气之盛。　〔七〕回：一作池。〔八〕目：一作日。　〔九〕皁：一作紫。　〔十〕枥：一作栎。　〔十一〕引：一作跋。　〔十二〕监门胄曹苏预。〔十三〕以上叙历游吴越齐赵。　〔十四〕赏：一作贵。〔十五〕爱：一作受。　〔十六〕不：一作宁。　〔十七〕晚：一作换。　〔十八〕日：一作自。　〔十九〕任：一作务。〔二十〕以上叙至京师，豪气渐衰，时事渐变。　〔二十一〕英：一作吴。　〔二十二〕大：一作天。　〔二十三〕焚：一作毁。　〔二十四〕万民：一作苍生。　〔二十五〕以上叙禄山乱后，肃宗至凤翔，公以拾遗谏争获罪。　〔二十六〕捐：一作损。　〔二十七〕以上述暮年客蜀。

① 翰墨场：指文坛。② 班扬：班固、扬雄。③ 阖庐：即春秋时期吴王阖闾，墓在苏州阊门外，即今虎丘。④ "蒸鱼"句：即专诸刺杀吴王僚，见《史记·刺客列传》。⑤ 除道：清扫道路。⑥ 贡：贡士，地方向朝廷进献人才。此指开元二十三年，杜甫由地方推荐，参加洛阳进士考试。⑦ 苏侯：即苏源明。⑧ "奏赋"句：杜甫曾向玄宗进献《三大礼赋》。⑨ 行藏：《论语·述而》："子谓颜渊曰：'用之则行，舍之则藏，惟我与尔有是夫！'"行，出仕；藏，隐居不仕。⑩ 称觞：举起酒杯，一般为祝酒，此指向人干谒，求得引荐。⑪ 警跸（bì）：古代帝王出入时，于所经路途侍卫警戒，清道止行。⑫ 补衮（gǔn）：补救规谏帝王的过失。⑬ "赫怒"句：指唐肃宗至德二年（757），杜甫任左拾遗。时宰相房琯兵败陈陶斜，杜甫疏救房琯，触怒肃宗。⑭ 之推：春秋时期晋文公大臣介之推。⑮ "渔父"句：指归隐意愿。⑯ 鸱夷子：范蠡。范蠡乘扁舟浮于江湖，变名易姓，适齐为鸱夷子皮，之陶为朱公。

遣怀

昔我游宋中，惟梁孝王都。
名今陈留亚，剧则贝魏俱。
邑中九万家，高栋照通衢。
舟车半天下，主客多欢娱。
白刃雠不义，黄金倾有无。
杀人红尘里，报答在斯须。
忆与高李〔一〕辈，论交入酒垆。
两公壮藻思，得我色敷腴①。
气酣登吹〔二〕台，怀古视平芜。
芒砀云一去，雁鹜空相呼。
先帝正好武，寰海未凋枯。

猛将收西域，长戟破林胡。
百万攻一城，献捷②不云输。
组练③弃如泥，尺土负〔三〕百夫。
拓境功未已，元和辞大炉。
乱离朋友尽，合沓岁月徂。
吾衰将焉托？存没再呜呼。
萧条益堪愧，独在天一隅〔四〕。
乘黄已去矣，凡马徒区区。
不复见颜鲍，系舟卧荆巫。
临飱吐更食，常恐违抚孤。

〔一〕高、李：适、白。 〔二〕吹：一作文。 〔三〕负：一作胜。 〔四〕二句一云：萧条病益甚，块独天一隅。

① 敷腴：丰润，指喜悦的样子。② 献捷：古代打胜仗后，进献所获的俘虏及战利品。③ 组练：组甲、被练，即铠甲和战袍。

同元使君①舂陵②行〔一〕

览道州元使君结《舂陵行》兼《贼退后示官吏作》二首，志之曰：当天子分忧之地，效汉官〔二〕良吏之目。今盗贼未息，知民疾苦，得结辈十数公，落落然参错天下为邦伯，万物吐〔三〕气，天下少〔四〕安可得矣〔五〕。不意复见比兴体制、微婉顿挫之词，感而有诗，增诸卷轴，简知我者，不必寄元〔六〕。

遭乱发尽白〔七〕，转衰病相婴〔八〕。
沉绵盗贼际，狼狈江汉行。

叹时药力薄，为客羸瘵③成。
吾人诗家秀〔九〕，博采世上名。
粲粲元道州，前圣畏后生。
观乎舂陵作，欻见俊哲情。
复览贼退篇，结也实国桢④。
贾谊昔流恸，匡衡常引经。
道州忧〔十〕黎庶，词气浩纵横。
两章⑤对秋月〔十一〕，一字偕〔十二〕华星。
致君唐虞际，纯朴忆〔十三〕大庭。
何时降玺书？用尔为丹青。
狱讼永衰息，岂唯偃甲兵！
悽恻念诛求，薄敛近休明。
乃知正人意，不苟飞长缨。
凉飙振南岳，之子宠若惊。
色阻〔十四〕金印大，兴含沧浪〔十五〕⑥清。
我多长卿病，日夕思朝廷。
肺枯渴太甚，漂泊公孙城⑦。
呼儿具纸笔，隐几临轩楹。
作诗呻吟内，墨淡字欹倾。
感彼危苦词，庶几知者听。

〔一〕并序。　〔二〕官：旧作朝。　〔三〕物吐：晋作姓壮。　〔四〕少：一作小。　〔五〕矣：一作已。　〔六〕元：晋作云。　〔七〕尽：一作遽。　〔八〕婴：一作萦。〔九〕秀：一作流。　〔十〕忧：一作哀。　〔十一〕月：一作水。〔十二〕偕：一作皆。　〔十三〕忆：一作意。　〔十四〕阻：晋作沮。　〔十五〕浪：一作溟。

① 元使君：元结。元结时为道州刺史，故称。② 舂陵：今湖

南宁远西北,唐时属道州。③ 羸瘵(léi zhài):病困。④ 国桢:国家支柱,比喻能负国家重任的人才。⑤ 两章:即元结《春陵行》《贼退后示官吏作》二诗。⑥ 沧浪:即《沧浪歌》,语出《楚辞·渔父》,代指隐逸之情。⑦ 公孙城:白帝城,西汉末公孙述称帝时所建,故称。

览柏中允兼子侄数人除官制词①,因述父子兄弟四美,载歌丝纶②

纷然丧乱际,见此忠孝门。
蜀中寇亦甚,柏氏功弥存。
深诚补王室,勠力自元昆③。
三止锦江沸④,独清玉垒昏⑤。
高名入竹帛,新渥⑥照乾坤。
子弟先卒伍,芝兰叠玙璠。
同心注师律,洒血在戎轩⑦。
丝纶实具载,绂冕⑧已殊恩。
奉公举骨肉,诛叛经寒温〔一〕⑨。
金甲雪犹冻,朱旗尘不翻。
每闻战场说,欷激懦气奔。
圣主国多盗,贤臣官则尊。
方当节钺用,必绝浸渗⑩根。
吾病日回首,云台谁再论?
作歌挹盛事,推毂⑪期孤骞。

〔一〕温:一作暄。

①除官制词：即皇帝任命官员的诏书。②丝纶：喻指帝王之语，此指诏命。语出《礼记·缁衣》："王言如丝，其出如纶。"③元昆：长兄，即柏氏长兄柏茂林。元，首；昆，兄弟。④锦江沸：此指成都之乱。⑤"独清"句：指柏茂林平定成都之乱。玉垒，山名，在四川灌县西北。⑥渥：恩惠。⑦戎轩：战车。⑧绂冕：古时系官印的丝带及大夫以上的礼冠，比喻高官。⑨"诛叛"句：崔旰叛乱，始于永泰元年（765）十月，次年即大历元年（766）三月为柏茂林平定，经历了由冬到春的过程，故称"经寒温"。⑩祲沴（jìn lì）：邪恶之气。⑪推毂：指君王拜将之礼，语出《史记·冯唐列传》。毂，车轴。

听杨氏歌

佳人绝代歌，独立发皓齿。
满堂惨不乐，响下清虚里〔一〕。
江城带素月，况乃清夜起！
老夫悲暮年，壮士泪如水。
玉杯久寂寞①，金管迷宫徵②。
勿云听者疲，愚智心尽死。
古来杰出士〔二〕，岂待一知己？
吾闻昔秦青③，倾侧天下耳④。

〔一〕清虚里：一作浮云里。　〔二〕士：一作事。

①"玉杯"句：指杨氏歌曲曼妙，听者出神，忘记饮酒。②"金管"句：指杨氏歌曲曲调变化莫测。宫徵，即五音之中的宫调、徵调，泛指曲调。③秦青：古时善歌者。④"倾侧"句：天下人侧身倾听。此指杨氏歌声动听。

奉酬薛十二丈判官见赠

忽忽峡中睡，悲风[一]方一醒。
西来有好鸟，为我下青冥。
羽毛净[二]白雪，惨淡飞云汀。
既蒙主人顾，举翮唳孤亭。
持以比佳士，及此慰扬舲。
清文动哀玉，见道发新硎①。
欲学鸥夷子，待勒燕山铭。
谁重断蛇剑[三]？致君君未听。
志在麒麟阁，无事云母屏。
卓氏近新寡，豪家朱门[四]扃。
相如才调逸，银汉会双星。
客来洗粉黛，日暮拾流萤。
不是无膏火，劝郎勤六经。
老夫自汲涧，野水日泠泠。
我叹黑头白，君看银印青②。
卧病识山鬼，为农知地形。
谁矜坐锦帐，苦厌食鱼腥？
东西两岸坼[五]，横[六]水注沧溟。
碧色忽[七]惆怅，风雷搜百灵。
空中右[八]白虎，赤节引娉婷。
自云帝里[九]女，噀雨③凤凰翎。
襄王薄行迹，莫学冷如丁[十]。
千秋一拭泪，梦觉有微馨。
人生相感动，金石两青荧。
丈人但安坐，休辨渭与泾。

龙蛇尚格斗,洒血暗郊坰④。

吾闻聪明主,治〔十一〕国用轻刑。

销兵铸农器,今古岁方宁。

文〔十二〕王日俭德,俊乂始盈庭。

荣华贵少壮,岂食楚江萍!

〔一〕风:一作秋。 〔二〕净:一作尽。 〔三〕一云:国重斩邪剑。 〔四〕门:一作户。 〔五〕两岸坼:晋作岸两坼。 〔六〕横:一作积。 〔七〕忽:一作苦。 〔八〕右:一作有。 〔九〕里:一作季。 〔十〕丁:一作冰。 〔十一〕治:一作活。 〔十二〕文:一作天。

① 新硎:指刚磨好刀,刃锋利。硎,磨刀石。② 银印青:银印青绶,代指高官。③ 噀(xùn)雨:降雨。④ 坰(jiōng):郊野。

别李义

神尧十八子,十七王其门。

道国洎〔一〕舒国,督〔二〕唯亲弟昆。

中外贵贱殊,余亦忝诸孙〔三〕①。

丈人嗣三叶〔四〕②,之子白玉温。

道国继德业,请从丈人论。

丈人领宗卿〔五〕,肃穆古制敦。

先朝纳谏净,直气横乾坤。

子建文笔壮,河间③经术存。

尔克富诗礼,骨清虑不喧。

洗然④遇知己,谈论淮湖奔。

忆昔初见时，小襦[六]⑤绣芳荪。
长成忽会面，慰我久疾魂。
三峡春冬交，江山云雾昏。
正宜且聚集，恨此当离樽。
莫怪执杯迟，我衰涕唾烦。
重问子何之？西上岷江源。
愿子少干谒，蜀都足戎轩。
误失将帅意，不如亲故恩。
少年早归来，梅花已飞翻。
努力慎风水，岂惟数盘飧？
猛虎卧在岸，蛟螭出无痕。
王子自爱惜，老夫困石根。
生别古所嗟，发声为尔吞。

〔一〕洎：一作及。　〔二〕督：一作实。　〔三〕钱笺：道王元庆，高祖第十六子。舒王元名，第十八子。赵云：详味诗意，则李义道国之裔孙，而公则舒国后裔之外孙也。旧注云，公自言杜李同出陶唐氏，是何梦语？《祭外祖祖母文》曰："纪国则夫人之门，而舒国则府君之外父。"外父者，即外王父也。公为舒国外孙之外孙，故云"余亦忝诸孙"，赵注未详。　〔四〕三叶：一作王业。　〔五〕钱笺：道王元庆，麟德元年薨，谥曰孝。子临淮王诱嗣，次子询。询子微，神龙初封为嗣道王。景云元年，宗正卿，卒。子鍊，开元二十五年袭封嗣道王，广德中官至宗正卿。公诗所谓"丈人嗣三叶"者，微也。《困学纪闻》云："义盖微之子"，是也。《宗室世系表》微下不载义，偶失之耳。〔六〕襦：一作孺。

①"余亦"句：指李义与杜甫为中表亲。②三叶：三代，此指李炼继承李元庆、李元庆之子李询、李询之子李微为道王。③河间：汉景帝第三子、河间献王刘德，《史记·五宗世家》称其"好儒学，被服造次必于儒者，山东诸儒多从之游"。④洗然：肃敬的样子。⑤襦：短衣。

送高司直寻封阆州

丹雀衔书来，暮栖何乡树？
骅骝事天子，辛苦在道路。
司直非冗官①，荒山甚无趣。
借问泛舟人，胡为入云雾？
与子姻娅②间，既亲亦有故。
万里长江边，邂逅一相遇。
长卿消渴再，公干③沉绵屡。
清谈慰老夫，开卷得佳句。
时见文章士，欣然淡〔一〕情素。
伏枕闻别离，畴能忍漂寓？
良会苦短促，溪行水奔注。
熊罴咆空林，游子慎驰骛。
西谒巴中侯，艰险如跬步。
主人不世才，先帝常特顾。
拔为天军佐，崇大王法度。
淮海生清风，南翁尚思慕。
公宫造广厦，木石乃无数。
初闻伐松柏，犹卧天一柱。
我瘦〔二〕书不成，成字读〔三〕亦误。
为我问故人，劳心练征戍。

〔一〕淡：一作谈。 〔二〕瘦：一作病。 〔三〕读：一作字。

① 冗官：指有班位而无固定职事的散官，后泛指闲散的官吏。② 姻娅（yà）：有婚姻关系的亲戚。③ 公干：建安七子之一刘桢，字公干。

赠苏四徯

异县昔同游,各云厌转蓬。
别离已五年,尚在行李①中。
戎马日衰息,乘舆安九重。
有才何栖栖②?将老委所穷。
为郎未为贱,其奈疾病攻。
子何面黧黑?不得豁心胸。
巴蜀倦剽掠〔一〕,下愚成土风。
幽蓟已削平,荒徼尚弯弓。
斯人脱身来,岂非吾道东?
乾坤虽宽大,所适装囊空。
肉食③哂菜色④,少壮欺老翁。
况乃主客间,古来逼侧⑤同。
君今下荆扬,独帆如飞鸿。
二州豪侠场,人马皆自雄。
一请甘饥寒,再请甘养蒙⑥。

〔一〕掠:一作劫。

① 行李:行旅。② 栖栖:忙碌不安的样子。③ 肉食:肉食者,富贵人。④ 菜色:指以菜充饥而营养不良的脸色。⑤ 逼侧:侧,同"仄"。逼仄,此指困穷。⑥ 养蒙:修养正道。

寄薛三郎中〔一〕

人生无贤愚,飘摇若埃尘。
自非得神仙,谁免危其身?

与子俱白头，役役常苦辛。
虽为尚书郎，不及村野人。
忆昔村野人，其乐难具陈。
蔼蔼桑麻交，公侯为等伦①。
天未厌戎马，我辈本常贫。
子尚客荆州，我亦滞江滨。
峡中一卧病，疟疠终冬春。
春复加肺气，此病盖有因。
早岁与苏郑②，痛饮情相亲。
二公化为土，嗜酒不失真。
余今委修短③，岂得恨命屯？
闻子心甚壮，所过信席珍。
上马不用扶，每〔二〕扶必怒瞋。
赋诗宾客间，挥洒动八垠。
乃知盖代手，才力老益神。
青草洞庭湖，东浮沧海漘④。
君山可避暑，况足采白蘋。
子岂无扁舟？往复江汉津。
我未下瞿塘，空念禹功勤。
听说松门峡，吐药揽衣巾。
高秋却束带，鼓枻⑤视青旻⑥。
凤池⑦日澄碧，济济多士新。
余病不能起，健者勿逡巡⑧。
上有明哲君，下有行化臣。

〔一〕薛三郎中：据。　〔二〕每：一作忽。

① 等伦：同辈，同类。② 苏郑：苏源明、郑虔。③ 修短：长

短,指人的寿命。④漘(chún):水边。⑤鼓枻(jì):划桨,泛舟。⑥青旻:青天。⑦凤池:凤凰池,代指中书省。⑧逡巡:退避,退让。

宿青溪驿奉怀张员外十五兄之绪〔一〕

漾舟①千山内,日入泊枉渚。
我生本飘飘,今复在何许?
石根青枫林,猿鸟聚俦侣②。
月明游子静,畏虎不得语。
中夜怀友朋,乾坤此深阻。
浩荡前后间,佳期付荆楚。

〔一〕自此以下,自蜀入楚,居松陵、公安及至湖南之诗。

① 漾舟:泛舟。② 俦侣:伴侣或朋友。

敬寄族弟唐十八使君〔一〕

与君陶唐后,盛族多其人。
圣贤冠史籍,枝派①罗源津。
在今气磊落,巧伪莫敢亲。
介立②实吾弟,济时肯杀身。
物白讳受玷,行高无污真。
得罪永泰末,放之五溪滨。

鸾凤有铩③翮，先儒曾抱麟。
雷霆劈长松，骨大却生筋。
一失不足伤，念子孰自珍？
泊舟楚宫岸，恋阙浩酸辛。
除名④配清江，厥土巫峡邻。
登陆将首途，笔札枉所申。
归朝跼病肺，叙旧思重陈。
春风洪涛壮，谷转颇弥旬。
我能泛中流，搪突鼍獭瞋。
长年已省柁，慰此贞良臣。

〔一〕唐十八流配施州，在夷陵舍舟登陆，时有书与公。公寄此诗酬之。

① 枝派：指支族，后裔。② 介立：清高的操守。③ 铩：摧残。④ 除名：除去名籍，取消原有身份，即罢官。

北风

北风破南极，朱凤日威〔一〕垂。
洞庭秋欲雪，鸿雁将安归？
十年杀气盛，六合①人烟稀。
吾慕汉初老②，时清犹茹芝。

〔一〕威：一作低。

① 六合：上下四方，指天地间。② 汉初老：汉初商山四皓，有名望的隐士。

客从

客从南溟①来，遗我泉客②珠。
珠中有隐字，欲辨不成书。
缄之箧笥久，以俟公家须。
开视化为血，哀今征敛无。

① 南溟：南海。《庄子·逍遥游》："南溟者，天池也。" ② 泉客：即鲛人。南朝梁任昉《述异记》卷上："鲛人，即泉先也，又名泉客。"又，晋干宝《搜神记》："南海之外有鲛人，水居如鱼，不废织绩。其眼泣则能出珠。"

白马

白马东北来，空鞍贯双箭。
可怜马上郎，意气今谁见？
近时主将戮①，中夜②商〔一〕於③战。
丧乱死多门④，呜呼泪如霰⑤。

〔一〕商：一作伤。

①"近时"句：指唐代宗大历五年（770）湖南兵马使臧玠杀潭州刺史兼湖南都团练观察使崔瓘。② 中夜：半夜。③ 商於：地名。④"丧乱"句：指战乱死亡。多门，指死于各种战乱。⑤ 霰（xiàn）：小冰粒。此指眼泪。

别董颋

穷冬①急风水,逆浪开帆难。
士子甘旨②阙,不知道里寒。
有求彼乐土,南适小长安。
到〔一〕我舟楫去,觉君衣裳单。
素闻赵公节,兼尽宾主欢。
已结门庐〔二〕望,无令霜雪残。
老夫缆亦解,脱粟朝未餐。
飘荡兵甲际,几时怀抱宽?
汉阳颇宁静,岘首试考槃。
当念著白帽〔三〕,采薇③青云端〔四〕。

〔一〕到:刊作别。 〔二〕庐:一作闾。 〔三〕帽:一作褐。 〔四〕钱笺:鹤曰:诗云急风逆浪,盖董自岳阳溯汉水而之邓也。又云"老夫缆亦解",公是时亦有适潭之期矣。

① 穷冬:隆冬,深冬。② 甘旨:甘美的食物。③ 采薇:指隐居。典出《史记·伯夷列传》。

送重表侄王砅评事使南海〔一〕

我之曾祖〔二〕姑,尔之高祖母。
尔祖未显时,归为尚书妇〔三〕。
隋朝大业末,房杜①俱交友。
长者来在门,荒年自糊口。
家贫无供给,客位但箕帚。

俄顷羞②颇珍〔四〕，寂寥人散后。
入怪鬓发空，吁嗟为之久。
自陈剪髻鬟，鬻市充杯〔五〕酒③。
上云天下乱，宜与英俊厚。
向窃窥数公，经纶亦俱有。
次问最少年④，虬髯十八九。
子等成大名，皆因此人手。
下云风云合，龙虎一吟吼。
愿展丈夫雄，得辞儿女丑。
秦王时在坐，真气惊户牖。
及乎贞观初，尚书践台斗。
夫人常肩舆，上殿称万寿。
六宫师柔顺，法则化妃后。
至尊均嫂叔，盛事垂不朽〔六〕。
凤雏无凡毛，五色非尔曹。
往者胡作逆，乾坤沸嗷嗷。
吾客左冯翊，尔家同遁逃。
争夺至徒步，块独委蓬蒿。
逗留热尔肠，十里却呼号。
自下所骑马，右持腰间刀。
左牵紫游缰，飞走使我高。
苟活到今日，寸心铭佩牢。
乱离又聚散，宿昔恨滔滔。
水花笑白首，春草随青袍。
廷评近要津，节制收英髦。
北驱汉阳传，南泛上泷舠⑤。
家声肯坠地？利器当秋毫。

番禺亲贤领，筹运神功操。

大夫出卢宋〔七〕⑥，宝贝休脂膏。

洞主降接武⑦，海胡舶千艘。

我欲就丹砂，跋涉觉身劳。

安能陷粪土？有志乘鲸鳌。

或骖鸾腾天，聊〔八〕作鹤鸣皋。

〔一〕砅：力制切。《说文》引《诗》：深则砅。　〔二〕祖：吴作老。　〔三〕王珪也。　〔四〕羞颇珍：一作颇羞珍。〔五〕杯：一作沽。　〔六〕以上述祖姑国初识英雄事，以下叙砅昔日避乱之情，今兹送别之感。　〔七〕钱笺：大历四年，李勉除广州刺史，兼岭南节度、观察使，番禺贼帅冯崇道、桂州叛将朱济时阻洞为乱，遣将招讨，悉斩之，五岭平。前后西域舶泛海至者，岁才四五。勉性廉洁，舶来都不检阅。故末年至者四十余。代归至石门，停舟，悉搜家人所贮南货犀象诸物，投之江中。耆老以为可继前朝宋璟、卢奂、李朝隐之徒。人吏诣阙，请立碑。代宗许之。诗所谓亲贤大夫者，谓李勉也。梦弼以为并指王砅，失之远矣。　〔八〕聊：樊作不。

① 房杜：唐名相房玄龄、杜如晦。房玄龄多谋，杜如晦善断。② 羞：同"馐"。③ "鬻市"句：晋陶侃母湛氏祝发买酒待客之事。④ 最少年：指太宗李世民，起兵时，年十八。⑤ 舠（dāo）：小艇。⑥ 卢宋：卢奂、宋璟，皆玄宗朝前期贤臣。⑦ 接武：接踵，一个接一个。武，脚步。

咏怀二首

人生贵是男，丈夫重天机。

未达善一身，得志行所为。

嗟余竟辗轲①，将老逢艰危。

胡雏②逼神器，逆节同所归。
河雒化为血，公侯〔一〕草间啼。
西京复陷没，翠盖蒙尘飞。
万姓悲赤子，两宫弃紫微③。
倏忽向二纪，奸雄多是非。
本朝再树立，未及贞观时。
日给在军储，上官督有司。
高贤迫形势，岂暇相扶持？
疲苶苟怀策，栖屑④无所施。
先王实罪己，愁痛正为兹。
岁月不我与⑤，蹉跎病于斯。
夜看酆城气，回首蛟龙池。
齿发已自料，意深陈苦词。

〔一〕侯：一作卿。　○督有司以供军储，取民之财，多有不堪问者。"高贤"二句，如今日厘金局之类，虽贤者亦知其病民，而不能遽去。"疲苶"二句，杜公自叹，有策而不得施也。

① 辘轲：困顿，不得志。② 胡雏：安禄山。③ 紫微：紫微垣，即皇宫。④ 栖屑：奔忙不安的样子。⑤ "岁月"句：指时间流逝。语出《论语·阳货》："日月逝矣，岁不我与。"

邦危坏法则，圣远益愁慕。
飘摇桂水游，怅望苍梧暮。
潜鱼不衔钩，走鹿无反顾。
皦皦①幽旷心，拳拳异平素。
衣食相拘阂②，朋知限流寓。
风涛上春沙，千〔一〕里侵江树。
逆行少〔二〕吉日，时节空复度。

井灶任尘埃,舟航烦数具。
牵缠加老病,琐细隘俗务。
万古一死生,胡为足名数?
多忧污桃源,拙计泥铜柱。
未辞炎瘴毒,摆落跋涉惧。
虎狼窥中原,焉得所历住?
葛洪③及许靖,避世常此路。
贤愚诚等差,自爱各驰骛。
羸瘠且如何,魄夺针灸屡。
拥滞僮仆慵,稽留篙师怒。
终当挂帆席,天意难告诉。
南为祝融客,勉强亲杖屦。
结托老人星,罗浮④展衰步。

〔一〕千:一作十。侵:刊作浸。　〔二〕少:陈作值。
○公盖有意为岭表交广之游,既而不果。

① 皦(jiǎo)皦:清白,光明磊落。② 拘阂(hé):束缚,阻碍。③ 葛洪:字稚川,自号抱朴子,东晋时期著名道士。④ 罗浮:山名,在广东东江北岸,晋葛洪曾在此山修道,道教称为"第七洞天"。

送顾八分文学适洪吉州

中郎①石经②后,八分③盖憔悴。
顾侯运炉锤,笔力破馀地。
昔在开元中,韩蔡〔一〕④同赑屃⑤。
玄宗妙其书,是以数子至。

御札早流传,揄扬非造次。
三人并入直,恩泽各不二。
顾于韩蔡内,辨眼工小字。
分日示[二]诸王,钩深法更秘。
文学与我游,萧疏外声利。
追随二十载,浩荡长安醉。
高歌卿相宅,文翰飞省寺。
视我扬马间,白首不相弃。
骅骝入穷巷,必脱黄金辔。
一论朋友难,迟暮敢失坠?
古来事反覆,相见横涕泗。
向者玉珂人⑥,谁是青云器?
才尽伤形体[三],病渴污官位。
故旧独依然,时危话颠踬⑦。
我甘多病老,子负忧世志。
胡为困衣食?颜色少称遂。
远作辛苦行,顺从众多意。
舟楫无根蒂,蛟鼍好为祟。
况兼水贼繁,特戒风飙驶。
崩腾戎马际[四],往往杀长吏。
子干东诸侯,劝[五]勉防纵恣。
邦以民为本,鱼饥费香饵。
请哀疮痍深,告诉皇华使⑧。
使臣精所择,进德知历试。
恻隐诛求情,固应贤愚异。
列[六]士恶苟得,俊杰思自致。
赠子猛虎行,出郊载酸鼻。

〔一〕韩、蔡：韩择木，蔡有邻。　〔二〕示：《英华》作侍。〔三〕体：一作骸。　〔四〕际：一作际。　〔五〕劝：一作勤。　〔六〕列：一作烈。　○自首至"钩深法更秘"句，赞其八分之工。自"文学与我游"至"时危话颠踬"句，叙前后交谊之厚。"我甘多病老"至末，送别也。

① 中郎：东汉蔡邕，曾任左中郎将，故称。② 石经：即熹平石经。③ 八分：八分书，隶书。④ 韩蔡：韩择木、蔡有邻。二人皆为书法家，尤善八分书。⑤ 赑屃（bì xì）：传说龙之九子之一，威猛有力。此指笔力强劲有力。⑥ 玉珂人：玉珂，马络头的玉质饰物，此指高官显贵。⑦ 颠踬：困顿，挫折。⑧ 皇华使：此指皇帝的使臣。

上水①遣怀

我衰太平时，身病戎马后。
蹭蹬多拙为，安得不皓首？
驱驰四海内，童稚日糊口。
但遇新少年，少逢旧亲友。
低颜下色地，故人知善诱。
后生血气豪，举动见老丑。
穷迫挫曩怀②，常如中风走。
一纪出西蜀，于今向南斗。
孤舟乱春华〔一〕，暮齿依蒲柳。
冥冥九疑③葬，圣者骨亦〔二〕朽。
蹉跎陶唐人，鞭挞日月久。
中间屈贾辈，谗毁竟自取。
郁没〔三〕④二悲魂⑤，萧条犹在否？

嶇崪⁶清湘石，逆行杂林薮。

篙工密逞巧，气若酣杯酒。

歌讴互激远〔四〕，回斡⁷明授受。

善〔五〕知应触类，各藉颖脱手。

古来经济才，何事独罕有？

苍苍众色晚，熊挂玄蛇吼。

黄罴在树颠，正为群虎守。

羸骸⁸将何适？履险颜益厚。

庶与达者论，吞声混瑕垢。

〔一〕华：一作草。　〔二〕亦：一作已。　〔三〕没：樊作悒。　〔四〕远：樊作越。　〔五〕善：一作盖。

① 上水：逆水而行。② 曩怀：昔日之情怀，从前的抱负。③ 九疑：即九嶷山。④ 郁没：指郁悒而亡。⑤ 二悲魂：指屈原、贾谊。⑥ 嶇崪（qiú zú）：高大，高峻。⑦ 回斡：回旋，回转。⑧ 羸骸：指病弱的身躯。

遣遇

磬折①辞主人，开帆驾洪涛。

春水满南国，朱崖云日高。

舟子废寝食，飘风争所操。

我行匪利涉，谢尔从者劳。

石间采蕨女，鬻菜〔一〕输官曹。

丈夫死百役，暮返空村号。

闻见事略同，刻剥及锥刀。

贵人岂不仁？视汝如莠蒿。
索钱多门户，丧乱纷嗷嗷。
奈何黠吏徒，渔夺成逋逃。
自喜遂生理，花时甘〔二〕缊袍②。

〔一〕菜：一作市。　〔二〕甘：刊作贳。

① 磬折：弯腰如磬，表示谦恭。② 缊袍：乱麻为絮的袍子。

解忧

减米散同舟，路难思共济。
向来云涛盘，众力亦不细。
呀坑〔一〕瞥眼过，飞橹本无蒂。
得失瞬息间，致远宜恐泥。
百虑视安危，分明曩贤计。
兹理庶可广，拳拳期勿替。

〔一〕坑：一作帆，一作吭。

宿凿石浦

早宿宾从劳，仲春江山丽。
飘风过无时，舟楫敢不〔一〕系。
回塘澹暮色，日没众星嘒①。
缺月殊未生，青灯死分翳。

穷途多俊异,乱世少恩惠。

鄙夫亦放荡,草草频卒〔二〕岁。

斯文忧患余,圣哲垂②象系③。

〔一〕敢不:一作不敢。　〔二〕卒:樊作年。

①嘒(huì):明亮。②垂:流传。③象系:指《周易》的《象辞》《系辞》。

早行

歌哭①俱在晓,行迈有期程。

孤舟似昨日,闻见同一声。

飞鸟数〔一〕求食,潜鱼亦〔二〕独惊。

前王作网罟,设法害生成。

碧藻非不茂,高帆终日征。

干戈未〔三〕揖让,崩迫②开〔四〕其情。

〔一〕数:一作散。　〔二〕亦:一作向。　〔三〕未:一作异。　〔四〕开:樊作阙。

①歌哭:既歌又哭,常用以表示强烈的感情。②崩迫:迫切。

过津口

南岳自兹近,湘流东逝深。

和风引桂楫①,春日涨云岑②。

回首过津口,而多枫树林。
白鱼困密网,黄鸟喧嘉音。
物微限通塞,恻隐仁者心。
瓮余不尽酒,膝有无声琴。
圣贤两寂寞,眇眇独开襟。

① 桂楫:指华丽的船。② 云岑:指云雾缭绕的山峰。

次^①空灵岸

沄沄^②逆素浪,落落展清眺。
幸有舟楫迟,得尽所历妙。
空灵霞石峻,枫栝〔一〕^③隐奔峭。
青春犹无〔二〕私,白日亦〔三〕偏照。
可使营吾居〔四〕,终焉托长啸。
毒瘴未足忧,兵戈满边徼^④。
向者留遗恨,耻为达人诮。
回帆觊赏延^⑤,佳处领其要。

〔一〕栝:一作枯。　〔二〕无:一作有。　〔三〕亦:一作已。　〔四〕居:一作屋。

① 次:停留,驻扎。② 沄(yún)沄:水流汹涌的样子。③ 栝(guā):树名,即桧树。④ 边徼:边境。⑤ 赏延:观赏。

宿花石戍

午辞空灵岑,夕得花石戍。
岸疏开辟水[一],木杂今古树。
地蒸南风盛,春热西日暮。
四序本平分,气候何回互?
茫茫天造间,理乱岂恒数?
系舟盘藤轮,策杖古樵路。
罢人不在村,野圃泉自注。
柴扉虽芜没,农器尚牢固。
山东残逆气,吴楚守王度。
谁能扣君门?下令减征赋。

〔一〕水:一作山。　○罢人即疲民也。罢与疲同;民字避讳,改作人。《周礼》曰:以嘉石平疲民。《西征赋》:牧疲民于西夏。《文选》亦因避讳作疲人。

早发

有求常百虑,斯文亦吾病。
以兹朋故多,穷老驱驰并。
早行篙师怠,席挂风不正。
昔人戒垂堂①,今则奚奔命?
涛翻黑蛟跃,日出黄雾映。
烦促瘴岂侵?颓倚睡未[一]醒。
仆夫问盥栉②,暮颜[二]觑③青镜。
随意簪葛巾,仰惭林花盛。

侧闻夜来寇，幸喜囊中净。
艰危作远客，干请④伤直性。
薇蕨饿首阳，粟马资历聘。
贱子欲适从，疑误此二柄。

〔一〕未：一作还。　〔二〕颜：一作未。

① 垂堂：靠近堂屋檐下。因檐瓦坠落可能伤人，故以喻危险的境地。《史记·袁盎列传》："臣闻千金之子，坐不垂堂，百金之子不骑衡。" ② 盥栉（guàn zhì）：梳洗。③ 靦（tiǎn）：羞愧。④ 干请：请托。

次晚洲

参错云石稠，坡陀风涛壮。
晚洲适知名，秀色固异状。
棹经垂猿把，身在度鸟上。
摆浪散帙妨，危沙折花当。
羁离暂愉悦，嬴老反惆怅。
中原未解兵，吾得终疏放。

望岳①

南岳配朱鸟②，秩礼自百王。
欻吸③领地灵，鸿〔一〕洞半炎方。

邦家用祀典，在德非馨香。

巡守何寂寥，有虞今则亡。

洎[二]④吾隘世网，行迈越潇湘。

渴日绝壁出，漾舟清光旁。

祝融五[三]峰尊，峰峰次低昂。

紫盖独不朝，争长嶪⑤相望。

恭闻魏夫人，群仙夹翱翔。

有时五峰气，散风如飞霜。

牵迫限[四]修途，未暇杖崇冈。

归来觊命驾，沐浴休玉堂。

三叹问府主，曷以赞我皇？

牲璧忍[五]衰俗，神其思降祥。

〔一〕鸿：一作颃。　〔二〕洎：一作泪。　〔三〕五：一作三。　〔四〕限：一作恨。　〔五〕忍：一作感。

① 岳：此指南岳衡山。② 朱鸟：朱雀星宿，在南方。③ 欻（chuā）吸：迅疾的样子。④ 洎（jì）：等到。⑤ 嶪（yè）：高耸的样子。

湘江宴饯裴二端公①赴道州

白日照舟师，朱旗散广川。

群公饯南伯，肃肃秋初筵。

鄙人奉末眷②，佩服自早年。

义均骨肉地，怀抱罄所宣。

盛名富事业，无取愧高贤。

不以丧乱婴，保爱金石坚。

计拙百寮下，气苏君子前。

会合苦不久，哀乐本相缠。

交游飒向尽，宿昔浩茫然。

促觞激百虑，掩抑泪潺湲。

热云集曛黑[一]，缺月未生天。

白团为我破，华烛蟠长烟。

鹡鸰[二]催明星，解袂③从此旋。

上请减兵甲，下请安井田④。

永念病渴老，附书远山巅。

〔一〕集曛黑：一作初集黑。　〔二〕鹡鸰：一作鶺鸰，一作鸹鸽。

① 裴二端公：裴虬，时为著作郎兼侍御史，出任道州刺史。② 末眷：眷顾。③ 解袂：分手，离别。④ 井田：西周至春秋时期的一种土地制度，此指农事生产。

奉送魏六丈佑少府之交广①

贤豪赞经纶，功成空名垂。

子孙不振耀[一]，历代皆有之。

郑公四叶孙，长大常苦饥。

众中见毛骨，犹是麒麟儿。

磊落贞观事，致君朴直词。

家声盖六合，行色何其微！

遇我苍梧阴[二]，忽惊会面稀。

议论有余地,公侯来未迟。

虚思黄金贵〔三〕,自笑青云期。

长卿久病渴,武帝元同时。

季子黑貂敝,得无妻嫂欺?

尚为诸侯客,独屈州县卑。

南游炎海甸,浩荡从此辞。

穷途仗神道,世乱轻土宜。

解帆岁云暮,可与春风归。

出入朱门家,华屋刻蛟螭。

玉食亚王者,乐张②游子悲。

侍婢艳倾城,绡绮③轻〔四〕雾霏。

掌中琥珀钟④,行酒⑤双逶迤。

新欢继明烛,梁栋星辰飞。

两情顾盼合,珠碧赠于斯。

上贵见肝胆,下贵不相〔五〕疑。

心事披写间,气酣达〔六〕所为。

错挥铁如意,莫避珊瑚枝。

始兼〔七〕逸迈兴,终慎宾主仪。

戎马暗天宇,呜呼生别离!

〔一〕一云子孙没不振。 〔二〕阴:一作野。 〔三〕贵:一作遗。 〔四〕轻:一作烟。 〔五〕相:一作见。 〔六〕达:一作远。 〔七〕兼:一作无。

① 交广:即交州、广州。② 张:陈设。③ 绡绮:指有花纹的轻薄丝织物。④ 钟:酒杯。⑤ 行酒:依次斟酒。

别张十三建封

尝读唐实录，国家草昧初。
刘裴①建首义，龙见尚踌躅。
秦王拔乱姿，一剑总兵符。
汾晋为丰沛，暴隋竟涤除。
宗臣则庙食，后祀何疏芜！
彭城英雄种，宜膺将相图。
尔惟外曾孙，倜傥汗血驹。
眼中万少年，用意尽崎岖。
相逢长沙亭，乍问绪业余。
乃吾故人子〔一〕，童丱②联居诸。
挥手洒衰泪，仰看八尺躯。
内外名家流，风神荡江湖。
范云堪晚〔二〕友，嵇绍③自不孤。
择材征南幕，湖〔三〕落回鲸鱼。
载感贾生恸，复闻乐毅书④。
主忧急盗贼，师老荒京都。
旧丘岂税驾？大厦倾宜扶。
君臣各有分，管葛⑤本时须。
虽当霰雪严，未觉栝柏枯。
高义在云台，嘶鸣望天衢。
羽人扫碧海，功业竟何如？

〔一〕钱笺：张建封，兖州人。父玠，少豪侠，安禄山反，令伪将李庭伟率番兵胁下城邑。玠率乡豪集兵杀之。太守韩择木方遣使奏闻，玠流荡江南，不言其功。公父为兖州司马，当以趋庭之日，与玠游也。 〔二〕晚：晋作结。 〔三〕湖：一作潮。

① 刘裴：刘文静、裴寂，李渊起兵时重要谋臣。② 童丱（guàn）：指童子。丱，丱角，儿童发式。③ 嵇绍：嵇康之子。④ 乐毅书：指乐毅《报燕惠王书》，是乐毅因遭受猜忌奔赵后答复燕惠王的一封书信，见《史记·乐毅列传》。⑤ 管葛：管仲、诸葛亮。

奉赠李八丈判官〔一〕

我丈时英特，宗枝①神尧后。
珊瑚市则无，骐骥人得有。
早年见标格，秀气冲星斗。
事业富清机，官曹正独守。
顷来树嘉政，皆已传众口。
艰难体贵安，冗长吾敢取。
区区犹历试，炯炯更持久。
讨论实解颐②，操割③纷应手。
箧书积讽谏，宫阙限奔走。
入幕未展材〔二〕，秉钧④孰为偶？
所亲问淹泊，泛爱惜衰朽〔三〕。
垂白乱〔四〕南翁，委身希北叟。
真成穷辙鲋⑤，或似丧家狗。
秋枯洞庭石，风飐长沙柳。
高兴激荆衡，知音为回首。

〔一〕李八丈判官：瞱。　〔二〕材：一作怀。　〔三〕此句言李待己之厚，以下即自叹其穷老也。　〔四〕乱：一作辞。

① 宗枝：李瞱为唐高祖李渊的后裔，故称。② 解颐：开颜欢

笑。③ 操割：比喻出仕处理政事。④ 秉钧：即执政。⑤ 穷辙鲋：即涸辙之鲋，寓意在困境中急需救援帮助。见《庄子·外物》。

苏大侍御访江浦赋八韵纪异〔一〕

苏大侍御涣，静者也。旅于江侧，凡〔二〕是不交州府之客，人事都绝久矣。肩舆江浦，忽访老夫，舟楫而已。茶酒内，余请诵近诗，肯吟数首，才力素壮，词句动人。接对明日，忆其涌思雷出，书箧几杖之外，殷殷留金石声，赋八韵记异，亦见老夫倾倒于苏至矣。

庞公不浪出，苏氏今有之。
再闻诵新作，突过黄初诗。
乾坤几〔三〕反复，扬马宜同时。
今晨清镜中，胜食斋房芝。
余发喜却变，白间生〔四〕黑丝。
昨〔五〕夜舟火灭，湘娥帘外悲。
百灵未敢〔六〕散，风破〔七〕寒江迟。

〔一〕并序。　〔二〕凡：一作乃。　〔三〕几：一云洎。〔四〕生：一作添。　〔五〕昨：一作永。灭：一作接。〔六〕未敢：刊作永夜。　〔七〕破：一作波。　○钱笺：《南部新书》：苏涣本不平者，善放白弩，巴中号为弩跖，贾人患之。比壮年后，自知非，变节从学，乡赋擢第，累迁至侍御史，佐湖南幕。崔瓘中丞遇害，遂逾岭扇动哥舒晃，跛扈交广作变，伏诛。有变律诗十九首上广帅李公。唐人谓涣诗长于讽刺，得陈拾遗一鳞半甲。余观其词，气颉颃如此，固可见其胸中矣。子美逆旅相遇，美其能诗，又以庞公比之，此过情之誉也。权德舆《南兖郡王伊慎神道碑》：大历中，岭南禅将哥舒晃作乱，晃谋主苏涣，屯据要害。诏公讨之，明年十月，斩晃、涣泔溪，揭其首以殉。

题衡山县文宣王①庙新学堂呈陆宰

旄头彗紫微,无复俎豆事。
金甲相排荡,青衿②一憔悴。
呜呼已十年,儒服弊于地!
征夫不遑息,学者沦素志。
我行洞庭野,欻得文翁肆。
侁侁③胄子行,若风舞雩至。
周室宜中兴,孔门未应弃。
是以资雅才,涣然立新意。
衡山虽小邑,首唱恢大义。
因见县尹心,根源旧官閟④。
讲堂非曩构,大屋加涂塈⑤。
下可容百人,墙隅亦深邃。
何必三千徒?始压戎马气。
林木在庭户,密干叠苍翠。
有井朱夏时,辘轳冻阶戺⑥。
耳闻读书声,杀伐灾仿佛。
故国延归望,衰颜减愁思。
南纪改〔一〕波澜,西河共风味。
采诗倦跋涉,载笔尚可记〔二〕。
高歌激宇宙,凡百慎失坠。

〔一〕改:陈作收。　〔二〕尚可记:一云常记异。

① 文宣王:即孔子。唐开元二十七年(739)追赠孔子为文宣王。② 青衿:青色交领的长衫,借指学子。③ 侁侁(shēn shēn):众多。④ 官閟:即閟宫,学校。⑤ 涂塈(xì):用泥涂抹屋顶或墙壁,泛指涂饰修缮。⑥ 阶戺(shì):台阶两旁所砌的斜石。借指堂前。

入衡州[一]

兵革自久远，兴衰看帝王。
汉仪甚照耀，胡马何猖狂！
老将一失律①，清边生战场。
君臣忍瑕垢，河岳空金汤。
重镇如割据，轻权绝纪纲。
军州体不一，宽猛性所将。
嗟彼苦节士[二]，素于圆凿方。
寡妻从为郡，兀者②安堵墙。
凋敝惜邦本，哀矜存事常。
旌麾非其任，府库实过防。
恕[三]己独在此，多忧增内伤。
偏裨限酒肉，卒伍单衣裳。
元恶迷是似，聚谋[四]泄康庄。
竟流帐下血，大降湖南殃。
烈火发中夜，高烟焦上苍。
至今分粟帛，杀气吹元湘③。
福善理颠倒，明征天莽茫。
销魂避飞镝，累足穿豺狼。
隐忍枳棘刺，迁延胝趼疮。
远归儿侍侧，犹乳女在旁。
久客幸脱免，暮年惭激昂。
萧条向水陆，汩没随鱼商。
报主身已老，入朝病见妨。
悠悠委薄俗，郁郁回刚肠。
参错走洲渚，春容转林篁。

片帆左郴岸,通郭前衡阳。
华表云鸟埤,名园花草香。
旗亭壮邑屋,烽橹蟠城隍。
中有古刺史④,盛才冠岩廊。
扶颠待柱石,独坐飞风霜。
昨者间琼树,高谈随羽觞。
无论再缱绻,已是安苍黄。
剧孟⑤七国畏,马卿四赋⑥良。
门阑苏生[五]⑦在,勇锐白起强。
问罪富形势[六],凯歌悬否臧。
氛埃⑧期必扫,蚊蚋焉能当?
橘[七]井旧地宅,仙山引舟航。
此行厌暑雨,厥土闻清凉。
诸舅剖符近,开缄书札光[八]。
频繁命屡及,磊落字百行。
江总外家养⑨,谢安乘兴长。
下流匪珠玉,择木羞鸾凰。
我师嵇叔夜⑩,世贤张子房⑪。
柴荆寄乐土,鹏路观翱翔。

〔一〕钱笺:大历五年二月,潭州刺史崔瓘为其兵马使臧玠所杀。玠据潭州为乱,湖南将王国良因之而反,公避地入衡州。　〔二〕钱笺:瓘以士行闻,莅职清谨,选潭州刺史,政在简肃,恭守礼法,将吏自经时艰,久不奉法,多不便之。大历五年四月,会月给粮储,兵马使臧玠与判官达奚觏忿争,觏曰:"今幸无事。"玠曰:"有事何逃?"厉色而去。是夜,玠遂构乱,犯州城,以杀觏为名。瓘遑遽走,逢玠兵至,遂遇害。　〔三〕恕:刊作怒。　〔四〕谋:一作谍。　〔五〕苏生:侍御涣。　〔六〕澧州刺史杨子琳、道州刺史裴虬、衡州刺史杨济各出兵讨玠。　〔七〕橘:一作繘。　〔八〕钱笺:鲁訔曰:橘井在郴州。诸舅,谓崔伟,前有《送二十三舅录事之摄郴州》诗,公将往依焉。 ○首十二句,言唐自安史之乱,纪纲一失,兵端遂多。自"嗟彼苦节士"至"明徵天莽茫"句,叙潭州刺史崔瓘清谨守法,将吏多不便之,兵马使臧玠为乱,瓘遂遇害。自"销魂避锋镝"至"通郭前衡阳"句,叙避乱入衡州。自"华表云鸟埤",至"蚊蚋焉能当"句。叙衡州刺史杨济及其客苏涣讨贼必胜。自"橘井旧地"至末,言将往郴州,依其舅崔伟及其掾张劝。

① 失律:军行无纪律,此指哥舒翰失守潼关。② 兀者:断去一足的人。③ 元湘:即沅湘,唐大历五年(770)四月湖南兵马使臧玠与判官达溪不和,大乱潭州。④ 古刺史:指衡州刺史阳济,其率兵平臧玠之乱。⑤ 剧孟:西汉游侠。⑥ 马卿四赋:指司马相如《子虚赋》《上林赋》《大人赋》《哀二世赋》。⑦ 苏生:苏秦。⑧ 氛埃:尘埃。此指臧玠之乱。⑨ "江总"句:此借南朝江总为舅氏抚养,喻指自己去郴州依附舅氏崔伟。⑩ 嵇叔夜:嵇康,字叔夜。⑪ 张子房:张良,字子房。

舟中苦热遣怀,奉呈杨中丞①,通简台省诸公

愧为湖外客,看此戎马乱。
中夜混黎甿,脱身亦奔窜〔一〕。
平生方寸心,反掌〔二〕帐下难。
呜呼杀贤良,不叱白刃散。
吾非丈夫特,没齿埋冰炭。
耻以风病辞,胡然泊湘岸。
入舟虽苦热,垢腻可溉灌。
痛彼道边人,形骸改昏旦。
中丞连帅职,封内权得按。

身当问罪先,县实诸侯半。
士卒既辑睦,启行促精悍。
似闻上游兵,稍逼长沙馆。
邻好彼克修,天机自明断。
南图卷云水,北拱戴霄汉。
美名光史臣,长策何壮观!
驱驰数公子,咸愿同伐叛。
声节哀有余,夫何激衰懦!
偏裨表三上,卤莽同一贯。
始谋谁其间②?回首增愤惋〔三〕。
宗英李公端〔四〕,守职甚昭焕。
变通迫胁地,谋画焉得算?
王室不肯微,凶徒略无惮。
此流须卒斩,神器资③强干。
扣寂④豁烦襟,皇天照嗟叹。

〔一〕遇臧玠之乱入衡州。 〔二〕掌:一作当。 〔三〕钱笺:《通鉴》:臧玠之乱,澧州刺史杨子琳起兵讨之,取赂而还。初,崔旰杀郭英义,子琳起兵讨旰,杜鸿渐各授官以和解之。及子琳攻旰败还,纵兵涪、夔,卫伯玉请于朝,以为峡州团练使。及臧玠杀崔瓘,子琳声言问罪,取赂而还。公诗所谓"偏裨表三上,卤莽同一贯。始谋谁其间,回首增愤惋"者,合前后三叛言之也。始谋盖追论鸿渐、伯玉,故曰"回首增愤惋"。唐藩镇有事,俱用偏裨上表,假众论以胁制朝廷也。 〔四〕钱笺:梦弼曰:谓李勉也。按是时勉在广州,方招讨番禺贼帅及桂州叛将,未闻起兵讨臧玠也。

① 杨中丞:即阳中丞阳济,时为衡州刺史。② 间(jiàn):参与。③ 资:借助。④ 扣寂:叩敲寂寞而寻知音。

聂耒阳以仆阻水，书致酒肉，疗饥荒江。诗得代怀，兴尽本韵。至县，呈聂令。陆路去方田驿四十里，舟行一日，时属江涨，泊于方田

耒阳驰尺素①，见访荒江眇②。
义士烈女③家，风流吾贤绍④。
昨见狄相孙，许⑤公人伦表。
前期〔一〕翰林后，屈迹县邑小。
知我碍湍涛，半旬获浩溔〔二〕。
麾下杀元戎〔三〕，湖边有飞旐。
孤舟增郁郁，僻路殊悄悄。
侧惊猿猱捷，仰羡鹳鹤矫。
礼过宰肥羊，愁当置清醥⑥。
人非西喻蜀⑦，兴在北坑赵⑧。
方行郴岸静，未话长沙扰。
崔师乞已至，澧卒用矜少。
问罪消息真，开颜憩亭沼〔四〕。

〔一〕期：刊作朝。　〔二〕溔：《玉篇》以沼切。《上林赋》：浩溔演漾。　〔三〕指臧玠杀崔瓘事。　〔四〕闻崔侍御渶乞师于洪府，师已至袁州北；杨中丞琳问罪，将士自澧上达长沙矣。

①尺素：书信。②眇：同"渺"，远，偏远。③义士烈女：指聂政及其姐姐聂荣。此指耒阳县令与聂政、聂荣同出一家。④绍：继承。⑤许：赞许。⑥清醥（piǎo）：清酒。⑦西喻蜀：司马相如作《喻巴蜀檄》。⑧北坑赵：战国时，秦国与赵国作战，赵四十万降兵被坑埋。

卷九

韩昌黎五古

一百四十二首

南山①诗

吾闻京城南，兹维群山囿②。
东西两际海，巨细难悉究。
山经及地志③，茫昧非受授。
团辞试提挈，挂一念万漏。
欲休谅不能，粗叙所经觏。
尝升崇丘④望，戢戢见相凑。
晴明出棱角，缕脉⑤碎分绣。
蒸岚相颎洞，表里忽通透。
无风自飘簸，融液煦柔茂。
横云时平凝，点点露数岫。
天空浮修眉，浓绿画新就。
孤撑有巉绝⑥，海浴褰鹏噣〔一〕⑦。
春阳潜沮洳，濯濯吐深秀。
岩峦虽嵂崒，软弱类含酎。
夏炎百木盛，荫郁增埋覆。
神灵日歊歔，云气争结构。
秋霜喜刻轹，磔卓立瘣瘦。
参差相叠重，刚耿陵宇宙。
冬行虽幽墨，冰雪工琢镂。
新曦照危峨，亿丈恒高袤。
明昏无停态，顷刻异状候〔二〕。
西南雄太白，突起莫间簉。
藩都配德运，分宅占丁戊。

逍遥越坤位,诋讦陷乾窦。
空虚寒兢兢,风气较搜漱。
朱维方烧日,阴霰纵腾糅。
昆明大池北,去觌偶晴昼。
绵联穷俯视,倒侧困清沤。
微澜动水面,踊跃躁猱狖。
惊呼惜破碎,仰喜呀不仆〔三〕。
前寻径杜墅,岔蔽毕原⑧陋。
崎岖上轩昂,始得观览富。
行行将遂穷,岭陆烦互走。
勃然思坼裂,拥掩难恕宥。
巨灵与夸蛾⑨,远贾期必售。
还疑造物意,固护蓄精祐。
力虽能排斡,雷电怯呵诟。
攀缘脱手足,蹭蹬抵积甃。
茫如试矫首,堙塞生怐愗。
威容丧萧爽,近新迷远旧。
拘官计日月,欲进不可又〔四〕。
因缘窥其湫,凝湛阒阴兽〔五〕。
鱼虾可俯掇,神物安敢寇。
林柯有脱叶,欲堕鸟惊救。
争衔弯环飞,投弃急哺鷇。
旋归道回睨,达枿壮复奏。
吁嗟信奇怪,峙质能化贸。
前年遭谴谪,探历得邂逅。
初从蓝田入,顾眄劳颈脰。
时天晦大雪,泪目苦矇瞀。

峻途拖长冰，直上若悬溜。
褰衣步推马，颠蹶退且复。
苍黄忘遐眴，所瞩才左右。
杉篁咤蒲苏，杲耀攒介胄。
专心忆平道，脱险逾避臭。
昨来逢清霁，宿愿忻始副。
峥嵘跻冢顶，倏闪杂鼯鼬。
前低划开阔，烂漫堆众皱。
或连若相从，或蹙若相斗。
或妥若弭伏，或竦若惊雊。
或散若瓦解，或赴若辐辏。
或翩若船游，或决若马骤。
或背若相恶，或向若相佑。
或乱若抽笋，或嵲若注灸。
或错若绘画，或缭若篆籀。
或罗若星离，或蓊若云逗。
或浮若波涛，或碎若锄耨。
或如贲育伦，赌胜勇前购。
先强势已出，后钝嗔諲譳。
或如帝王尊，丛集朝贱幼。
虽亲不亵狎，虽远不悖谬。
或如临食案，肴核纷䭔饾。
又如游九原，坟墓包椁柩。
或累若盆罂，或揭若瓴豆。
或覆若曝鳖，或颓若寝兽。
或蜿若藏龙，或翼若搏鹫。
或齐若友朋，或随若先后。

或逆若流落,或顾若宿留。

或戾若仇雠,或密若婚媾。

或俨若峨冠,或翻若舞袖。

或屹若战阵,或围若蒐狩⑩。

或靡然东注,或偃然北首。

或如火熹焰,或若气饙馏。

或行而不辍,或遗而不收。

或斜而不倚,或弛而不彀。

或赤若秃鬝,或熏若柴槱。

或如龟坼兆⑪,或若卦分繇⑫。

或前横若剥,或后断若姤。

延延离又属,夬夬叛还遘。

喁喁⑬鱼闯萍,落落月经宿。

訚訚树墙垣,嶷嶷驾库厩。

参参削剑戟,焕焕衔莹琇。

敷敷花披萼,闟闟屋摧雷。

悠悠舒而安,兀兀狂以狃。

超超出犹奔,蠢蠢骇不懋〔六〕。

大哉立天地,经纪肖营腠。

厥初孰开张,黾勉谁劝侑。

创兹朴而巧,戮力忍劳疚。

得非施斧斤,无乃假诅咒。

鸿荒竟无传,功大莫酬僦。

尝闻于祠官,芬苾降歆嗅。

斐然作歌诗,惟用赞报酭⑭。

〔一〕旧注:已上叙南山大概。　〔二〕旧注:已上叙四时变态。　〔三〕旧注:已上言南山方隅连亘之所。国藩按,清沤为微澜所破碎,故猱狖躁而惊呼,呀而不仆。此述昆明池所见也。
〔四〕恶群峰之拥塞,思得如巨灵、夸娥者擘而拆裂之。以雷电不为先驱,终不能劈,遂有攀援蹭蹬之困。　　〔五〕兽:音嗅。
〔六〕旧注:已上并序其经历所见之状。　　○"西南"十句,赋太白山也。"昆明"八句,赋昆明池也。"前寻"下二十二句,言从杜陵入山,因群峰之拥掩堷塞,不得登绝顶而穷览也。"因缘"以下十二句,因观龙湫而书所见也。"前年"以下十二句,谓谪阳山时曾经此山,不暇穷探极览也。"昨来"以下至"蠢蠢骇不悫",谓此次始得穷观变态。前此游太白、游昆明池、游杜陵、游龙湫,本非一次,即谪贬时亦尝经过南山,俱不如此次之畅心悦目耳。

① 南山:即终南山,在今陕西西安。② 囿(yòu):围绕,聚集。③ 山经及地志:泛指记录山川和地理的典籍。④ 崇丘:高地。⑤ 缕脉:群山连绵,宛若丝脉。⑥ 巉绝:形容山高险峻。⑦ 噣(zhòu):鸟嘴。⑧ 毕原:地名,在今陕西西安,周文王、武王、周公皆葬于此。⑨ 夸娥:传说中的大力神。⑩ 蒐(sōu)狩:即春蒐冬狩,这里泛指围猎。⑪ 龟坼兆:古人占卜时先烧烤龟甲,再依据甲上烤出的裂纹来判断吉凶、祸福。⑫ 繇(zhòu):卦兆的占辞。⑬ 喁(yóng)喁:群鱼之口露出水面的样子。⑭ 报酭(yòu):指酬神的祭祀。

谢自然①诗 〔一〕

果州南充县②,寒女谢自然。
童騃③无所识,但闻有神仙。
轻生学其术,乃在金泉山④。
繁华荣慕绝,父母慈爱捐。
凝心感魑魅,慌惚难具言。

一朝坐空室,云雾生其间。
如聆笙竽韵,来自冥冥天。
白日变幽晦,萧萧风景寒。
檐楹暂明灭,五色光属联。
观者徒倾骇,踯躅讵敢前。
须臾自轻举,飘若风中烟。
茫茫八纮⑤大,影响无由缘。
里胥⑥上其事,郡守惊且叹。
驱车领官吏,氓俗争相先。
入门无所见,冠屦同蜕蝉。
皆云神仙事,灼灼⑦信可传〔二〕。
余闻古夏后,象物知神奸。
山林民可入,魑魅莫逢旃⑧。
逶迤⑨不复振,后世恣欺谩。
幽明纷杂乱,人鬼更相残。
秦皇虽笃好,汉武洪其源⑩。
自从二主来,此祸竟连连。
木石生怪变,狐狸骋妖患。
莫能尽性命,安得更长延。
人生处万类,知识最为贤。
奈何不自信,反欲从物迁。
往者不可悔,孤魂抱深冤。
来者犹可诫,余言岂空文。
人生有常理,男女各有伦。
寒衣及饥食,在纺绩耕耘。
下以保子孙,上以奉君亲。
苟异于此道,皆为弃其身。

噫乎彼寒女，永托异物群。

感伤遂成诗，昧者宜书绅⑪。

〔一〕果州谢真人上升在金泉山，贞元十年十一月十二日辰时，白昼轻举。时郡守李坚以闻，有赐诏褒谕。谓所部之中灵仙表异，元风益振，至道弥彰。其诏今尚有石刻在焉。公排释老，斥异端，故诗有所不取。　〔二〕已上叙谢自然白昼轻举事，以下论神仙事不足信。

① 谢自然：唐代女道士。② 果州：地名，今四川南充别称。③ 童騃（sì）：形容年少无知，此处指小孩。④ 金泉山：山名，在今四川南充。⑤ 八纮（hóng）：八方极远之地。⑥ 里胥（xū）：即里长。唐制，百户为一里，每里设里正一人。⑦ 灼灼：明显的样子。⑧ 旃（zhān）："之焉"的合音。⑨ 逶迤：本义为蜿蜒曲折，此处是衰颓、不振作的意思。⑩ 洪其源：指张皇鬼神之事。⑪ 书绅：古人常将要事、格言常写在绅上，以备忘记或用以自警。绅，束在腰间的大带。

秋怀诗十一首

窗前两好树，众叶光蘙蘙①。

秋风一披拂，策策鸣不已。

微灯照空床，夜半偏入耳。

愁忧无端来，感叹成坐起。

天明视颜色，与故不相似。

羲和驱日月，疾急不可恃。

浮生②虽多涂，趋死惟一轨。

胡为浪自苦，得酒且欢喜。

○此首因闻脱叶秋声而生感。

白露下百草，萧兰共雕悴。
青青四墙下，已复生满地。
寒蝉暂寂寞，蟋蟀鸣自恣。
运行无穷期，禀受气苦异。
适时各得所，松柏不必贵。
　〇此首言四时运行，百物虽有早晚长短贵贱之不同，要皆禀气自然，不足异也。

彼时何卒卒，我志何曼曼。
犀首空好饮，廉颇尚能饭。
学堂日无事，驱马适所愿。
茫茫出门路，欲去聊自劝。
归还阅书史，文字浩千万。
陈迹③竟谁寻，贱嗜非贵献。
丈夫意有在，女子乃多怨。
　〇此首言己之所嗜，与时异趣，虽举世不好，而无怨也。

秋气日恻恻，秋空日凌凌。
上无枝上蜩，下无盘中蝇。
岂不感时节，耳目去所憎。
清晓卷书坐，南山见高棱。
其下澄湫水，有蛟寒可罾。
惜哉不得往，岂谓吾无能。

离离挂空悲，戚戚抱虚警。
露泫秋树高，虫吊寒夜永。
敛退就新懦，趋营悼前猛。
归愚识夷涂，汲古④得修绠。

名浮⑤犹有耻，味薄真自幸。
庶几遗悔尤，即此是幽屏。
〇此首即陶公今是昨非之意。若新有所悟者，以浮名为耻，以薄味为幸，知道之言也。

今晨不成起，端坐尽日景。
虫鸣室幽幽，月吐窗冏冏。
丧怀若迷方，浮念剧含梗。
尘埃慵伺候，文字浪驰骋。
尚须勉其顽，王事有朝请。
〇此首本思遗世高举，不复愿伺候于尘埃之中，而为生事所累，尚须黾勉以从王事也。

秋夜不可晨，秋日若易暗。
我无汲汲志，何以有此憾。
寒鸡空在栖，缺月烦屡瞰。
有琴具徽弦，再鼓听愈淡。
古声久埋灭，无由见真滥。
低心逐时趋，苦勉只能暂。
有如乘风船，一纵不可缆。
不如觑文字，丹铅事点勘。
岂必求赢余，所要石与甔。
〇 此首言本不能逐时趋，因石甔谋生之故，难遽舍去，与上首之指略同。

卷卷落地叶，随风走前轩。
鸣声若有意，颠倒相追奔。
空堂黄昏暮，我坐默不言。

童子自外至，吹灯当我前。
问我我不应，馈我我不餐。
退坐西壁下，读诗尽数编。
作者非今士，相去时已千。
其言有感触，使我复凄酸。
顾谓汝童子，置书且安眠。
丈夫属有念，事业无穷年。
　○此首因落叶而感触生平之志事，甚远且大。

霜风侵梧桐，众叶着树干。
空阶一片下，琤若摧琅玕⑥。
谓是夜气灭，望舒⑦霣其团。
青冥无依倚，飞辙⑧危难安。
惊起出户视，倚楹久汍澜。
忧愁费晷景，日月如跳丸。
迷复不计远，为君驻尘鞍。
　○此首因叶落而疑为月霣，志士固有非常之感触也。

暮暗来客去，群嚣各收声。
悠悠偃宵寂，矗矗抱秋明。
世累忽进虑，外忧遂侵诚。
强怀张不满，弱念缺已盈。
诘屈避语阱，冥茫触心兵。
败虞千金弃，得比寸草荣。
知耻足为勇，晏然谁汝令。
　○此首因世途崄巇，动触陷阱，思委蛇以逐时趋，而此心终以为耻，不敢自违其本志也。强怀，本志也；弱念，时趋也；诘曲，时趋也；冥茫，本志也。

鲜鲜霜中菊，既晚何用好。

扬扬弄芳蝶，尔生还不早。

运穷两值遇，婉娈⑨死相保。

西风蛰龙蛇⑩，众木日凋槁。

由来命分尔，泯灭岂足道。

○此首有安贫知命，至死不变，确乎不拔之意。

① 薿薿（nǐ）：茂盛的样子。② 浮生：人生若浮水面，短暂无常。后指人生。见《庄子·刻意》。③ 陈迹：指《诗》《书》等儒家的经典。④ 汲古：研习古籍。⑤ 名浮：指名不副实。⑥ 琅玕（gān）：似珠的美石。⑦ 望舒：传说中为月亮驾车的仙人。⑧ 飞辙：此处指月轮。⑨ 婉娈（luán）：缠绵，亲爱。⑩ 蛰龙蛇：如龙蛇般蛰伏。

赴江陵途中寄赠王二十补阙、李十一拾遗、李二十六员外翰林三学士①

孤臣②昔放逐，血泣追愆尤。

汗漫不省识，恍如乘桴浮。

或自疑上疏，上疏岂其由。

是年京师旱，田亩少所收。

上怜民无食，征赋半已休。

有司惜经费，未免烦征求。

富者既云急，贫者固已流。

传闻闾里间，赤子③弃渠沟。

持男易斗粟，掉臂莫肯酬。

我时出衢路，饿者何其稠。
亲逢道边死，仵立久咿嚘。
归舍不能食，有如鱼中钩。
适会除御史，诚当得言秋。
拜疏移阁门，为忠宁自谋。
上陈人疾苦，无令绝其喉。
下陈畿甸内，根本理宜优。
积雪验丰熟，幸宽待蚕麰。
天子恻然感，司空叹绸缪。
谓言即施设，乃反迁炎州。
同官尽才俊，偏善柳与刘。
或虑语言泄，传之落冤雠。
二子不宜尔，将疑断还不。
中使临门遣，顷刻不得留。
病妹卧床褥，分知隔明幽。
悲啼乞就别，百请不颔头。
弱妻抱稚子，出拜忘惭羞。
黾勉不回顾，行行诣连州〔一〕。
朝为青云士，暮作白首囚。
商山季冬月，冰冻绝行辀。
春风洞庭浪，出没惊孤舟。
逾岭到所任，低颜奉君侯。
酸寒何足道，随事生疮疣。
远地触途异，吏民似猿猴。
生狞多忿很，辞舌纷嘲啁。
白日屋檐下，双鸣斗䴔鹠。
有蛇类两首，有蛊群飞游。

穷冬或摇扇,盛夏或重裘。
飚起最可畏,訇哮簸陵丘。
雷霆助光怪,气象难比侔。
疠疫忽潜遘,十家无一瘳。
猜嫌动置毒,对案辄怀愁〔二〕。
前日遇恩赦,私心喜还忧。
果然又羁絷,不得归锄耰。
此府雄且大,腾凌尽戈矛。
栖栖法曹掾,何处事卑陬。
生平企仁义,所学皆孔周。
早知大理官,不列三后④俦。
何况亲犴狱,敲搒发奸偷。
悬知失事势⑤,恐自罹置罘。
湘水清且急,凉风日修修。
胡为首归路,旅泊尚夷犹〔三〕。
昨者京使至,嗣皇传冕旒。
赫然下明诏,首罪诛共殴〔四〕。
复闻颠夭辈,峨冠进鸿畴。
班行再肃穆,璜珮鸣琅璆。
佇继贞观烈,边封脱兜鍪。
三贤推侍从,卓荦倾枚邹。
高议参造化,清文焕皇猷。
协心辅齐圣,政理同毛輶。
小雅咏鹿鸣,食苹贵呦呦。
遗风邈不嗣,岂忆尝同裯。
失志早衰换,前期拟蜉蝣。
自从齿牙缺,始慕舌为柔。

因疾鼻又塞，渐能等薰莸。
深思罢官去，毕命依松楸。
空怀焉能果，但见岁已遒⑥。
殷汤闵禽兽，解网祝蛛螫。
雷焕掘宝剑，冤氛销斗牛。
兹道诚可尚，谁能借前筹。
殷勤谢吾友，明月非暗投[五]。

〔一〕以上因上疏而贬连州。　〔二〕以上道途及连州之苦。〔三〕以上叙顺宗即位大赦，公量移江陵法曹。　〔四〕哎：或作兜。哎，古文"兜"字。　〔五〕以上宪宗即位，朝政清明，有望于三贤之借筹援引。

① 江陵，地名，今湖北江陵。王二十，即王涯。李十一，即李建，字构直。李二十六，即李程。二十、十一、二十六，分别为各人的排行。② 孤臣：被贬谪的大臣，此指诗人的自称。③ 赤子：婴儿。④ 三后：指尧舜之臣伯夷、大禹和后稷。⑤ 失事势：指造成冤假错案。事势：事情的趋势。⑥ 遒（qiú）：尽。

暮行河堤上

暮行河堤上，四顾不见人。
衰草际①黄云，感叹愁我神。
夜归孤舟卧，展转②空及晨。
谋计竟何就，嗟嗟世与身。

① 际：连接。② 展转：即辗转，翻来覆去。

夜歌

静夜有清光①，闲堂仍②独息。
念身幸无恨，志气方自得③。
乐哉何所忧，所忧非我力。

①清光：指月光。②仍：乃，只。③自得：得意。

重云①一首，李观②疾赠之

天行失其度③，阴气来干④阳。
重云闭白日，炎燠⑤成寒凉。
小人⑥但咨怨⑦，君子惟忧伤。
饮食为减少，身体岂宁康。
此志诚足贵，惧非职所当。
藜羹⑧尚如此，肉食⑨安可尝。
穷冬百草死，幽桂乃芬芳。
且况天地间，大运⑩自有常。
劝君善饮食，鸾凤本高翔。

①重云：浓云。②李观（766—794）：字元宾，贞元八年（792）与韩愈同登第。③失其度：失去了运行的规则和秩序。④干：侵犯。⑤炎燠（yù）：炎热。燠，热。⑥小人：这里指小民，百姓。⑦咨怨：嗟叹，怨恨。⑧藜羹：用藜菜作的羹，泛指粗劣的事物，这里指贫贱之人。⑨肉食：即肉食者，这里指执政的官员。⑩大运：即天运。

江汉一首答孟郊

江汉虽云广,乘舟渡无艰。
流沙信难行,马足常往还。
凄风结冲波①,狐裘能御寒。
终宵处幽室,华烛光烂烂。
苟能行忠信,可以居夷蛮。
嗟余与夫子②,此义每所敦③。
何为复见赠,缱绻在不谖〔一〕④。

〔一〕王襃云:有其具者易其备。舟、马、裘、烛,皆御物之具也;忠信,履险之具也。韩公与其徒党,固常常以自立相勖矣。

① 冲波:指水面相激荡的波纹。② 夫子:古人对男子的尊称。此指孟郊。③ 敦:督促,勉励。④ 谖(xuān):忘记。

长安交游者一首赠孟郊

长安交游者,贫富各有徒①。
亲朋相过②时,亦各有以娱。
陋室有文史③,高门有笙竽④。
何能辨荣悴,且欲分贤愚。

① 徒:同类,同伴。② 过:拜访。③ 文史:泛指各类典籍。④ 笙竽:乐器。此指宴乐。

岐山①下二首

谁谓我有耳,不闻凤凰鸣。
揭来岐山下,日暮边鸿惊。

丹穴五色羽,其名为凤凰。
昔周有盛德,此鸟鸣高冈。
和声随祥风,窅窱②相飘扬。
闻者亦何事,但知时俗康。
自从公旦③死,千载闷④其光。
吾君亦勤理,迟⑤尔一来翔。

① 岐山:山名,又名天柱山、凤凰山,在今陕西。② 窅(yǎo)窱:同"窈窕",美好的样子。③ 公旦:即周公,姬姓,名旦,西周开国功臣。④ 闷(bì):消歇,止息。⑤ 迟:希望,期待。

北极①一首赠李观

北极有羁羽②,南溟有沉鳞③。
川原浩浩隔,影响两无因。
风云一朝会,变化成一身。
谁言道里远,感激疾如神。
我年二十五,求友昧④其人。
哀歌西京市,乃与夫子亲。
所尚苟同趋⑤,贤愚岂异伦。
方为金石姿,万世无缁磷⑥。

无为儿女态,憔悴悲贱贫。

①北极:北方极远之地。②羁羽:被拘束的鸟。③沉鳞:潜游在水底的鱼。④昧:未知。⑤趋:志趣,志向。⑥"万世"句:比喻操守经受住了时间的考验。

此日足可惜一首赠张籍〔一〕

此日足可惜,此酒不足尝。
舍酒去相语,共分一日光。
念昔未知子,孟君自南方。
自矜有所得,言子有文章。
我名属相府〔二〕,欲往不得行。
思之不可见,百端在中肠。
维时月魄死,冬日朝在房。
驱驰公事退,闻子适及城。
命车载之至,引坐于中堂。
开怀听其说,往往副所望。
孔丘殁已远,仁义路久荒。
纷纷百家起,诡怪相披猖①。
长老守所闻,后生习为常。
少知诚难得,纯粹古已亡。
譬彼植园木,有根易为长。
留之不遣去,馆置城西旁。
岁时未云几,浩浩观湖江。
众夫指之笑,谓我知不明。

儿童畏雷电，鱼鳖惊夜光。
州家举进士，选试缪所当[三]。
驰辞对我策②，章句何炜煌。
相公朝服立，工席歌鹿鸣。
礼终乐亦阕，相拜送于庭。
之子去须臾，赫赫留盛名。
窃喜复窃叹，谅知有所成[四]。
人事安可恒，奄忽令我伤。
闻子高第日，正从相公③丧[五]。
哀情逢吉语，惝恍④难为双。
暮宿偃师⑤西，徒展转在床。
夜闻汴州乱[六]，绕壁行傍偟。
我时留妻子，仓卒不及将。
相见不复期，零落甘所丁。
骄女未绝乳，念之不能忘。
忽如在我所，耳若闻啼声。
中途安得返，一日不可更。
俄有东来说，我家免罹殃。
乘船下汴水，东去趋彭城。
从丧朝至洛，还走不及停。
假道经盟津，出入行涧冈。
日西入军门，赢马颠且僵。
主人愿少留[七]，延入陈壶觞。
卑贱不敢辞，忽忽心如狂。
饮食岂知味，丝竹徒轰轰。
平明脱身去，决若惊凫翔[八]。
黄昏次汜水⑥，欲过无舟航。

号呼久乃至,夜济十里黄。

中流上滩潭〔九〕,沙水不可详。

惊波暗合沓,星宿争翻芒。

辕马蹢躅⑦鸣,左右泣仆童。

甲午憩时门,临泉窥斗龙。

东西出陈许,陂泽⑧平茫茫。

道边草木花,红紫相低昂。

百里不逢人,角角〔十〕雄雉鸣。

行行二月暮,乃及徐南疆。

下马步堤岸,上船拜吾兄。

谁云经艰难,百口无夭殇。

仆射南阳公⑨,宅我睢水阳〔十一〕。

箧中有余衣,盎中有余粮。

闭门读书史,窗户忽已凉〔十二〕。

日念子来游,子岂知我情〔十三〕。

别离未为久,辛苦多所经。

对食每不饱,共言无倦听。

连延三十日,晨坐达五更。

我友二三子,宦游在西京。

东野窥禹穴,李翱观涛江。

萧条千万里,会合安可逢。

淮之水舒舒,楚山直丛丛⑩。

子又舍我去,我怀焉所穷〔十四〕。

男儿不再壮,百岁如风狂。

高爵尚可求,无为⑪守一乡。

〔一〕籍字文昌,吴郡人,尝为公所荐送。贞元十五年,公时在徐,籍往谒公。未几,辞去,公惜别,故作是诗以送之。

〔二〕公仕董晋幕府。　〔三〕汴州举进士，公为考官，试反舌无声诗，籍中等。　〔四〕以上籍与公相见于汴州，籍中进士。　〔五〕贞元十五年，高郢知举，籍登第。是岁二月，晋卒，公护其丧行。　〔六〕二月乙酉，宣武军乱，杀留侯陆长源。〔七〕时李元为河阳节度，主人谓元也。　〔八〕以上公送董晋之丧至洛，中途闻汴州乱。至洛东还，将赴徐州，中闲一谒李元于河阳。由洛赴徐，本应行黄河之南，是时或因汴州之乱，避行河北欤？　〔九〕潬：音但。　〔十〕角：音谷。　〔十一〕二月末，公至徐州。徐泗濠节度使张建封以公为节度推官。睢，水名，在徐州。公与孟东野书云："主人与余有故，居余符离睢水上"，即此也。　〔十二〕以上由河阳经汜水、陈、许，而至徐州。〔十三〕谓望其来，而籍竟来也。　〔十四〕以上叙籍来，月余而又别。

① 披猖：十分猖獗，飞扬跋扈。② 对我策：即对策，汉代的一种取士方式。③ 相公：指董晋（724—799），字混成，河中虞乡（今山西永济）人，中唐名臣。④ 惝恍：恍惚。⑤ 偃师：地名，今河南偃师。⑥ 汜水：水名，在今河南荥阳县西面，北流入黄河。⑦ 踯躅（zhí zhú）：停止不前的样子。⑧ 陂泽：湖泽。⑨ 南阳公：此指张建封（735—800），字本立，邓州南阳县（今河南南阳）人，中唐大臣。⑩ 丛丛：重重叠叠的样子。⑪ 无为：不要，何必。

幽怀

幽怀不能写①，行此春江浔②。
适与佳节③会，士女竞光阴④。
凝妆⑤耀洲渚⑥，繁吹⑦荡人心。
间关⑧林中鸟，亦知和为音。
岂无一樽酒，自酌还自吟。

但悲时易失,四序迭相侵。
我歌君子行⑨,视古犹视今。

① 写:宣泄,排除。② 浔:江边。③ 佳节:此指农历三月三日修禊(xì)。禊,古人春秋两季在水边举行的除去不祥的祭祀。④ 竞光阴:尽情享受佳节的快乐。⑤ 凝妆:华丽的装饰。⑥ 洲渚:水中小块陆地。⑦ 繁吹:喧闹的丝竹声。⑧ 间关:鸟鸣声。⑨ 君子行:乐府旧题,属于《相和歌·平调曲》。

君子法天运①

君子法天运,四时可前知②。
小人惟所遇③,寒暑不可期。
利害有常势,取舍无定姿。
焉能使我心,皎皎远忧疑。

① 法天运:古代素有人要效法自然和天道的观念。天运,天的运行。② 前知:预先得知。③ 所遇:(是否)合其心意。

落叶送陈羽①

落叶不更息②,断蓬无复归。
飘飘终自异,邂逅暂相依。
悄悄深夜语,悠悠寒月辉。
谁云少年别,流泪各沾衣。

① 陈羽：中唐诗人，江东（今江苏苏州）人。贞元八年（792）进士，历官东宫卫佐。②息：生长。

归彭城

天下兵又动，太平竟何时。
讦谟者①谁子，无乃失所宜。
前年关中旱，闾井②多死饥。
去岁东郡水，生民为流尸。
上天不虚应，祸福各有随。
我欲进短策，无由至彤墀③。
刳肝④以为纸，沥血以书辞。
上言陈尧舜，下言引龙夔⑤。
言词多感激，文字少葳蕤⑥。
一读已自怪，再寻良自疑。
食芹虽云美，献御固已痴。
缄封⑦在骨髓，耿耿空自奇。
昨者到京师，屡陪高车⑧驰。
周行多俊异，议论无瑕疵。
见待颇异礼，未能去毛皮〔一〕。
到口不敢吐，徐徐俟其巇。
归来戎马间，惊顾似羁雌⑨。
连日或不语，终朝见相欺。
乘闲辄骑马，茫茫诣空陂。
遇酒即酩酊，君知我为谁。

〔一〕谓不能披肝沥胆，豁露天真，犹今谚云客气也。

① 訏（xū）谟者：执政者。谟，谋划。② 闾井：指村落、乡里，居民聚居之处。③ 彤墀（chí）：指丹墀，皇帝殿前台阶。因涂红漆，故称。④ 刳（kū）肝：剖挖肝脏，比喻尽陈肺腑之言。⑤ 龙夔：舜时贤臣龙与夔的并称。后泛指贤士。⑥ 葳蕤（wēi ruí）：形容枝叶繁密、草木茂盛的样子。⑦ 缄封：封闭，深藏。⑧ 高车：此处借指达官贵人。⑨ 羁雌：失偶的雌鸟。

醉后

煌煌①东方星，奈此众客醉。
初喧或忿争②，中静杂嘲戏。
淋漓身上衣，颠倒笔下字。
人生如此少，酒贱且勤置。

① 煌煌：明亮辉耀的样子。② 忿争：忿怒相争。

醉赠张秘书

人皆劝我酒，我若耳不闻。
今日到君家，呼酒持劝君。
为此座上客，及余各能文。
君诗多态度，蔼蔼春空云。
东野动惊俗，天葩①吐奇芬。

张籍学古淡,轩鹤②避鸡群。
阿买不识字,颇知书八分③。
诗成使之写,亦足张吾军④。
所以欲得酒,为文俟其醺。
酒味既冷冽,酒气又氤氲⑤。
性情渐浩浩,谐笑方云云。
此诚得酒意,余外徒缤纷。
长安众富儿,盘馔罗膻荤。
不解文字饮,惟能醉红裙。
虽得一饷乐,有如聚飞蚊。
今我及数子,固无蕕与薰⑥。
险语破鬼胆,高词媲皇坟。
至宝不雕琢,神功谢锄耘。
方今向太平,元凯⑦承华勋。
吾徒幸无事,庶以穷朝曛。

① 天葩:非凡的花,常比喻秀逸的诗文。此处指孟郊。② 轩鹤:乘轩之鹤,喻特立不同凡响的人。③ 八分:汉隶的别称。④ 张吾军:谓壮大自己的声势。⑤ 氤氲(yūn):指浓郁的烟气或香气。⑥ 蕕(yóu)与薰:臭草和香草。比喻善恶、贤愚、好坏等。⑦ 元凯:"八元八凯"的省称,后泛指贤臣、才士。

同冠峡

南方二月半,春物亦已少。
维舟①山水间,晨坐听百鸟。

宿云②尚含姿③,朝日忽升晓。
羁旅感和鸣,囚拘念轻矫④。
潺湲⑤泪久迸,诘曲⑥思增绕。
行矣且无然,盖棺事乃了。

①维舟:系舟。②宿云:夜晚的云气。③含姿:带着美好的姿态。④轻矫:轻捷矫健。⑤潺湲:泪流的样子。⑥诘曲:屈曲,曲折。

送惠师

惠师浮屠者,乃是不羁①人。
十五爱山水,超然谢朋亲。
脱冠剪头发,飞步遗踪尘②。
发迹入四明,梯空③上秋旻④。
遂登天台望,众壑皆嶙峋。
夜宿最高顶,举头看星辰。
光芒相照烛,南北争罗陈。
兹地绝翔走⑤,自然严且神。
微风吹木石,澎湃闻韶钧⑥。
夜半起下视,溟波衔日轮。
鱼龙惊踊跃,叫啸成悲辛。
怪气或紫赤,敲磨共轮囷⑦。
金鸦既腾翥⑧,六合俄清新〔一〕。
常闻禹穴奇,东去窥瓯闽。
越俗不好古,流传失其真。

幽踪邈难得，圣路嗟长堙。
回临浙江涛，屹起高峨岷。
壮志死不息，千年如隔晨。
是非竟何有，弃去非吾伦〔二〕。
凌江诣庐岳，浩荡极游巡。
崔崒没云表，陂陀浸湖沦。
是时雨初霁，悬瀑垂天绅⑨。
前年往罗浮，步戛南海漘。
大哉阳德盛，荣茂恒留春。
鹏骞⑩堕长翮，鲸戏侧修鳞〔三〕。
自来连州寺，曾未造城闉。
日携青云客，探胜穷崖滨。
太守邀不去，群官请徒频。
囊无一金资，翻谓富者贫〔四〕。
昨日忽不见，我令访其邻。
奔波自追及，把手问所因。
顾我却兴叹，君宁异于民。
离合自古然，辞别安足珍。
吾闻九疑好，夙志今欲伸。
斑竹啼舜妇，清湘沉楚臣。
衡山与洞庭，此固道所循。
寻嵩方抵洛，历华遂之秦。
浮游靡定处，偶往即通津〔五〕⑪。
吾言子当去，子道非吾遵。
江鱼不池活，野鸟难笼驯。
吾非西方教，怜子狂且醇。
吾嫉惰游者，怜子愚且谆。

去矣各异趣，何为浪沾巾[六]⑫。

〔一〕自"遥登天台"至此，叙天台观日出。 〔二〕已上叙会稽观禹穴，浙江观潮。 〔三〕已上叙江州观庐山，南海观罗浮。 〔四〕已上叙惠至连州，遍游诸胜。 〔五〕已上叙惠别韩公之辞。 〔六〕已上韩公送惠之辞。

① 不羁：不受拘束，喻人才识高远、俊秀脱谷。② 遗踪尘：指遗落人世。踪尘，指尘世的事情。③ 梯空：腾空。④ 秋旻(mín)：秋季的天空。⑤ 绝翔走：飞禽走兽皆无法到达。⑥ 韶钧：泛指优美的乐曲。韶，虞舜时乐名。⑦ 轮囷(qūn)：屈曲盘绕的样子。⑧ 腾骞：飞举，飞升。⑨ 天绅：自天垂下之带，多形容瀑布。⑩ 骞(xiān)：飞举。⑪ 通津：四通八达之津渡，比喻显要的职位。⑫ 沾巾：指流泪。

送灵师[一]

佛法入中国，尔来六百年。
齐民逃赋役，高士著幽禅。
官吏不之制，纷纷听其然。
耕桑日失隶①，朝署时遗贤。
灵师皇甫姓，胤胄②本蝉联。
少小涉书史，早能缀文篇。
中间不得意，失迹成延迁。
逸志③不拘教，轩腾断牵挛[二]④。
围棋斗白黑，生死随机权。
六博在一掷，枭卢⑤叱回旋。
战诗谁与敌，浩汗横戈鋋。

饮酒尽百盏,嘲谐思逾鲜。
有时醉花月,高唱清且绵。
四座咸寂默,杳如奏湘弦〔三〕。
寻胜不惮险,黔江屡洄沿。
瞿塘五六月,惊电让归船。
怒水忽中裂,千寻堕幽泉。
环回势益急,仰见团团天。
投身岂得计,性命甘徒捐。
浪沫蹩翻涌,漂浮再生全。
同行二十人,魂骨俱坑填。
灵师不挂怀,冒涉道转延。
开忠⑥二州牧,诗赋时多传。
失职不把笔,珠玑⑦为君编。
强留费日月,密席罗婵娟〔四〕。
昨者至林邑,使君数开筵。
逐客三四公,盈怀赠兰荃⑧。
湖游泛㵎沉⑨,溪宴驻潺湲。
别语不许出,行裾动遭牵。
邻州竞招请,书札何翩翩〔五〕。
十月下桂岭,乘寒恣窥缘。
落落王员外〔六〕,争迎获其先。
自从入宾馆,占吝久能专。
吾徒颇携被,接宿穷欢妍。
听说两京事,分明皆眼前。
纵横杂谣俗,琐屑咸罗穿。
材调真可惜,朱丹在磨研。
方将敛之道,且欲冠其颠〔七〕。

韶阳李太守，高步⑩凌云烟。
得客辄忘食，开囊乞缯钱。
手持南曹叙，字重青瑶镌。
古气参象系，高标摧太玄。
维舟事干谒，披读头风痊。
还如旧相识，倾壶畅幽悁。
以此复留滞，归骖⑪几时鞭〔八〕。

〔一〕此诗贞元十九年复在连州阳山作也。云王员外者，仲舒也。仲舒时亦谪连州司户。见《宴喜亭记》。　〔二〕首八句，论佛法为世大害。"灵师"八句，叙其少时事。"轩腾"句，谓其弃俗而为僧也。　〔三〕已上叙其博弈诗酒之能。　〔四〕已上叙其游黔、蜀，及在瞿塘落水得生事。　〔五〕已上叙游林邑。〔六〕谓王仲舒自户部员外郎贬为连州司户。　〔七〕已上叙其在连州久聚。　〔八〕已上叙其由连至韶。

① 隶：氓隶，即农民。② 胤胄：后裔，贵族子孙。③ 逸志：志趣高远，超脱时俗。④ 牵挛：系恋，牵挂。⑤ 枭卢：古代的一种游戏。⑥ 开忠：开州和忠州。开州，今四川开县。忠州，今四川忠县。⑦ 珠玑：比喻优美的诗文或辞藻。⑧ 兰荃：香草名，后世用来借指美好的事物。⑨ 滂沆（hàng）：形容水势广大。⑩ 高步：志气高远。⑪ 归骖（cān）：驱车返归。

县斋有怀〔一〕

少小尚奇伟，平生足悲咤①。
犹嫌子夏儒，肯学樊迟稼②。
事业窥皋稷，文章蔑曹谢③。
濯缨④起江湖，缀珮杂兰麝⑤。

悠悠指长道，去去策高驾。
谁为倾国媒，自许连城价。
初随计吏贡，屡入泽宫射。
虽免十上劳，何能一战霸〔二〕。
人情忌殊异，世路多权诈。
蹉跎颜遂低，摧折气愈下。
冶长信非罪，侯生或遭骂。
怀书出皇都，衔泪渡清灞[⑥]。
身将老寂寞，志欲死闲暇。
朝食不盈肠，冬衣才掩髂。
军书既频召，戎马乃连跨。
大梁从相公，彭城赴仆射[⑦]。
弓箭围狐兔，丝竹罗酒炙〔三〕。
两府变荒凉，三年就休假〔四〕。
求官去东洛〔五〕，犯雪过西华。
尘埃紫陌春，风雨灵台夜。
名声荷朋友，援引乏姻娅[⑧]。
虽陪彤庭臣，讵纵青冥靶。
寒空耸危阙，晓色曜修架。
捐躯辰在丁〔六〕，铩翮[⑨]时方蜡〔七〕。
投荒诚职分，领邑幸宽赦〔八〕。
湖波翻日车，岭石坼天罅[⑩]。
毒雾恒熏昼，炎风每烧夏。
雷威固已加，飓势仍相借。
气象杳难测，声音吁可怕。
夷言听未惯，越俗循犹乍。
指摘两憎嫌，睢盱互猜讶。

只缘恩未报,岂谓生足藉〔九〕。

嗣皇新继明,率土日流化。

惟思涤瑕垢,长去事桑柘。

劚嵩⑪开云扃,压颍⑫抗风榭。

禾麦种满地,梨枣栽绕舍。

儿童稍长成,雀鼠得驱吓。

官租日输纳,村酒时邀迓。

闲爱老农愚,归弄小女姹。

如今便可尔,何用毕婚嫁〔十〕⑬。

〔一〕此诗阳山县斋作。贞元十九年,公以言事出,至是。二十一年,顺宗即位,而作是诗。"嗣皇新继明",谓顺宗也。　〔二〕公自贞元八年中进士第,贡于京师,至贞元十年,屡试博学宏词,不中。○已上叙少年中进士、试宏博时事。〔三〕禽:之夜切,即炙字。　〔四〕已上叙出都从董晋、张建封幕事。　〔五〕公自贞元十六年张建封薨,归洛阳,至十九年,始除监察御史。　〔六〕贞元十九年十二月,公以监察御史上"天旱人饥"疏,贬阳山令。辰在丁,谓上疏之日也。　〔七〕乍:音乍。　〔八〕已上叙为御史上疏被谪事。　〔九〕已上叙道涂及阳之苦。　〔十〕已上思得赦宥而归故土。

① 悲咤(zhà):悲叹,悲愤。② 樊迟稼:樊迟,即樊须,孔子的弟子。③ 曹谢:曹植、谢灵运的并称。④ 濯(zhuó)缨:清洗冠缨,借指坚守高洁情操。⑤ 兰麝:兰与麝香,泛指名贵的香料,此处比喻高尚的节操。⑥ 灞(bà):灞河,水名,在今陕西,流入渭水。⑦ 仆射(yè):古代官名,此处指张建封。⑧ 姻娅:亲家和连襟,泛指姻亲。⑨ 铩翮(shā hé):羽翼摧折,比喻受挫。⑩ 坼天罅(xià):岭石划破天空,极言其高。⑪ 嵩:山名。嵩山,在今河南。⑫ 颍:水名。颍河,发源于河南嵩山。⑬ 毕婚嫁:指汉代向长待儿女婚嫁毕,归隐湖山,不知所终。

合江亭 [一]①

红亭枕湘江,蒸水②会其左。
瞰临③眇空阔,绿净不可唾。
维昔经营初,邦君实王佐。
剪林迁神祠,买地费家货④。
梁栋宏可爱,结构丽匪过⑤。
伊人去轩腾,兹宇遂颓挫。
老郎来何暮,高唱久乃和。
树兰盈九畹⑥,栽竹逾万个。
长绠⑦汲沧浪,幽蹊下坎坷。
波涛夜俯听,云树朝对卧。
初如遗宦情,终乃最郡课⑧。
人生诚无几,事往悲岂奈。
萧条绵岁时,契阔继庸懦。
胜事谁复论,丑声日已播。
中丞黜凶邪,天子闵穷饿。
君侯至之初,闾里自相贺。
淹滞乐闲旷,勤苦劝慵惰。
为余扫尘阶,命乐醉众座。
穷秋感平分,新月怜半破。
愿书岩上石,勿使泥尘涴[二]⑨。

〔一〕一作题合江亭寄刺史邹君。 ○邹君,逸其名。亭,故相齐映所作,故曰"维昔经营初,邦君实王佐"。前刺史元澄无政,廉使中丞杨公凭奏黜之,遂用邹公。其曰"中丞黜凶邪",指此意也。公永贞元年七月初自阳山量移江陵道衡山,诗所以作。
〔二〕邦君指齐映,初建此亭者也。老郎继齐而树兰栽竹者也。庸懦指元澄,被杨凭劾去者也。君侯指邹君,款接韩公者也。邹君逸其名，老郎并逸其姓。

① 合江亭：亭名，在今湖南衡阳。② 蒸水：湘江一条较大的支流，发源于湖南邵东。③ 瞰（kàn）临：居高视下。瞰，俯视，往下看。④ 家货：自家的钱。⑤ 丽匪过：十分精美，无与伦比。⑥ 畹：（wǎn）土地单位，古人以十二亩为一畹。⑦ 绠（gěng）：汲水用的绳子。⑧ 郡课：对地方官员治绩的考核。⑨ 涴（wò）：沾染，污染。

陪杜侍御游湘西两寺^①，独宿，有题一首因献杨常侍〔一〕

长沙千里平，胜地犹在险。
况当江阔处，斗起势匪渐。
深林高玲珑，青山上琬琰。
路穷台殿辟，佛事焕且俨。
剖竹走泉源，开廊架崖广〔二〕。
是时秋之残，暑气尚未敛。
群行忘后先，朋息^②弃拘检。
客堂喜空凉，华榻有清簟。
涧蔬煮蒿芹，水果剥菱芡。
伊余夙所慕，陪赏亦云忝〔三〕。
幸逢车马归，独宿门不掩。
山楼黑无月，渔火灿星点。
夜风一何喧，杉桧屡磨飐。
犹疑在波涛，怵惕梦成魇。
静思屈原沉，远忆贾谊贬。

椒兰争妒忌，绛灌共谗谄。

谁令悲生肠，坐使泪盈脸。

翻飞乏羽翼，指摘困瑕玷[四]。

珥貂③藩维重，政化类分陕。

礼贤道何优，奉己事苦俭。

大厦栋方隆，巨川楫行剡④。

经营诚少暇，游宴固已歉。

旅程愧淹留，徂岁嗟荏苒。

平生每多感，柔翰⑤遇频染。

展转岭猿鸣，曙灯青睒睒[五]⑥。

〔一〕此自阳山北还过潭作，永贞元年秋也。湘西寺在潭州。杨常侍，凭也，时为潭州刺史、湘西观察使云。 〔二〕《说文》：因崖为屋曰广。 〔三〕已上叙陪杜侍御同游。 〔四〕以上叙独宿。 〔五〕已上颂杨常侍。

① 两寺：指麓山寺、道林寺。麓山寺，在今湖南长沙岳麓山山腰。道林寺，原址在岳麓书院左前。② 息：本义为儿子，此处泛指晚辈。③ 珥（ěr）貂：插戴貂尾，用来装饰官帽。④ 剡（shàn）：削。⑤ 柔翰：毛笔。⑥ 睒（shǎn）睒：闪灼的样子。

岳阳楼别窦司直[一]

洞庭九州间，厥大谁与让。

南汇群崖水，北注何奔放。

潴①为七百里，吞纳各殊状。

自古澄不清，环混②无归向。

炎风日搜搅，幽怪多冗长。

轩然大波起，宇宙隘而妨。
巍峨拔嵩华，腾踔较健壮。
声音一何宏，轰辂③车万两。
犹疑帝轩辕，张乐就空旷。
蛟螭露笋虡④，缟练吹组帐。
鬼神非人世，节奏颇跌踢。
阳施见夸丽，阴闭感凄怆〔二〕。
朝过宜春口，极北缺堤障。
夜缆巴陵洲，丛芮才可傍。
星河尽涵泳，俯仰迷下上。
余澜怒不已，喧聒鸣瓮盎。
明登岳阳楼，辉焕朝日亮。
飞廉戢其威，清晏息纤纩。
泓澄⑤湛凝绿，物影巧相况。
江豚时出戏，惊波忽荡漾。
时当冬之孟〔三〕，隙窍缩寒涨。
前临指近岸，侧坐眇难望。
涤濯神魂醒，幽怀舒以畅〔四〕。
主人孩童旧，握手乍忻怅。
怜我窜逐归，相见得无恙。
开筵交履舃⑥，烂漫倒家酿。
杯行无留停，高柱送清唱。
中盘进橙栗，投掷倾脯酱。
欢穷悲心生，婉娈不能忘。
念昔始读书，志欲干霸王。
屠龙破千金，为艺亦云亢。
爱才不择行，触事得谗谤。

前年出官由，此祸最无妄。
公卿采虚名，擢拜识天仗。
奸猜畏弹射，斥逐恣欺诳。
新恩移府庭，逼侧厕诸将。
于嗟苦驽缓，但惧失宜当。
追思南渡时，鱼腹甘所葬。
严程迫风帆，劈箭入高浪。
颠沉在须臾，忠鲠谁复谅。
生还真可喜，克己自惩创。
庶从今日后，粗识得与丧。
事多改前好，趣有获新尚。
誓耕十亩田，不取万乘相。
细君知蚕织，稚子已能饷。
行当挂其冠，生死君一访〔五〕。

〔一〕窦司直，名庠，字冑卿。韩皋镇武昌，辟庠幕府，陟大理司直，权领岳州。公自阳山移江陵法曹，道出岳阳楼，作此诗，永贞元年冬十月也。刘禹锡有和篇，足成六十韵，见刘集。
〔二〕自"轩然大波"至此，状其洪涛壮观。 〔三〕公永贞元年十月至岳州。 〔四〕自"朝过宜春"至此，状其风息波恬。
〔五〕公于窦氏兄弟最为契好，故于欢宴之余，追忆前事，言之沉痛。

① 潴（zhū）：水停留的地方。② 环混：混然不清的样子。③ 轰辂（gé）：象声词，形容车轮滚动声。④ 笋虡（jù）：古代悬挂钟磬的木架。横架为笋，直架为虡。⑤ 泓澄：水深而清澈。⑥ 履舄（xì）：古代单底鞋称履，复底鞋称舄，故以"履舄"泛称鞋。

送文畅师北游

昔在四门馆,晨有僧来谒。
自言本吴人,少小学城阙。
已穷佛根源,粗识事辊轧①。
擎拘②屈吾真,戒辖思远发。
荐绅秉笔徒,声誉耀前阀。
从求送行诗,屡造忍颠蹶。
今成十余卷,浩汗罗斧钺③。
先生闭穷巷,未得窥剞劂④。
又闻识大道,何路补剥剧〔一〕⑤。
出其囊中文,满听实清越。
谓僧当少安,草序颇排轧。
上论古之初,所以施赏罚。
下开迷惑胸,窣豁⑥剧株橛。
僧时不听莹,若饮水救暍⑦。
风尘一出门,时日多如发〔二〕。
三年窜荒岭,守县坐深樾。
征租聚异物,诡制怛巾袜。
幽穷共谁语,思想甚含哕⑧。
昨来得京官,照壁喜见蝎。
况逢旧亲识,无不比鹕鶒⑨。
长安多门户,吊庆⑩少休歇。
而能勤来过,重惠安可揭〔三〕。
当今圣政初,恩泽完狖狘。
胡为不自暇,飘戾⑪逐鹡鴗。
仆射领北门〔四〕,威德厌胡羯。

相公镇幽都〔五〕，竹帛烂勋伐。

酒场舞闺姝，猎骑围边月。

开张箧中宝，自可得津筏。

从兹富裘马，宁复茹藜蕨。

余期报恩后，谢病老耕垡⑫。

庇身指蓬茅，逞志纵狻猊⑬。

僧还相访来，山药煮可掘〔六〕。

〔一〕自"自言本吴人"至此，皆述文畅在四门馆之言。〔二〕已上叙从前作送文畅序赠别之事。　〔三〕已上叙贬阳山及回京再见文畅。　〔四〕谓田季安为魏博节度使。　〔五〕谓刘济为幽州节度。　〔六〕已上送文畅北游，而自拟归耕。

① 軏軏（ní yuè）：与衡轭联结处插上的销子。軏用于大车（牛车），軏用于小车（马车）。② 挛拘：拘泥，拘束。③ 钺（yuè）：古代的一种兵器，似斧而大，长柄。④ 剞劂（jī jué）：刻镂时用的刀具。⑤ 黥刖（qíng yuè）：古代的两种刑罚。黥是在人脸上刺字并涂墨，刖是把脚砍掉。⑥ 窙（xiāo）豁：豁然开朗。窙，开阔的样子。⑦ 暍（yē）：中暑。⑧ 含哕（yuē）：憋气，有委屈或烦恼而不能发泄。⑨ 鹣（jiān）：传说中的比翼鸟。⑩ 吊庆：吊唁与庆贺。⑪ 飘戾：疾飞，此处指出游。⑫ 耕垡（fá）：耕田翻土。⑬ 狻猊（hè）：猎犬。

答张彻①

辱赠不知报，我歌尔其聆。

首叙始识面，次言后分形。

道途绵万里，日月垂十龄〔一〕。

浚②郊避兵乱，睢岸连门停。

肝胆一古剑,波涛两浮萍。
渍墨审旧史,磨丹注前经③。
义苑手秘宝,文堂耳惊霆。
暄晨蹑露舄,暑夕眠风棂。
结友子让抗,请师我惭丁。
初味犹啖蔗,遂通斯建瓴。
搜奇日有富,嗜善心无宁。
石梁平侹侹④,沙水光泠泠。
乘枯摘野艳,沈细抽潜腥。
游寺去陟巘⑤,寻径返穿汀。
缘云竹竦竦,失路麻冥冥。
淫潦忽翻野,平芜眇开溟。
防泄堑夜塞,惧冲城昼扃〔二〕⑥。
及去事戎辔〔三〕,相逢宴军伶。
觥秋纵兀兀,猎旦驰骍骍。
从赋始分手〔四〕,朝京忽同舲⑦。
急时促暗棹,恋月留虚亭。
毕事驱传马,安居守窗萤。
梅花灞水别,宫烛骊山醒。
省选逮投足,乡宾尚摧翎〔五〕。
尘祛又一掺,泪眢还双荧〔六〕。
洛邑得休告,华山穷绝陉⑧。
倚岩睨海浪,引袖拂天星。
日驾此回辖,金神所司刑。
泉绅拖修白,石剑攒高青。
磴薛汏拳踞⑨,梯飙飑伶俜。
悔狂已咋指,垂诚仍镌铭〔七〕。

峨豸⑩忝备列，伏蒲愧分泾。

微诚慕横草，琐力摧撞筳。

叠雪走商岭，飞波航洞庭。

下险疑堕井，守官类拘囹。

荒餐茹獠蛊，幽梦感湘灵。

刺史肃蓍蔡，吏人沸螳螟。

点缀簿上字，趋跄阁前铃。

赖其饱山水，得以娱瞻听。

紫树雕斐亹，碧流滴珑玲。

映波铺远锦，插地列长屏。

愁狖酸骨死，怪花醉魂馨。

潜苞绛实坼，幽乳翠毛零〔八〕。

赦行五百里，月变三十蓂。

渐阶群振鹭，入学海螟蛉。

苹甘谢鸣鹿，罍满惭罄瓶。

冏冏抱瑚琏⑪，飞飞联鹡鸰。

鱼鬣欲脱背，虬光先照硎。

岂独出丑类，方当动朝廷。

勤来得晤语，勿惮宿寒厅〔九〕。

〔一〕谓自贞元十二年丙子至是元和改元丙戌，十年也。〔二〕自"肝胆一古剑"至此，皆叙贞元十五年睢岸连居，与张彻相从之乐。　〔三〕公先居睢水，久之，建封以为节度推官。〔四〕谓彻赴举试也。　〔五〕谓彻下第也。彻后元和四年始登第。　〔六〕已上叙其以徐州从事朝正京师，与彻同行之事。"尘袪"二句，公先出京，彻后出京，又与途中相见而再别也。〔七〕公尝过华山，登绝顶，发狂恸哭，遗书为诫。见《国史补》。已上叙登华山事。　〔八〕已上叙为御史上疏，贬阳山事。〔九〕已上叙入为国子博士，因答彻诗。

① 张彻(?—821)：字华耀，清河郡东武城（今河北故城）人，韩愈的堂侄女婿。② 浚（xùn）：即浚仪，地名，今河南开封。③ 前经：前人的经典，此特指儒家经典。④ 侹侹（tǐng）：平直而长的样子。⑤ 陟巘（yǎn）：陟，登高。巘，大山上的小山。⑥ 昼扃（jiōng）：白天关门。⑦ 舲（líng）：有窗户的船。⑧ 绝陉：相连的山岭中间断绝。⑨ 拳跼（jú）：屈曲而无法伸展。⑩ 峨豸（zhì）：戴着高高的獬豸冠。⑪ 瑚琏（liǎn）：古代祭祀时盛放祭品的器皿，常用来比喻人很有才能，可担大任。

荐士〔一〕

周诗三百篇，雅丽理训诰①。
曾经圣人手，议论安敢到。
五言出汉时，苏李首更号。
东都渐弥漫，派别百川导。
建安能者七②，卓荦变风操。
逶迤抵晋宋，气象日凋耗。
中间数鲍谢，比近最清奥。
齐梁及陈隋，众作等蝉噪。
搜春摘花卉，沿袭伤剽盗。
国朝盛文章，子昂始高蹈。
勃兴得李杜，万类困陵暴。
后来相继生，亦各臻阃奥③。
有穷者孟郊，受材实雄骜。
冥观洞古今，象外逐幽好。
横空盘硬语，妥贴力排奡。
敷柔肆纡余，奋猛卷海潦。

荣华肖天秀,捷疾逾响报。
行身践规矩,甘辱耻媚灶④。
孟轲分邪正,眸子看瞭眊。
杳然粹而清,可以镇浮躁。
酸寒溧阳尉,五十几何耄⑤。
孜孜营甘旨,辛苦久所冒。
俗流知者谁,指注竞嘲傲。
圣皇索遗逸,髦士日登造。
庙堂有贤相,爱遇均覆焘⑥。
况承归与张〔二〕,二公迭嗟悼。
青冥送吹嘘,强箭射鲁缟。
胡为久无成,使以归期告。
霜风破佳菊,嘉节追吹帽。
念将决焉去,感物增恋嫪。
彼微水中荇,尚烦左右芼。
鲁侯国至小,庙鼎犹纳郜。
幸当择珉玉,宁有弃珪瑁⑦。
悠悠我之思,扰扰风中纛。
上言愧无路,日夜惟心祷。
鹤翎不天生,变化在啄菢。
通波非难图,尺地易可漕。
善善不汲汲,后时徒悔懊。
救死具八珍,不如一箪犒。
微诗公勿诮,恺悌⑧神所劳。

〔一〕孟东野贞元十一年进士,为溧阳尉。时郑余庆尹河南,公作是诗以荐之,郑辟为水陆运从事。此诗作于郊为尉后、辟从事前欤?观公铭郊墓,谓郑公尹河南,既辟从事,后以节领兴元,复奏为参谋,皆公一时之荐也。 〔二〕谓郊尝为归登、张建封所知。

①训诂:《尚书》六体中训与诂的并称。训乃教导之词,诂,告诫之辞和诏书。②能者七:建安年间七位文士的合称,包括孔融、陈琳、王粲、徐干、阮瑀、应玚、刘桢,世称"建安七子"。③臻阃(kǔn)奥:谓登堂入室。臻,达到。阃奥,深邃的内室。④媚灶:比喻阿谀依附权贵。⑤几何耄(mào):离年老还相差多少岁。⑥覆焘(dào):覆盖。⑦珪瑁(guī mào):古时天子、诸侯举行仪式时所用的玉制礼器。⑧恺悌:形容和蔼、平易。

喜侯喜①至,赠张籍、张彻

昔我在南时,数君长在念。
摇摇不可止,讽咏日喁喥②。
如以膏濯衣,每渍垢逾染。
又如心中疾,箴石③非所砭④。
常思得游处,至死无倦厌。
地遐物奇怪,水镜涵石剑。
荒花穷漫乱,幽兽工腾闪。
碍目不忍窥,忽忽坐昏垫。
逢神多所祝,岂忘灵即验。
依依梦归路,历历想行店。
今者诚自幸,所怀无一欠。
孟生去虽索,侯氏来还歉。
欹眠听新诗,屋角月艳艳。

杂作承间骋，交惊舌互舚⑤。
缤纷指瑕疵，拒捍阻城堑。
以余经摧挫，固请发铅椠⑥。
居然妄推让，见谓蒻⑦天焰。
比疏语徒妍，悚息不敢占。
呼奴具盘飧，饤饾鱼菜赡。
人生但如此，朱紫安足僭。

① 侯喜：中唐官员、诗人，韩愈弟子。② 喁喁（yóng yǎn）：水中缺氧，鱼不得已在水面张口呼吸。③ 箴石：古时的针灸用具。④ 砭：用以治病的石针。⑤ 舚（tiàn）：吐舌头。⑥ 铅椠（qiàn）：是古人书写文字的工具。铅，粉笔。椠，古代以木削成用作书写的版片。⑦ 蒻（ruò）：烧。

驽骥①

驽骀②诚龌龊，市者何其稠。
力小苦易制，价微良易酬。
渴饮一斗水，饥食一束刍③。
嘶鸣当大路，志气若有余。
骐骥生绝域，自矜无匹俦。
牵驱入市门，行者不为留。
借问价几何，黄金比嵩丘。
借问行几何，咫尺视九州。
饥食玉山禾，渴饮醴泉④流。
问谁能为御，旷世不可求。

惟昔穆天子，乘之极遐游。
王良执其辔，造父挟其辀。
因言天外事，茫惚使人愁。
驽骀谓骐骥，饿死余尔刍。
有能必见用，有德必见收。
孰云时与命，通塞皆自由。
骐骥不敢言，低徊但垂头。
人皆劣骐骥，共以驽骀优。
喟余独兴叹，才命不同谋。
寄诗同心子，为我商声讴。

① 驽骥：驽，劣马，比喻才能低下者。骥，千里马，喻指杰出的人才。② 骀（tái）：劣马。③ 刍（chú）：本义是割草，引申为牲畜吃的草。④ 醴（lǐ）泉：甘甜的泉水。

出门

长安百万家，出门无所之。
岂敢尚幽独①，与世实参差。
古人虽已死，书上有其辞。
开卷读且想，千载若相期。
出门各有道，我道方未夷。
且于此中息，天命不吾欺。

① 幽独：独处静地，此指隐居。

烽火

登高望烽火，谁谓塞尘飞。
王城富且乐，曷不事光辉。
勿言日已暮，相见恐行稀。
愿君熟念此，秉烛夜中归。
我歌宁自感，乃独泪沾衣。

龊龊[一]

龊龊①当世士，所忧在饥寒。
但见贱者悲，不闻贵者叹。
大贤事业异，远抱非俗观。
报国心皎洁，念时涕汍澜②。
妖姬坐左右，柔指发哀弹。
酒肴虽日陈，感激宁为欢。
秋阴欺白日，泥潦不少干。
河堤决东郡，老弱随惊湍。
天意固有属，谁能诘其端。
愿辱太守荐，得充谏诤官。
排云叫阊阖③，披腹呈琅玕。
致君岂无术，自进诚独难。

〔一〕贞元十五年，郑滑大水。公十六年自京师归彭城诗云"去岁东郡水"，而此诗亦云"河堤决东郡，老弱随惊湍"，诗意皆相似，大抵言当世士龊龊，无能为国虑者。

①龌龊：此指拘于小节。②汍（wán）澜：流泪的样子。③阊阖（chāng hé）：古代传说中的天门，此处比喻皇宫。

洞庭湖阻风赠张十一署

十月阴气盛，北风无时休。
苍茫洞庭岸，与子维双舟。
雾雨晦争泄，波涛怒相投。
犬鸡断四听，粮绝谁与谋。
相去不容步，险如碍山丘。
清谈可以饱，梦想接无由。
男女①喧左右，饥啼但啾啾。
非怀北归兴，何用胜羁愁。
云外有白日，寒光自悠悠。
能令暂开霁②，过是吾无求。

①男女：子女。②霁：雨后或雪后天色放晴。

青青水中蒲三首〔一〕

青青水中蒲，下有一双鱼。
君今上陇去，我在与谁居。
青青水中蒲，长在水中居。
寄语浮萍草，相随我不如。

青青水中蒲，叶短不出水。

妇人不下堂，行子在万里。

〔一〕按，《乐府》亦作三首，盖兴寄也。当是妇人思夫之意。《文选·古乐府·饮马长城窟行》有"青青河畔草"，《长歌行》有"青青园中葵"，其大意与此相类。

孟东野失子〔一〕

东野连产三子，不数日，辄失之。几老，念无后以悲。其友人昌黎韩愈惧其伤也，推天①假其命以喻之。

失子将何尤，吾将上尤天。

女实主下人，与夺一何偏。

彼于女何有，乃令蕃且延。

此独何罪辜，生死旬日间。

上呼无时闻，滴地泪到泉。

地祇为之悲，瑟缩久不安。

乃呼大灵龟，骑云款天门。

问天主下人，薄厚胡不均。

天曰天地人，由来不相关。

吾悬日与月，吾系星与辰。

日月相噬啮②，星辰踣③而颠。

吾不女之罪，知非女由因。

且物各有分，孰能使之然。

有子与无子，祸福未可原。

鱼子满母腹，一一欲谁怜。

细腰不自乳，举族长孤鳏④。

鸱枭啄母脑，母死子始翻。
蝮蛇生子时，坼裂⑤肠与肝。
好子虽云好，未还恩与勤。
恶子不可说，鸱枭蝮蛇然。
有子且勿喜，无子固勿叹。
上圣不待教，贤闻语而迁。
下愚闻语惑，虽教无由悛⑥。
大灵顿头受，即日以命还。
地祇谓大灵，女往告其人。
东野夜得梦，有夫玄衣巾。
闯然入其户，三称天之言。
再拜谢玄夫，收悲以欢欣。

〔一〕并序。

① 推天：推究天道。② 噬啮（shì niè）：食，咬。③ 踣（bó）：跌倒。④ 孤鳏（guān）：谓孤单无后。⑤ 坼（chè）裂：裂开，撕裂。⑥ 悛（quān）：悔改。

县斋读书〔一〕

出宰山水县，读书松桂林。
萧条捐末事①，邂逅得初心。
哀狖②醒俗耳，清泉洁尘襟。
诗成有共赋，酒熟无孤斟。
青竹时默钓，白云日幽寻。
南方本多毒，北客恒惧侵。

谪谴甘自守,滞留愧难任。
投章③类缟带,伫答逾兼金。
〔一〕贞元二十年,在阳山县斋作。

① 末事:琐碎的事务。② 哀狖(yòu):哀猿,此处指凄清的猿啼声。③ 投章:赠诗。

新竹

笋添南阶竹,日日成清閟。
缥节①已储霜,黄苞犹掩翠。
出栏抽五六,当户罗三四。
高标陵秋严,贞色夺春媚。
稀生巧补林,并出疑争地。
纵横乍依行,烂漫忽无次。
风枝未飘吹,露粉先涵泪。
何人可携玩,清景空瞪视。

① 缥(piǎo)节:青竹节。缥,淡青色。

晚菊

少年饮酒时,踊跃见菊花。
今来不复饮,每见恒咨嗟。

伫立摘满手,行行把归家。
此时无与语,弃置奈悲何。

落齿

去年落一牙,今年落一齿。
俄然落六七,落势殊未已。
余存皆动摇,尽落应始止。
忆初落一时,但念豁可耻。
及至落二三,始忧衰即死。
每一将落时,憬憬①恒在己。
叉牙妨食物,颠倒怯漱水。
终焉舍我落,意与崩山比。
今来落既熟,见落空相似。
余存二十余,次第知落矣。
倘常岁落一,自足支两纪②。
如其落并空,与渐亦同指。
人言齿之落,寿命理难恃。
我言生有涯,长短俱死尔。
人言齿之豁,左右惊谛视。
我言庄周云,木雁③各有喜。
语讹默固好,嚼废软还美。
因歌遂成诗,时用诧妻子。

① 憬憬:畏惧。② 纪:木星绕太阳一周约需十二年,故古人

将十二年称为一纪。③ 木雁：指才与不才，顺应自然的智慧。《庄子·山木》："庄子行于山中，见大木，枝叶盛茂，伐木者止其旁而不取也。问其故。曰：'无所可用。'庄子曰：'此木以不材得终其天年。'夫子出于山，舍于故人之家。故人喜，命竖子杀雁而烹之。竖子请曰：'其一能鸣，其一不能鸣，请奚杀？'主人曰：'杀不能鸣者。'

哭杨兵部凝、陆歙州参

人皆期七十，才半岂蹉跎[一]①。
并出知己泪，自然白发多。
晨兴为谁恸②，还坐久滂沱③。
论文与晤语④，已矣可如何。

〔一〕公生大历戊申，至是贞元十九年癸未，则年三十有六矣，岂非七十之半乎？

① 蹉跎：颠坠，指死亡。② 恸（tòng）：悲哀。③ 滂沱：形容泪流的很多。④ 晤语：见面交谈。

苦寒[一]

四时各平分，一气不可兼。
隆寒夺春序，颛顼固不廉。
太昊弛维纲，畏避但守谦。
遂令黄泉下，萌芽夭句尖。
草木不复抽，百味失苦甜。

凶飙搅宇宙,铓刃①甚割砭。
日月虽云尊,不能活乌蟾。
羲和送日出,悾怯②频窥觇。
炎帝持祝融,呵嘘不相炎。
而我当此时,恩光何由沾。
肌肤生鳞甲,衣被如刀镰。
气寒鼻莫嗅,血动指不拈。
浊醪③沸入喉,口角如衔钳。
将持匕箸食,触指如排签。
侵炉不觉暖,炽炭屡已添。
探汤无所益,何况纩与襜。
虎豹僵穴中,蛟螭死幽潜。
荧惑④丧躔次⑤,六龙冰脱髯。
芒砀大包内,生类恐尽歼。
啾啾窗间雀,不知已微纤。
举头仰天鸣,所愿晷刻淹。
不如弹射死,却得亲炰燖。
鸾皇苟不存,尔固不在占。
其余蠢动俦,俱死谁恩嫌。
伊我称最灵,不能女覆苫。
悲哀激愤叹,五藏难安恬。
中宵倚墙立,淫泪何渐渐。
天王哀无辜,惠我下顾瞻。
褰旒去耳纩〔二〕,调和进梅盐。
贤能日登御,黜彼傲与憸⑦。
生风吹死气,豁达如褰帘。
悬乳零落堕,晨光入前檐。

雪霜顿销释，土脉膏且粘。
岂徒兰蕙荣，施及艾与蒹。
日萼行铄铄，风条坐襜襜⑧。
天乎苟其能，吾死意亦厌。

〔一〕公此诗意盖有所讽，犹讼风伯之吹云，而雨不得作也。谓隆寒夺春序而肆其寒，犹权臣之用事。太昊之畏避，则犹当国者畏权臣，取充位而已。其下反覆所言，无易此意。其末谓"天王哀无辜"，则望人主进贤退不肖，使恩泽下流，施及草木。其爱君忧民之意，具见于此。按，《韦渠牟传》：自陆贽免，德宗不复委权于下，宰相充位，行文书而已。所倚信者，裴延龄、李齐运、王绍、李实、韦执谊与渠牟等，其权侔人主。此诗所以讽也。时贾耽、齐抗之徒当国，公为四门博士。贞元十九年春作。
〔二〕疏垂目，纩塞耳；褰疏去纩，谓明目达聪也。

① 铓（máng）刃：锋尖，刀口。② 恇怯：怯懦。③ 浊醪（láo）：未过滤的酒。即浊酒。④ 荧惑：火星的别称。⑤ 躔（chán）次：日月星辰在运行轨道上的位次。⑥ 晷刻：片刻，时刻。⑦ 崄：阴险奸诈。⑧ 襜襜（chān）：摇动的样子。

崔十六少府摄①伊阳以诗及书见投，因酬三十韵

崔君初来时，相识颇未惯。
但闻赤县尉，不比博士慢。
赁屋得连墙，往来欣莫间。
我时亦新居，触事苦难办。
蔬飧②要同吃，破袄谁来绽。
谓言安堵后，贷借更何患。
不知孤遗多，举族仰薄宦。

有时来朝餐,得米日已晏。
隔墙闻欢呼,众口极鹅雁。
前计顿乖张,居然见真赝。
娇儿好眉眼,袴脚冻两骬。
捧书随诸兄,累累两角丱③。
冬惟茹寒齑④,秋始识瓜瓣。
问之不言饥,饫若厌刍豢。
才名三十年,久合居给谏。
白头趋走里,闭口绝谤讪。
府公旧同袍,拔擢宰山涧。
寄诗杂诙俳,有类说鹏鷃。
上言酒味酸,冬衣竟未擐⑤。
下言人吏稀,惟足彪与虦。
又言致猪鹿,此语乃善幻。
三年国子师,肠肚习藜苋。
况住洛之涯,鲂鳟可罩汕〔一〕。
肯效屠门嚼,久嫌弋者篡。
谋拙日焦拳,活计似锄划。
男寒涩诗书,妻瘦剩腰襻⑥。
为官不事职,厥罪在欺谩。
行当自劾去,渔钓老葭蔊。
岁穷寒气骄,冰雪滑磴栈。
音问难屡通,何由觊⑦清盼。

〔一〕按,崔诗必言将以猪鹿野鲜饷公,公诗辞之。善幻,犹云善戏。《汉书·西域传》有善眩之语,颜注云:眩读与幻同。住洛之涯,公时以国子博士分教东都,谓但食藜苋鲂鳟,不劳致猪鹿异味也。

①摄:代理;兼职。②蔬飧(sūn):蔬菜饭食。③丱(guàn):指把头发束成两角的样子。④寒齑(jī):腌菜。⑤摌(huàn):穿着。⑥腰襻(pàn):指腰间系衣裙的带子。⑦觌(dí):见。

送侯参谋赴河中幕〔一〕

忆昔初及第,各以少年称。
君颐始生须,我齿清如冰。
尔时心气壮,百事谓己能。
一别讵几何,忽如隔晨兴。
我齿豁可鄙,君颜老可憎。
相逢风尘中,相亲迭嗟矜。
幸同学省官,末路再得朋。
东司绝教授,游宴以为恒。
秋渔荫密树,夜博①然明灯。
雪径抵②樵叟,风廊折谈僧。
陆浑桃花间,有汤沸如蒸。
三月崧少步,踯躅红千层。
洲沙厌晚坐,岭壁穷晨升。
沉冥不计日,为乐不可胜。
迁满一已异,乖离坐难凭。
行行事结束,人马何蹻腾③。
感激生胆勇,从军岂尝曾。
洸洸司徒公〔二〕,天子爪与肱。
提师十万余,四海钦风棱。
河北兵未进,蔡州④帅新薨。

曷不请扫除，活彼黎与烝。
鄙夫诚怯弱，受恩愧徒宏。
犹思脱儒冠，弃死取先登。
又欲面言事，上书求诏征。
侵官固非是，妄作谴可惩。
惟当待责免，耕劚归沟塍。
今君得所附，势若脱鞲鹰。
檄笔无与让，幕谋职其膺。
收绩间史牒，翰飞逐溟鹏。
男儿贵立事，流景不可乘。
岁老阴沴作，云颓雪翻崩。
别袪拂洛水，征车转崤陵。
勤勤酒不进，勉勉恨已仍。
送君出门归，愁肠若牵绳。
默坐念语笑，痴如遇寒蝇。
策马谁可适，晤言谁为应。
席尘惜不扫，残樽对空凝。
信知后会时，日月屡环絙。
生期理行役，欢绪绝难承。
寄书惟在频，无吝简与缯⑤。

〔一〕侯继时从王谔辟。继与公同举贞元八年进士；元和四年又同官学省，公博士，继助教。六月，公分司东都，而继参河中幕。此诗是年冬作也。　〔二〕元和三年九月，以淮南节度使王谔检校司徒为河中尹、河中晋绛慈隰节度使。司徒公，王谔也。四年冬，辟继为府从事。

① 博：即博戏，古代的一种游戏。② 抵：相遇。③ 蹻（jiǎo）腾：雄壮的样子。④ 蔡州：地名，今河南汝南。⑤ 简与缯（zēng）：木简和生绢，古代的书写工具。

东都遇春

少年气真狂，有意与春竞。
行逢二三月，九州花相映。
川原晓服鲜，桃李晨妆靓。
荒乘不知疲，醉死岂辞病。
饮啖惟所便，文章倚豪横。
尔来曾几时，白发忽满镜。
旧游喜乖张，新辈足嘲评〔一〕。
心肠一变化，羞见时节盛。
得闲无所作，贵欲辞视听。
深居疑避仇，默卧如当暝。
朝曦入牖来，鸟唤昏不醒。
为生鄙计算，盐米告屡罄。
坐疲都忘起，冠侧懒复正。
幸蒙东都官，获离机与阱〔二〕。
乖慵遭傲僻，渐染生弊性。
既去焉能追，有来犹莫骋。
有船魏王池，往往纵孤泳。
水容与天色，此处皆绿净。
岸树共纷披，渚牙①相纬经〔三〕。
怀归苦不果，即事取幽迸。
贪求匪名利，所得亦已并。
悠悠度朝昏，落落捐季孟。
群公一何贤，上戴天子圣。
谋谟②收禹绩，四面出雄劲。
转输非不勤，稽逋有军令。

在庭百执事,奉职各祗敬。
我独胡为哉,坐与亿兆庆。
譬如笼中鸟,仰给活性命。
为诗告友生③,负愧终究竟。

〔一〕评:音病。　〔二〕公时分教东都。生李习之状公行云:自江陵掾入为国子博士,宰相有爱公文者,将以文学职处公。有争先者谮公,公恐及难,遂求分司东都。此公所以有获离机阱之语。　〔三〕经:音径。

① 牙:洲上初生的草芽。② 谟(mó):谋略,计策。③ 友生:朋友。

酬裴十六功曹巡府西驿途中见寄

相公罢论道〔一〕,聿至活东人。
御史坐言事,作吏府中尘〔二〕。
遂令河南治,今古无俦伦。
四海日富庶,道途隘蹄轮①。
府西三百里,候馆②同鱼鳞。
相公谓御史,劳子去自巡。
是时山水秋,光景何鲜新。
哀鸿鸣清耳,宿雾褰高旻③。
遗我行旅诗,轩轩④有风神。
譬如黄金盘,照耀荆璞真。
我来亦已幸,事贤友其仁。
持竿洛水侧,孤坐屡穷辰。

多才自劳苦，无用只因循。

辞免期匪远，行行及山春。

〔一〕相公，郑余庆也。元和元年罢相，出为河南尹。
〔二〕御史，裴度也。元和初，度密疏论权幸，忤旨，出为河南府功曹。

① 蹄轮：车马。② 候馆：泛指接待过往官员或宾客的驿馆。③ 旻（mín）：天，天空。④ 轩轩：风格高朗的样子。

燕河南府秀才〔一〕

吾皇绍祖烈，天下再太平。
诏下诸郡国，岁贡乡曲①英。
元和五年冬，房公尹东京。
功曹上言公，是月当登名。
乃选二十县，试官得鸿生②。
群儒负己材，相贺简择精。
怒起簸羽翮③，引吭吐铿轰④。
此都自周公，文章继名声。
自非绝殊尤，难使耳目惊。
今者遭震薄，不能出声鸣。
鄙夫忝县尹，愧慄⑤难为情。
惟求文章写，不敢妒与争。
还家敕妻儿，具此煎炰烹⑥。
柿红蒲萄紫，肴果相扶檠⑦。
芳茶出蜀门，好酒浓且清。

何能充欢燕，庶以露厥诚。
昨闻诏书下，权公作邦桢。
文人得其职，文道当大行。
阴风搅短日，冷雨涩不晴。
勉哉戒徒驭，家国迟子荣。

〔一〕据诗云，"元和五年冬，房公尹东京"。房公者，房式也，时为河南尹。公时为河南令，故曰"忝县尹"。权德舆时为宰相，故曰"作邦桢"云。

① 乡曲：乡里。② 鸿生：鸿儒；博学之士。③ 翮（hé）：本义为羽毛中间的空心硬管，后指代鸟翼。④ 铿轰：形容诗赋铿锵有力。铿，金石声。⑤ 愧慄：惭愧惶恐。⑥ 炰（fǒu）烹：烧煮熏炙。⑦ 扶擎（qíng）：依傍，支撑。

送李翱[一]

广州万里途，山重江逶迤。
行行何时到，谁能定归期。
揖我出门去，颜色异恒时。
虽云有追送，足迹绝自兹。
人生一世间，不自张与施。
譬如浮江木，纵横岂自知。
宁怀别时苦，勿作别后思。

〔一〕翱，字习之，陇西人，贞元十六年娶公兄弇之女。元和三年四月乙亥，户部侍郎杨於陵出为广州刺史、岭南节度使，表翱佐其府。四年正月己酉，翱自东都旌善坊以妻子上船于漕，乙未去东都。公与石洪假舟送之，丁酉同登嵩山，题姓名纪别，故有此诗。

送石处士①赴河阳②幕③

长把种树书,人云避世士。
忽骑将军马,自号报恩子。
风云入壮怀,泉石别幽耳。
钜鹿师欲老,常山险犹恃〔一〕。
岂惟彼相忧,固是吾徒耻。
去去事方急,酒行可以起。

〔一〕常山镇,州今为真定府。元和四年,节度使王承宗反,诏中人吐突承璀以兵讨之,无功,遂赦王承宗。

① 处士:隐居不仕之人。② 河阳:地名,今河南孟县。③ 幕:本义为古代将帅在外的营帐,后泛指军政大吏的府署。

送湖南李正字归

长沙入楚深,洞庭值秋晚。
人随鸿雁少,江共蒹葭远。
历历余所经,悠悠子当返。
孤游怀耿介,旅宿梦婉娩①。
风土稍殊音,鱼虾日异饭。
亲交俱在此,谁与同息偃。

① 婉娩:柔顺。此指梦中妻儿温柔。

辛卯年雪

元和六年春,寒气不肯归。
河南二月末,雪花一尺围。
崩腾相排挜①,龙凤交横飞。
波涛何飘扬,天风吹幡②旗。
白帝盛羽卫③,鬖髿④振裳衣。
白霓先启途,从以万玉妃。
翕翕⑤陵厚载,哗哗弄阴机。
生平未曾见,何暇议是非。
或云丰年祥,饱食可庶几。
善祷吾所慕,谁言寸诚微。

① 排挜(zā):挤压。② 幡(fān):旗。③ 羽卫:宫廷禁卫,即帝王的宿卫队和仪仗部队。羽,羽翼,此指护卫。④ 鬖髿(sān shā):丛生散乱的样子。⑤ 翕翕(xī):聚集的样子。

招扬之罘

柏生两石间,万岁终不大。
野马不识人,难以驾车盖。
柏移就平地,马羁入厩中〔一〕。
马思自由悲,柏有伤根容。
伤根柏不死,千丈日以至。
马悲罢还乐,振迅矜鞍辔。
之罘南山来,文字得我惊。

馆置使读书，日有求归声。
我令之罘归，失得柏与马。
之罘别我去，计出柏马下。
我自之罘归，入门思而悲。
之罘别我去，能不思我为。
洒扫县中居，引水经竹间。
嚣哗所不及，何异山中闲。
前陈百家书，食有肉与鱼。
先王遗文章，缀缉实在余。
礼称独学陋，易贵不远复。
作诗招之罘，晨夕抱饥渴。

〔一〕柏移平地，谓去荒陋之邦，而渐染雅化。马入厩中，谓去叟驾之习，而范我驰驱。皆裁成之罘之意。

送无本师①归范阳

无本于为文，身大不及胆。
吾尝示之难，勇往无不敢。
蛟龙弄角牙，造次欲手揽。
众鬼囚大幽，下觑袭玄窞②。
天阳熙四海，注视首不颔〔一〕。
鲸鹏相摩窣③，两举快一啖。
夫岂能必然，固已谢黯黮④。
狂词肆滂葩⑤，低昂见舒惨。
奸穷怪变得，往往造平澹。

蜂蝉碎锦缬⑥,绿池披菡萏⑦。
芝英擢荒蓁⑧,孤翮起连菼⑨。
家住幽都远,未识气先感。
来寻吾何能,无殊嗜昌歜。
始见洛阳春,桃枝缀红糁。
遂来长安里,时卦转习坎。
老懒无斗心,久不事铅椠。
欲以金帛酬,举室常顑颔⑩。
念当委我去,霜雪刻以憯。
狞飙搅空衢,天地与顿撼。
勉率吐歌诗,尉女别后览。

〔一〕颔:李本作领。《说文》:颔,低头也。《列子》:巧夫颔其颐。

① 无本师:即贾岛(779—843),字阆(làng)仙,幽州范阳(今河北涿州)人,自号"碣石山人",唐代诗人。贾岛早年曾出家为僧,法号无本,故云。② 玄窞(dàn):阴暗的深坑。窞,深坑。③ 摩莝(sū):抚摸。④ 黮黤(dǎn):幽深的样子。⑤ 滂葩:澎湃磅礴的样子。⑥ 锦缬(xié):印染着花纹的丝织品。⑦ 菡萏(hàn dàn):荷花的别称。⑧ 蓁(zhēn):草木茂盛的样子。⑨ 菼(tǎn):初生的荻。⑩ 顑(kǎn)颔:因饥饿而面黄肌瘦。

双鸟诗

双鸟海外来,飞飞到中州①。
一鸟落城市,一鸟集岩幽〔一〕。
不得相伴鸣,尔来三千秋。

两鸟各闭口,万象衔口头。
春风卷地起,百鸟皆飘浮。
两鸟忽相逢,百日鸣不休。
有耳聒皆聋,有口反自羞。
百舌旧饶声,从此恒低头。
得病不呻唤,泯默至死休。
雷公告天公,百物须膏油。
自从两鸟鸣,聒乱雷声收。
鬼神怕嘲咏,造化皆停留。
草木有微情,挑抉示九州。
虫鼠诚微物,不堪苦诛求。
不停两鸟鸣,百物皆生愁。
不停两鸟鸣,自此无春秋。
不停两鸟鸣,日月难旋辀②。
不停两鸟鸣,大法失九畴。
周公不为公,孔丘不为丘。
天公怪两鸟,各捉一处囚。
百虫与百鸟,然后鸣啾啾。
两鸟既别处,闭声省愆尤。
朝食千头龙,暮食千头牛。
朝饮河生尘,暮饮海绝流。
还当三千秋,更起鸣相酬。

〔一〕朱子以双鸟指己与孟郊而作。落城市者,己也。集岩幽者,孟也。《韵语阳秋》已有此说。

① 中州:中国。② 辀(zhōu):车辕。

题炭谷湫祠堂

万物都阳明，幽暗鬼所寰。
嗟龙独何智，出入人鬼间。
不知谁为助，若执造化关。
厌处平地水，巢居插天山。
列峰若攒指，石盂仰环环。
巨灵高其捧，保此一掬①悭。
森沉固含蓄，本以储阴奸。
鱼鳖蒙拥护，群嬉傲天顽。
翾翾②栖托禽，飞飞一何闲。
祠堂像俨真，擢玉纤③烟鬟。
群怪俨伺候，恩威在其颜。
我来日正中，悚惕思先还。
寄立尺寸地，敢言来途艰。
吁无吹毛刃，血此牛蹄殷〔一〕。
至今乘水旱，鼓舞寡与鳏。
林丛镇冥冥，穷年无由删。
妍英杂艳实，星琐黄朱班。
石级皆险滑，颠踬莫牵攀。
龙区雏众碎，付与宿已颁。
弃去可奈何，吾其死茅菅。

〔一〕退之刚正傲岸，不信神道。如《衡山诗》则曰"神纵欲福难为功"，《纪梦诗》则曰"乃知神人未贤圣"，此诗则曰"血此牛蹄殷"，皆凛凛有生气。

① 掬：量词，相当于"捧"。② 翾（xuān）翾：飞的样子。③ 纤：下垂。

送陆畅归江南[一]

举举江南子，名以能诗闻。
一来取高第，官佐东宫①军。
迎妇丞相府，夸映秀士群。
鸾鸣桂树间，观者何缤纷。
人事喜颠倒，旦夕异所云。
萧萧青云干，遂逐荆棘焚。
岁晚鸿雁过，乡思见新文。
践此秦关雪，家彼吴洲云。
悲啼上车女，骨肉不可分[二]。
感慨都门别，丈夫酒方醺。
我实门下士②，力薄蚋与蚊。
受恩不即报，永负湘中坟[三]。

〔一〕畅字达夫，尝著《蜀道易》诗，元和元年进士，董溪婿也。溪丞相董晋第二子，贬死湘中，事见《墓志》。公尝佐董晋幕。　〔二〕按，董晋家洛阳，观"悲啼上车女"句，陆自董府携妇归吴，而公在洛时送之也。　〔三〕《墓志》云：溪除名徙死湘中，明年有诏，令许归葬。元和八年葬河南。此云湘中坟，盖公作此诗时尚藁葬湘中也。

① 东宫：这里指太子宫。② 门下士：幕僚。

送进士刘师服东归

猛虎落槛阱，坐食如孤豚。
丈夫在富贵，岂必守一门。

公心有勇气，公口有直言。
奈何任埋没，不自求腾轩①。
仆本亦进士，颇尝究根源。
由来骨鲠②材，喜被软弱吞。
低头受侮笑，隐忍硉③兀冤。
泥雨城东路，夏槐作云屯。
还家虽阙短，指日亲晨飧。
携持令名归，自足贻家尊。
时节不可玩，亲交可攀援。
勉来取金紫④，勿久休中园。

① 腾轩：腾跃高举，此指仕途顺利。② 骨鲠：本义为鱼骨，古人常以此来比喻个性正直、中正。③ 硉（lù）：山石高耸的样子。④ 金紫：此借指高官显爵。

嘲鲁连子

鲁连细而黠，有似黄鹨子。
田巴兀老苍，怜汝矜爪觜。
开端要惊人，雄跨吾厌矣。
高拱禅鸿声，若辍一杯水。
独称唐虞贤，顾未知之耳〔一〕。

〔一〕按，此当有与公争名者，而公甘以名让之。禅，让也；鸿声，大名也。

赠张籍

吾老著读书,余事不挂眼。
有儿虽甚怜,教示不免简。
君来好呼出,踉跄越门限。
惧其无所知,见则先愧赧①。
昨因有缘事,上马插手版。
留君住厅食,使立侍盘盏。
薄暮归见君,迎我笑而莞。
指渠相贺言,此是万金产。
吾爱其风骨,粹美无可拣。
试将诗义授,如以肉贯丳②。
开祛露毫末③,自得高蹇崿。
我身蹈丘轲,爵位不早绾。
固宜长有人,文章绍编划〔一〕。
感荷君子德,恍若乘朽栈。
召令吐所记,解摘了瑟僴。
顾视窗壁间,亲戚竞䀬矕④。
喜气排寒冬,逼耳鸣覵睆⑤。
如今更谁恨,便可耕灞浐。

〔一〕自"此是万金产"至此句,皆张籍之辞。"我身"疑当作"君身",盖籍称公不应我之也。

① 赧:因羞愧而脸红。② 丳(chǎn):烤肉时用的签子。③ 毫末:毫毛的末端,比喻极其细微的事物。④ 矕(mǎn):看,望。⑤ 覵睆(xiàn huàn):声音美好的样子。

调张籍

李杜文章在,光焰万丈长。
不知群儿愚,那用故谤伤。
蚍蜉撼大树,可笑不自量。
伊我生其后,举颈遥相望。
夜梦多见之,昼思反微茫。
徒观斧凿痕,不瞩治水航。
想当施手时,巨刃磨天扬。
垠崖划崩豁,乾坤摆雷硠[①]。
惟此两夫子,家居率荒凉。
帝欲长吟哦,故遣起且僵。
剪翎送笼中,使看百鸟翔。
平生千万篇,金薤[②]垂琳琅。
仙官敕六丁,雷电下取将。
流落人间者,太山一豪芒。
我愿生两翅,捕逐出八荒。
精诚忽交通,百怪入我肠。
刺手拔鲸牙,举瓢酌天浆。
腾身跨汗漫,不著织女襄。
顾语地上友,经营无太忙。
乞君飞霞珮,与我高颉颃[③]。

① 雷硠(láng):崩裂的声音。② 金薤(xiè):古代的两种书体。③ 颉颃:飞翔。

韩昌黎五古

寄皇甫湜①

敲门惊昼睡,问报睦州②吏。
手把一封书,上有皇甫字。
拆书放床头,涕与泪垂四。
昏昏还就枕,惘惘梦相值。
悲哉无奇术,安得生两翅。

① 皇甫湜(777—835):字持正,睦州新安(今浙江淳安)人,唐朝官员、诗人。② 睦州:地名,今浙江淳安。

病中赠张十八

中虚得暴下,避冷卧北窗。
不蹋晓鼓朝,安眠听逄逄①。
籍也处闾里,抱能未施邦。
文章自娱戏,金石日击撞。
龙文百斛鼎,笔力可独扛。
谈舌久不掉,非君亮谁双。
扶几导之言,曲节初揉搠。
半涂喜开凿,派别失大江。
吾欲盈其气,不令见麾幢。
牛羊满田野,解旆束空杠。
倾樽与斟酌,四壁堆罂缸。
玄帷隔雪风,照炉钉〔一〕明釭。

夜阑纵捭阖,哆口疏眉厖②。
势侔高阳翁,坐约齐横降。
连日挟所有,形躯顿脟肛。
将归乃徐谓,子言得无哤③。
回军与角逐,斫树收穷庞。
雌声吐款要,酒壶缀羊腔。
君乃昆仑渠,籍乃岭头泷。
譬如蚁垤微,讵可陵崆岘。
幸愿终赐之,斩拔桄与桩。
从此识归处,东流水淙淙。

〔一〕音定。

① 逄(páng)逄:鼓声。② 眉厖(máng):眉毛花白。③ 哤(máng):杂乱。

杂诗

古史散左右,诗书置后前。
岂殊蠹书虫,生死文字间。
古道自愚蠢,古言自包缠。
当今固殊古,谁与为欣欢。
独携无言子,共升昆仑颠。
长风飘襟裾,遂起飞高圆。
下视禹九州,一尘集豪端。
邀嬉未云几,下已亿万年。
向者夸夸子,万坟厌其巅。

惜哉抱所见，白黑未及分。
慷慨为悲咤，泪如九河翻。
指摘相告语，虽还今谁亲。
翩然下大荒，被发骑骐驎。

寄崔二十六立之

西城员外丞，心迹两屈奇①。
往岁战词赋，不将势力随。
下驴②入省门，左右惊纷披。
傲兀③坐试席，深丛见孤罴④。
文如翻水成，初不用意为。
四座各低面，不敢捩眼⑤窥。
升阶揖侍郎，归舍日未敧⑥。
佳句喧众口，考官敢瑕疵。
连年收科第，若摘颔底髭。
回首卿相位，通途无他歧。
岂论校书郎，袍笏⑦光参差。
童稚见称说，祝身得如斯。
侪辈妒且热，喘如竹筒吹。
老妇愿嫁女，约不论财赀。
老翁不量分，累月笞其儿。
搅搅争附托，无人角雄雌〔一〕。
由来人间事，翻覆不可知。
安有巢中鷇，插翅飞天陲。

驹䴢⑧著爪牙〔二〕，猛虎借与皮。
汝头有缰系，汝脚有索縻⑨。
陷身泥沟间，谁复禀指挢。
不脱吏部选，可见偶与奇。
又作朝士贬，得非命所施。
客居京城中，十日营一炊。
逼迫走巴蛮，恩爱座上离。
昨来汉水头，始得完孤羁。
桁挂新衣裳，盎弃食残糜。
苟无饥寒苦，那用分高卑〔三〕。
怜我还好古，宦途同险巇。
每旬遗我书，竟岁无差池。
新篇奚其思，风幡肆逶迤。
又论诸毛功，劈水看蛟螭。
雷电生睒睗⑩，角鬣相撑披〔四〕。
属我感穷景，抱华不能摛⑪。
倡来和相报，愧叹俾我疵。
又寄百尺彩，绯红相盛衰。
巧能喻其诚，深浅抽肝脾。
开展放我侧，方餐涕垂匙。
朋交日凋谢，存者逐利移。
子宁独迷误，缀缀意益弥。
举头庭树豁，狂飙卷寒曦。
迢递山水隔，何由应埙篪⑫。
别来就十年，君马记骕骦。
长女当及事，谁助出帨缡⑬。
诸男皆秀朗，几能守家规。

文字锐气在，辉辉见旌麾。
摧肠与戚容，能复持酒卮。
我虽未耋老，发秃骨力羸。
所余十九齿，飘飖尽浮危。
玄花著两眼，视物隔褷褵。
燕席谢不诣，游鞍悬莫骑。
敦敦凭书案〔五〕，譬彼鸟粘黐〔六〕。
且吾闻之师，不以物自菲。
孤豚眠粪壤，不慕太庙牺。
君看一时人，几辈先腾驰。
过半黑头死，阴虫食枯骴。
欢华不满眼，咎责塞两仪。
观名计之利，讵足相陪裨⑭。
仁者耻贪冒，受禄量所宜。
无能食国惠，岂异哀癃罢。
久欲辞谢去，休令众睢睢。
况又婴疹疾，宁保躯不赀。
不能前死罢，内实惭神祇。
旧籍在东都，茅屋枳棘篱。
还归非无指，灞渭扬春澌。
生兮耕吾疆，死也埋吾陂。
文书自传道，不仗史笔垂。
夫子固吾党，新恩释衔羁。
去来伊洛上，相待安罘罳〔七〕。
我有双饮盏，其银得朱提。
黄金涂物象，雕镂妙工倕。
乃令千里鲸，幺么微螽斯。

犹能争明月，摆掉出渺弥。

野草花叶细，不辨薋菉葹。

绵绵相纠结，状似环城陴。

四隅芙蓉树，擢艳皆猗猗[八]。

鲸以兴君身，失所逢百罹。

月以喻夫道，俛勉励莫亏。

草木明复载，妍丑齐荣萎。

愿君恒御之，行止杂燧觽。

异日期对举，当如合分支[九]。

〔一〕自"往岁战词赋"至此，叙崔技能之高，科名之震。
〔二〕觳，鸟子；驹，马子；麛，鹿子。皆喻新进少年不得自由，处处为世法所束缚。　〔三〕自"由来人间事"至此，叙崔登科后仕宦不遂，所如不偶。　〔四〕诸毛，方氏以为笔也，朱子以为必是为《毛颖传》而发。国藩按，韩公《毛颖传》，柳州曾赞叹之，崔之来书及诗，当亦赞《毛颖传》之奇伟。蛟螭雷电等，或即来诗中语耶？　〔五〕敦敦，即"敦彼独宿"之敦，谓痴坐不动也。《贾捐之传》中有所谓颙颙者，义亦略同。
〔六〕自"怜我还好古"至此，叙与崔交谊之厚。　〔七〕自"且吾闻之师"至此，言名位不足恋，当以文章传后，约崔同归偕隐。　〔八〕鲸、月、草、花、芙蓉，皆盏上所画者。
〔九〕自"我有双饮盏"至此，叙其以双盏之一遗崔，所以报百尺彩也。

① 屈奇：奇异。② 下驴：下坐骑。唐代有进士骑驴的习俗。③ 傲兀：傲岸。④ 羆：熊。⑤ 捩（liè）眼：侧目而视。⑥ 欹：倾斜。⑦ 袍笏（hù）：朝服和手板。⑧ 麛（mǐ）：幼鹿。⑨ 縻（mí）：缰绳。⑩ 晱睒（shǎn shì）：光芒闪烁。⑪ 摛（chī）：舒展，铺展。⑫ 埙篪（xūn chí）：古代的两种乐器。⑬ 帨（shuì）缡：古代女子出嫁时的嫁妆。⑭ 相陪裨（pí）：相补。

孟生诗

孟生江海士,古貌又古心。
尝读古人书,谓言古犹今。
作诗三百首,窅默①咸池②音。
骑驴到京国,欲和薰风琴。
岂识天子居,九重郁沉沉。
一门百夫守,无籍不可寻。
晶光荡相射,旗戟翙以森。
迁延③乍却走,惊怪靡自任。
举头看白日,泣涕下沾襟。
揭来游公卿,莫肯低华簪。
谅非轩冕族,应对多差参。
萍蓬④风波急,桑榆⑤日月侵。
奈何从进士,此路转岖嵌⑥。
异质忌处群,孤芳难寄林。
谁怜松桂性,竞爱桃李阴。
朝悲辞树叶,夕感归巢禽。
顾我多慷慨,穷檐时见临。
清宵静相对,发白聆苦吟。
采兰起幽念,眇然望东南。
秦吴修且阻,两地无数金。
我论徐方牧,好古天下钦。
竹实凤所食,德馨神所歆。
求观众丘小,必上泰山岑。
求观众流细,必泛沧溟深。
子其听我言,可以当所箴。

既获则思返,无为久滞淫。
卞和试三献,期子在秋砧⑦。

① 窅(yǎo)默:深奥精微。② 咸池:古乐曲名。③ 迁延:退却,徘徊。④ 萍蓬:比喻辗转迁徙,没有固定居所。⑤ 桑榆:比喻人垂垂老矣的样子。⑥ 岖嵚(qīn):意思是形容山势峻险,喻指人生道路险阻不平。⑦ 秋砧(zhēn):秋日捣衣的声音。

将归赠孟东野、房蜀客[一]

君门不可入,势利互相推。
借问读书客,胡为在京师。
举头未能对,闭眼聊自思。
倏忽十六年,终朝苦寒饥。
宦途竟寥落,鬓发坐差池①。
颍水清且寂,箕山坦而夷。
如今便当去,咄咄无自疑。

〔一〕蜀客,名次卿。

① 差池:不齐的样子。

答孟郊

规模①背时利,文字觑②天巧。
人皆饮酒肉,子独不得饱。

才春思已乱，始秋悲又搅。
朝餐动及午，夜讽恒至卯③。
名声暂膻腥，肠肚镇煎燋。
古心虽自鞭，世路终难拗。
弱拒喜张臂，猛拿闲缩爪。
见倒谁肯扶，从瞑我须咬。

① 规模：经营，谋划。② 觑（qù）：看；窥视。③ 卯（mǎo）：卯时，早晨五时至七时。

从仕

居闲食不足，从仕力难任。
两事皆害性，一生恒苦心。
黄昏归私室，惆怅起叹音。
弃置人间世，古来非独今。

送刘师服①

夏半阴气始，淅然云景秋。
蝉声入客耳，惊起不可留。
草草具盘馔，不待酒献酬。
士生为名累，有似鱼中钩。
赍②材③入市卖，贵者恒难售。

岂不畏憔悴,为功忌中休。
勉哉耕其业,以待岁晚收。

① 刘师服:元和年间进士,诗人的好友。② 赍(jī):怀着。
③ 财:当为"材"字。

符读书城南〔一〕

木之就规矩,在梓匠轮舆①。
人之能为人,由腹有诗书。
诗书勤乃有,不勤腹空虚。
欲知学之力,贤愚同一初。
由其不能学,所入遂异闾②。
两家各生子,提孩巧相如。
少长聚嬉戏,不殊同队鱼。
年至十二三,头角稍相疏。
二十渐乖张,清沟映污渠。
三十骨骼成,乃一龙一猪。
飞黄腾踏去,不能顾蟾蜍。
一为马前卒,鞭背生虫蛆。
一为公与相,潭潭③府中居。
问之何因尔,学与不学欤。
金璧虽重宝,费用难贮储。
学问藏之身,身在则有余。
君子与小人,不系父母且〔二〕。
不见公与相,起身自犁锄。

不见三公后，寒饥出无驴。
文章岂不贵，经训乃菑畲④。
潢潦⑤无根源，朝满夕已除。
人不通古今，马牛而襟裾。
行身陷不义，况望多名誉。
时秋积雨霁，新凉入郊墟。
灯火稍可亲，简编可卷舒。
岂不旦夕念，为尔惜居诸。
恩义有相夺，作诗劝踌躇。

〔一〕城南，公别墅。符，公之子。孟东野有《喜符郎》诗，有《游城南韩氏庄》之作。按，公墓铭及登科记公之子曰昶，登长庆四年进士第，符岂昶之小字耶？　〔二〕《诗》：悠悠昊天，曰父母且。且，语助也。

① "在梓"句：梓匠，木工。轮舆，轮人和舆人。《孟子·尽心下》："孟子曰：'梓匠轮舆能与人规矩，不能使人巧。'" ② 异间：里门，里巷。③ 潭潭：意为深广的样子。④ 菑畲（zī shē）：耕田。⑤ 潢潦（huáng lǎo）：地上的积水。

示爽

宣城①去京国，里数逾三千。
念汝欲别我，解装具盘筵②。
日昏不能散，起坐相引牵。
冬夜岂不长，达旦灯烛然③。
座中悉亲故，谁肯舍汝眠。
念汝将一身，西来曾几年。

名科掩众俊,州考居吏前。
今从府公召,府公又时贤。
时辈千百人,孰不谓汝妍。
汝来江南近,里间故依然。
昔日同戏儿,看汝立路边。
人生但如此,其实亦可怜。
吾老世味薄,因循致留连。
强颜班行内,何实非罪愆。
才短难自力,惧终莫洗湔④。
临分不汝诳,有路即归田[一]。

〔一〕"汝来江南近"二句不可解。韩公本贯在河内之修武,又曾迁居洛阳,爽自江南赴长安,二处皆其经过之地。或谓其过河内、洛阳,与里间相近,二句作一句读耶?不然,则上句有讹误耶?公作女挐铭云:归骨于河南之河阳韩氏墓。是河阳亦可以河南称之。洛阳则自古久称河南。妄意此句当作"河南近",笺以俟博闻君子。

① 宣城:地名,今安徽宣城。② 盘筵:宴席。③ 然:同燃,燃烧。④ 洗湔(jiān):洗涤,清除,比喻改过自新。

人日①城南登高

初正候才兆,涉七气已弄。
霭霭野浮阳,晖晖水披冻。
圣朝身不废,佳节古所用。
亲交既许来,子妷亦可从。
盘蔬冬春杂,樽酒清浊共。

令②征前事为，觞咏③新诗送。
扶杖凌圮④址，刺船犯枯葑⑤。
恋池群鸭回，释峤⑥孤云纵。
人生本坦荡，谁使妄倥偬。
直指桃李阑，幽寻宁止重。

①人日：古人以正月初七为人日。②令：酒令。③觞咏：谓饮酒赋诗。④圮（pǐ）：毁坏，倒塌。⑤枯葑（fèng）：枯槁的茭白根。⑥峤（jiào）：高山。

病鸱

屋东恶水沟，有鸱堕鸣悲。
青泥掩两翅，拍拍不得离。
群童叫相召，瓦砾争先之。
计校生平事，杀却理亦宜。
夺攘①不愧耻，饱满盘天嬉。
晴日占光景，高风送追随。
遂凌紫凤群，肯顾鸿鹄卑。
今者运命穷，遭逢巧丸儿。
中汝要害处，汝能不得施。
于吾乃何有，不忍乘其危。
丐汝将死命，浴以清水池。
朝餐辍鱼肉，暝宿防狐狸。
自知无以致，蒙德久犹疑。
饱入深竹丛，饥来傍阶基。

亮无责报心,固以听所为。
昨日有气力,飞跳弄藩篱。
今晨忽径去,曾不报我知。
侥幸非汝福,天衢汝休窥。
京城事弹射,竖子岂易欺。
勿讳泥坑辱,泥坑乃良规。

① 夺攘(rǎng):夺取。

读皇甫湜①公安园池诗,书其后

晋人目二子,其犹吹一呹。
区区自其下,顾肯挂牙舌。
春秋书王法,不诛其人身。
尔雅注虫鱼,定非磊落人。
湜也困公安,不自闲穷年。
枉智思掎摭,粪壤污秽岂有臧。
诚不如两忘,但以一概量。
我有一池水,蒲苇生其间。
虫鱼沸相嚼,日夜不得闲。
我初往观之,其后益不观。
观之乱我意,不如不观完。
用将济诸人,舍得业孔颜。
百年讵几时,君子不可闲〔一〕。

〔一〕古本只如此。一本"不自闲"下有"其闲"字,"粪壤"

下有"间"字。蜀本"间"字下有"粪壤多"字,"岂"字下有"必"字,"有"字下有"否"字。又一本无"必"字、"否"字,而"臧"字下有"不臧"字。谢本"穷年"作"至闲",而注云:近本增足八字,不知所校之自,语浅俗,非韩文。胡元任云:"我有一池"已下,当为别篇。恐或然也。

① 皇甫湜(777—835):字持正,睦州新安(今浙江淳安)人,唐朝官员、诗人。

路傍堠①

堆堆路傍堠,一双复一只。
迎我出秦关,送我入楚泽②。
千以高山遮,万以远水隔。
吾君勤听治,照与日月敌。
臣愚幸可哀,臣罪庶可释。
何当迎送归,缘路高历历③。

① 堠(hòu):古代用来计量路程的土堆。② 楚泽:即云梦泽。③ 历历:清晰分明的样子。

食曲河驿〔一〕①

晨及曲河驿,凄然自伤情。
群乌巢庭树,乳雀飞檐楹。

而我抱重罪，孑孑万里程。
亲戚顿乖角，图史弃纵横。
下负明义重，上孤朝命荣。
杀身谅无补，何用答生成。
〔一〕驿在商邓之间。公之潮州，自蓝田关入商陵将过邓州而作。

① 曲河驿：地名，在今河南邓县。

过南阳①

南阳郭门外，桑下麦青青。
行子去未已，春鸠②鸣不停。
秦商邈既远，湖海浩将经。
孰忍生以戚，吾其寄余龄。

① 南阳：地名，今河南南阳。② 春鸠：鸟名，即布谷鸟。

泷吏

南行逾六旬，始下昌乐泷①。
险恶不可状，船石相舂撞②。
往问泷头吏，潮州尚几里。
行当何时到，土风复何似。
泷吏垂手笑，官何问之愚。

譬官居京邑，何由知东吴。
东吴游宦乡，官知自有由。
潮州底处所，有罪乃窜流。
侬幸无负犯，何由到而知。
官今行自到，那遽妄问为。
不虞卒见困，汗出愧且骇。
吏曰聊戏官，侬尝使往罢。
岭南大抵同，官去道苦辽。
下此三千里，有州始名潮。
恶溪③瘴毒聚，雷电常汹汹。
鳄鱼大如船，牙眼怖杀侬。
州南数十里，有海无天地。
飓风有时作，掀簸真差事。
圣人于天下，于物无不容。
比闻此州囚，亦有生还侬。
官无嫌此州，固罪人所徙。
官当明时来，事不待说委。
官不自谨慎，宜即引分往。
胡为此水边，神色久懡㦬④。
瓿⑤大瓶罂小，所任自有宜。
官何不自量，满溢以取斯。
工农虽小人，事业各有守。
不知官在朝，有益国家不。
得无虱其间，不武亦不文。
仁义饰其躬，巧奸败群伦。
叩头谢吏言，始惭今更羞。
历官二十馀，国恩并未酬。

凡吏之所诃,嗟实颇有之。
不即金木诛,敢不识恩私。
潮州虽云远,虽恶不可过。
于身实已多,敢不持自贺。

① 泷:水名,在今广东乐昌。② 舂撞:撞击。③ 恶溪:溪水名,今广东潮阳县内的韩江。④ 懵(tǎng)慌:恍惚的样子。⑤ 瓨(gāng):大缸。

赠别元十八协律六首〔一〕

知识①久去眼,吾行其既远。
瞢瞢②莫訾省③,默默但寝饭。
子兮何为者,冠佩立宪宪④。
何氏之从学,兰蕙已满畹⑤。
于何玩其光,以至岁向晚。
治惟尚和同,无俟于謇謇⑥。
或师绝学贤,不以艺自挽。
子兮独如何,能自媚婉娩。
金石⑦出声音,宫室发关楗⑧。
何人识章甫,而知骏蹄踠〔二〕⑨。
惜乎吾无居,不得留息偃。
临当背面时,裁诗示缱绻。

〔一〕元十八,盖将裴行立之命,以书及药物劳公于途次者。
〔二〕章甫适越,不为时用;骏蹄历险,或致蹉跌:二端皆公以自喻者。识、知二字,即谓元能知之亮之也。

英英桂林伯〔一〕，实维文武特。
远劳从事贤，来吊逐臣色。
南裔多山海，道里屡纡直。
风波无程期，所忧动不测。
子行诚艰难，我去未穷极。
临别且何言，有泪不可拭。

吾友柳子厚，其人艺且贤。
吾未识子时，已览赠子篇〔二〕。
寤寐想风采，于今已三年。
不意流窜路，旬日同食眠。
所闻昔已多，所得今过前。
如何又须别，使我抱悁悁⑩。

〔一〕裴行立元和十二年以御史中丞为桂管观察使。伯，侯伯也。　〔二〕《子厚集》有《送元十八南游序》。公尝有书与子厚，谓见送元生序。"已览赠子篇"盖谓是也。

势要情所重，排斥则埃尘。
骨肉未免然，又况四海人。
巍巍⑪桂林伯，矫矫义勇身。
生平所未识，待我逾交亲。
遗我数幅书，继以药物珍。
药物防瘴疠，书劝养形神。
不知四罪地，岂有再起辰。
穷途致感激，肝胆还轮囷。

读书患不多，思义患不明。
患足已不学，既学患不行。

子今四美具,实大华亦荣。
王官不可阙,未宜后诸生。
嗟我摈⑫南海,无由助飞鸣。

寄书龙城守〔一〕,君骥何时秣⑬。
峡山逢飓风,雷电助撞捽。
乘潮簸扶胥,近岸指一发。
两岩虽云牢,木石互飞发。
屯门虽云高,亦映波浪没。
余罪不足惜,子生未宜忽。
胡为不忍别,感谢情至骨。

〔一〕柳子厚时守柳州。龙城,柳州也。

① 知识:故交,旧相识的意思。② 瞢(méng)瞢:昏昧,糊涂。③ 訾(zī)省:计算、思考。④ 宪宪:鲜明的样子。⑤ 畹(wǎn):古代土地的面积单位。⑥ 謇(jiǎn)謇:形容忠贞正直。⑦ 金石:这里指代乐器。⑧ 关楗(jiàn):古人锁门用的的木闩,横的叫关,竖的叫楗。⑨ 蹄踠(wǎn):谓马举足扬蹄,此指代骏马。⑩ 悁(yuān)悁:忧闷的样子。⑪ 巍(yí)巍:品德高尚的样子。⑫ 摈(bìn):排斥,抛弃,此指诗人被贬官。⑬ 秣(mò):喂养牲畜。

初南食贻元十八协律

鲎①实如惠文,骨眼相负行。
蚝相粘为山,百十各自生。
蒲鱼尾如蛇,口眼不相营。

蛤即是虾蟆，同实浪异名。
章举马甲柱，斗以怪自呈。
其余数十种，莫不可叹惊。
我来御魑魅，自宜味南烹。
调以咸与酸，芼以椒与橙。
腥臊始发越，咀吞面汗骍。
惟蛇旧所识，实惮口眼狞。
开笼听其去，郁屈尚不平。
卖尔非我罪，不屠岂非情。
不祈灵珠报，幸无嫌怨并。
聊歌以记之，又以告同行。

① 鲎（hòu）：一种有壳的节肢动物，俗称鲎鱼。

宿曾江口示侄孙湘二首

云昏水奔流，天水溔①相围。
三江灭无口，其谁识涯圻②。
暮宿投民村。高处水半扉。
犬鸡俱上屋，不复走与飞。
篙舟入其家，暝闻屋中唏③。
问知岁常然，哀此为生微。
海风吹寒晴，波扬众星辉。
仰视北斗高，不知路所归。

舟行忘故道，屈曲高林间。
林间无所有，奔流但漭漭。
嗟我亦拙谋，致身落南蛮。
茫然失所诣，无路何能还。

① 漭（mǎng）：水面广阔的样子。② 涯圻（qí）：江边，江岸。③ 唏：哀叹。

答柳柳州①食虾蟆

虾蟆虽水居，水特变形貌。
强号为蛙蛤，于实无所校。
虽然两股长，其奈脊皴②疱。
跳踯虽云高，意不离污淖。
鸣声相呼和，无理只取闹。
周公所不堪，洒灰垂典教。
我弃愁海滨，恒愿眠不觉。
叵堪朋类多，沸耳作惊爆。
端能败笙磬③，仞工乱学校。
虽蒙句践礼，竟不闻报效。
大战元鼎年，孰强孰败桡④。
居然当鼎味，岂不辱钓罩。
余初不下喉，近亦能稍稍。
常惧染蛮夷，失平生好乐。
而君复何为，甘食比豢豹。

猎较务同俗，全身斯为孝。
哀哉思虑深，未见许回棹。

① 柳柳州：即柳宗元。② 皴（cūn）：皱。③ 笙磬：古代的两种乐器，以玉石或金属制成。④ 桡：屈服。

别赵子

我迁于揭阳①，君先揭阳居。
揭阳去京华②，其里万有余。
不谓小郭中，有子可与娱。
心平而行高，两通诗与书。
婆娑海水南，簸弄明月珠。
及我迁宜春〔一〕③，意欲携以俱。
摆头笑且言，我岂不足欤。
又奚为于北，往来以纷如。
海中诸山中，幽子④颇不无。
相期风涛观，已久不可渝。
又尝疑龙虾，果谁雄牙须。
蚌蠃鱼鳖虫，瞿瞿以狙狙⑤。
识一已忘十，大同细自殊。
欲一穷究之，时岁屡谢除。
今子南且北，岂非亦有图。
人心未尝同，不可一理区。
宜各从所务，未用相贤愚。

〔一〕元和十四年七月己丑，宪宗上尊号，大赦天下。十二月二十四日，公自潮州量移袁州郡，即宜春郡也。

① 揭阳：地名，今广东潮州。② 京华：京城，此处指长安。③ 宜春：地名，今江西宜春。④ 幽子：隐士。⑤ 狙狙：窥伺。

除官①赴阙至江州寄鄂岳李大夫〔一〕②

盆城③去鄂渚，风便一日耳。
不枉故人书，无因帆江水。
故人辞礼闱，旌节④镇江圻〔二〕。
而我窜逐者，龙钟初得归。
别来已三岁，望望长迢递。
咫尺不相闻，平生那可计。
我齿落且尽，君鬓白几何。
年皆过半百，来日苦无多。
少年乐新知，衰暮思故友。
譬如亲骨肉，宁免相可不。
我昔实愚蠢，不能降色辞。
子犯亦有言，臣犹自知之。
公其务贳⑤过，我亦请改事。
桑榆倘可收，愿寄相思字。

〔一〕谓李程也。　○元和十五年九月，公自袁州召拜国子祭酒，行次盆城作。　〔二〕《旧史》：程元和十三年四月拜礼部侍郎，六月出为鄂州刺史、鄂岳观察使。程自礼闱出镇明矣。

① 除官：拜授新官。② 江州：地名，在今江西九江。③ 盆城：

即溢城,又称溢口城,地名,在今江西九江。④ 旌节:礼器。唐代,节度使赐双旌双节,旌以专赏,节以专杀。⑤ 贳(shì):宽免。

南山有高树行赠李宗闵①

南山有高树,花叶何衰衰。
上有凤皇巢,凤皇乳且栖。
四旁多长枝,群鸟所托依。
黄鹄据其高,众鸟接其卑。
不知何山鸟,羽毛有光辉。
飞飞择所处,正得众所希。
上承凤皇恩,自期永不衰。
中与黄鹄群,不自隐其私。
下视众鸟群,汝徒竟何为。
不知挟丸子,心默有所规②。
弹汝枝叶间,汝翅不觉摧。
或言由黄鹄,黄鹄岂有之。
慎勿猜众鸟,众鸟不足猜。
无人语凤皇,汝屈安得知。
黄鹄得汝去,婆娑弄毛衣。
前汝下视鸟,各议汝瑕疵。
汝岂无朋匹,有口莫肯开。
汝落蒿艾间,几时复能飞。
哀哀故山友,中夜思汝悲。
路远翅翎短,不得持汝归。

① 李宗闵(？—846)：字损之，陇西成纪（今甘肃秦安）人，唐朝宰相。② 规：图谋。

猛虎行①

猛虎虽云恶，亦各有匹侪②。
群行深谷间，百兽望风低。
身食黄熊父，子食赤豹麛。
择肉于熊豹，肯视兔与狸。
正昼当谷眠，眼有百步威。
自矜无当对，气性纵以乖。
朝怒杀其子，暮还食其妃。
匹侪四散走，猛虎还孤栖。
狐鸣门两旁，乌鹊从噪之。
出逐猴入居，虎不知所归。
谁云猛虎恶，中路正悲啼。
豹来衔其尾，熊来攫其颐③。
猛虎死不辞，但惭前所为。
虎坐无助死，况如汝细微。
故当结以信，亲当结以私。
亲故且不保，人谁信汝为。

① 猛虎行：乐府旧题。② 匹侪（chái）：同类，同伴。③ 颐：颊，腮。

山南郑相公①、樊员外②酬答为诗,其末咸有见及语,樊封以示愈,依赋十四韵以献

梁维西南屏,山厉水刻屈③。
禀生肖剿刚,难谐在民物。
荥公鼎轴老〔一〕,烹斡④力健倔。
帝咨汝予往,牙纛⑤前坌圽⑥。
威风挟惠气⑦,盖壤两劘拂⑧。
茫漫华黑间,指画变恍欻。
诚既富而美,章汇霍炳蔚。
日延讲大训,龟判错衮黻⑨。
樊子坐宾署⑩,演孔刮老佛。
金舂撼玉应,厥臭剧薰郁。
遗我一言重,跽⑪受惕斋栗。
辞悭义卓阔,呀豁疚掊掘。
如新去耵聍,雷霆逼飓颶。
缀此岂为训,俚言绍庄屈。

〔一〕郑余庆封荥阳郡公。

① 郑相公:即郑余庆(745—820),字居业,郑州荥阳人(今河南荥阳)。唐大历进士,两任宰相。② 樊员外,即樊宗师。(766—824),字绍述,南阳(今河南邓州)人。曾任国子主簿,太子舍人,绛州刺史等职。工诗文。③ 刻屈:曲折的样子。④ 烹斡(wò):比喻治理、协调。⑤ 牙纛(dào):即牙旗。纛,大旗。⑥ 圽:尘土飞扬的样子。⑦ 惠气:和顺之气。⑧ 劘(mó)拂:擦拭。⑨ 衮黻(gǔn fú):衮衣黼裳,为三公的礼服。⑩ 宾署:幕府。⑪ 跽(jì):古人的一种坐姿,双膝着地,上身挺直,表示恭敬的意思。

奉和武相公镇蜀时，咏使宅韦太尉所养孔雀[一]

穆穆①鸾凤友②，何年来止兹。
飘零失故态，隔绝抱长思。
翠角高独耸，金华焕相差③。
坐蒙恩顾重，毕命守阶墀④。

〔一〕武元衡、韦皋也。诸本无奉字。　○元衡以八年三月召还秉政，其诗镇蜀时作。公诗则召还后追和也。

① 穆穆：端庄的样子。② 鸾凤友：指孔雀。③ 相差：相杂。④ 阶墀（chí）：台阶。

感春三首

偶坐藤树下，暮春下旬间。
藤阴已可庇，落蕊还漫漫①。
亹亹②新叶大，珑珑晚花干。
青天高寥寥，两蝶飞翻翻。
时节适当尔，怀悲自无端。

黄黄芜菁花，桃李事已退。
狂风簸枯榆，狼藉九衢内。
春序一如此，汝颜安足赖。
谁能驾飞车，相从观海外。

晨游百花林,朱朱兼白白。
柳枝弱而细,悬树垂百尺。
左右同来人,金紫贵显剧。
娇童为我歌,哀响跨筝笛。
艳姬蹋筵舞,清眸刺剑戟。
心怀平生友,莫一在燕席。
死者长眇芒③,生者困乖隔④。
少年真可喜,老大百无益。

① 漫漫:形容纷乱的样子。② 亹(wěi)亹:美好的样子。③ 眇芒:即渺茫,遥远而模糊不清之貌。④ 乖隔:分离,别离。

早赴街西行香①赠卢李二中舍人〔一〕

天街②东西异,祗命③遂成游。
月明御沟晓,蝉吟堤树秋。
老僧情不薄,僻寺境还幽。
寂寥二三子,归骑得相收④。

〔一〕卢汀、李逢吉。

① 行香:古时一种礼佛的形式,即至寺庙上香。② 天街:唐代长安城的主街,即朱雀大街。③ 祗命:奉命。④ 相收:相联系。

晚寄张十八助教、周郎博士〔一〕

日薄风景旷，出归偃前檐。
晴云如擘絮①，新月似磨镰。
田野兴偶动，衣冠情久厌。
吾生可携手，叹息岁将淹②。

〔一〕张籍、周况也。籍字文昌，时为国子助教。况娶礼部侍郎韩云卿之孙、开封尉俞之女，盖公之从婿，时为四门博士。

① 擘（bò）絮：撕碎的棉絮。② 淹：晚。

题张十八所居

君居泥沟上，沟浊萍青青。
蛙欢桥未扫，蝉噧①门长扃②。
名秩③后千品，诗文齐六经。
端来④问奇字，为我讲声形。

① 蝉噧（huì）：蝉鸣。② 扃（jiōng）：关闭。③ 名秩：名位官阶。④ 端来：特来。

奉和钱七兄曹长①盆池所植

翻翻江浦荷，而今生在此。
擢擢②菰叶长，芳根复谁徙。

露涵两鲜翠，风荡相磨倚。
但取主人知，谁言盆盎③是。

① 钱七兄曹长：钱徽（755—829），字蔚章，浙江吴兴（今浙江湖州）人，唐代官员。曹长，唐代尚书丞郎、郎中相呼为"曹长"。② 擢（zhuó）擢：挺拔的样子。③ 盆盎：即盆和盎，泛指较大的盛器。

南内①朝贺归呈同官

薄云蔽秋曦，清雨不成泥。
罢贺南内衙，归凉晓凄凄。
绿槐十二街，涣散驰轮蹄。
余惟戆书生，孤身无所赍②。
三黜③竟不去，致官九列齐。
岂惟一身荣，珮玉冠簪犀。
混荡天门高，著籍朝厥妻。
文才不如人，行又无町畦。
问之朝廷事，略不知东西。
况于经籍深，岂究端与倪。
君恩太山重，不见酬稗稊④。
所职事无多，又不自提撕⑤。
明庭集孔鸾，曷取于鼻鹥。
树以松与柏，不宜间蒿藜。
婉娈自媚好，几时不见挤。
贪食以忘躯，鲜不调盐醯〔一〕。

法吏多少年，磨淬出角圭⑥。

将举汝愆尤⑦，以为己阶梯。

收身⑧归关东，期不到死迷。

〔一〕调盐醢，似寓韩、彭菹醢之意。

①南内：即兴庆宫。唐代长安城有三内，皇城被称为"西内"，大明宫被称为"东内"，兴庆宫被称作"南内"。②赍（jī）：持。③三黜：多次罢免官职。④稗稊（bài tí）：比喻卑微。⑤提撕：振作。⑥角圭：即圭角。此指棱角。⑦愆尤：指罪过。⑧收身：隐退。此指退出官场。

朝归

峨峨进贤冠①，耿耿水苍珮。

服章②岂不好，不与德相对。

顾影听其声，赪颜③汗渐背。

进乏犬鸡效④，又不勇自退。

坐食取其肥，无堪等聋瞆。

长风吹天墟，秋日万里晒。

抵暮但昏眠，不成歌慷慨。

①进贤冠：唐代官员所戴的一种冠，以梁数多少来区别等级。②服章：古代表示官阶身份的服饰。③赪（chēng）颜：脸色变红。④犬鸡效：指微小的报效。犬鸡，指鸡鸣狗盗之徒，拥有卑下小技的人。见《史记·孟尝君列传》。

杂诗四首

朝蝇不须驱，暮蚊不可拍。
蝇蚊满八区，可尽与相格。
得时能几时，与汝恣啖咋①。
凉风九月到，扫不见踪迹。

鹊鸣声楂楂，乌噪声攫攫。
争斗庭宇间，持身博弹射。
黄鹄②能忍饥，两翅久不擘③。
苍苍云海路，岁晚将无获。

截橑④为欂栌⑤，斫楹以为椽。
束蒿以代之，小大不相权。
虽无风雨灾，得不覆且颠。
解縻弃骐骥，蹇驴⑥鞭使前。
昆仑高万里，岁尽道苦遭⑦。
停车卧轮下，绝意于神仙。

雀鸣朝营食，鸠鸣暮觅群。
独有知时鹤，虽鸣不缘身。
喑蝉终不鸣，有抱不列陈。
蛙黾鸣无谓，阁阁只乱人。

① 啖（dàn）咋：咬，吃。② 黄鹄（hú）：传说中的一种鸟，古人常用来比喻贤才。③ 擘（bò）：张开。④ 橑（liáo）：椽子。⑤ 欂栌（bó lú）：即斗拱，柱子上承托栋梁的方形短木。⑥ 蹇（jiǎn）驴：跛驴。⑦ 遭（zhān）：艰险。

读东方朔杂事

严严①王母宫,下维万仙家。
噫欠为飘风,濯手大雨沱。
方朔乃竖子,骄不加禁诃②。
偷入雷电室,鞠鞍掉狂车。
王母闻以笑,卫官助呀呀。
不知万万人,生身埋泥沙。
簸顿五山蹄,流漂八维蹉。
曰吾儿可憎,奈此狡狯何。
方朔闻不喜,褫③身络蛟蛇。
瞻相北斗柄,两手自相挼④。
群仙急乃言,百犯庸不科。
向观睥睨处,事在不可赦〔一〕。
欲不布露言,外口实喧哗。
王母不得已,颜嚬口赍嗟⑤。
颔头可其奏,送以紫玉珂。
方朔不惩创⑥,挟恩更矜夸。
诋欺刘天子⑦,正昼溺殿衙。
一旦不辞诀,摄身凌苍霞。

〔一〕赦:音奢。

①严严:高俊的样子。②诃(hē):大声斥责。③褫(chǐ):脱。④挼(ruó):揉搓。⑤"颜嚬"句:皱眉且叹息。嚬,同颦,皱眉。赍,通咨。⑥惩创(chuàng):惩戒。⑦刘天子:汉武帝刘彻。

谴疟鬼 [一]

屑屑①水帝魂,谢谢无余辉。
如何不肖子,尚奋疟鬼威。
乘秋作寒热,翁妪所骂讥。
求食欧泄间,不知臭秽非。
医师加百毒,熏灌无停机。
灸师施艾炷,酷若猎火围。
诅师毒口牙,舌作霹雳飞。
符师弄刀笔②,丹墨交横挥。
咨汝之胄出,门户何巍巍。
祖轩而父顼,未沫于前徽③。
不修其操行,贱薄似汝稀。
岂不忝④厥祖,靦然不知归。
湛湛江水清,归居安汝妃。
清波为裳衣,白石为门畿。
呼吸明月光,手掉芙蓉旂。
降集随九歌,饮芳而食菲。
赠汝以好辞,出汝去莫违。

〔一〕《汉旧仪》:颛顼氏有三子,生而亡去,为疫鬼。一居江水,是为疟鬼。此诗首云"屑屑水帝魂,谢谢无余辉",末云"湛湛江水清,归居安汝妃"者,此也。与前诗皆有所讽,当是元和十三年为刑部侍郎时作。

①屑屑:劳碌不安的样子。②弄刀笔:指画符。③前徽:前人的美德。④忝(tiǎn):污辱。

示儿

始我来京师，止携一束书。
辛勤三十年，以有此屋庐。
此屋岂为华，于我自有余。
中堂高且新，四时登①牢蔬②。
前荣馈宾亲，冠婚之所于。
庭内无所有，高树八九株。
有藤娄络之，春华夏阴敷。
东堂坐见山，云风相吹嘘。
松果连南亭，外有瓜芋区。
西偏屋不多，槐榆翳空虚。
山鸟旦夕鸣，有类涧谷居。
主妇治北堂，膳服适戚疏。
恩封高平君，子孙从朝裾。
开门问谁来，无非卿大夫。
不知官高卑，玉带悬金鱼③。
问客之所为，峨冠讲唐虞。
酒食罢无为，棋槊以相娱。
凡此座中人，十九持钧枢④。
又问谁与频，莫与张樊如。
来过亦无事，考评道精粗。
跫跫⑤媚学子，墙屏日有徒。
以能问不能，其蔽岂可祛。
嗟我不修饰，事与庸人俱。
安能坐如此，比肩于朝儒。
诗以示儿曹⑥，其无迷厥初。

① 登：进献。② 牢蔬：泛指祭祀用的荤、素祭品。③ 金鱼：唐代高级官员的佩饰。④ 钧枢：国事重任。⑤ 跄跄：翩翩而有风度的样子。⑥ 儿曹：晚辈的孩子们。

庭楸

庭楸止①五株，共生十步间。
各有藤绕之，上各相钩联。
下叶各垂地，树颠各云连。
朝日出其东，我常坐西偏。
夕日在其西，我常坐东边。
当昼日在上，我在中央间。
仰视何青青，上不见纤穿②。
朝暮无日时，我且八九旋③。
濯濯晨露香，明珠何联联。
夜月来照之，茜茜自生烟。
我已自顽钝，重遭五楸牵。
客来尚不见，肯到权门前。
权门众所趋，有客动百千。
九牛亡一毛，未在多少间。
往既无可顾，不往自可怜④。

① 止：只，仅仅。② 纤穿：细小的空隙。③ 八九旋：此指八九个地方挪动。④ 自可怜：顾影自怜。

玩月,喜张十八员外以王六秘书①至

前夕虽十五,月长未满规。
君来晤②我时,风露渺无涯。
浮云散白石,天宇开青池。
孤质不自惮③,中天为君施。
玩玩夜遂久,亭亭曙将披。
况当今夕圆,又以嘉客随。
惜无酒食乐,但用歌嘲为。

① 王六秘书:即王建(765—830),字仲初,许州颍川(今河南许昌)人,唐朝官员、诗人,行六,曾任秘书丞,故云。② 晤:见面。③ 惮:畏惧,害怕。

和李相公摄事①南郊,览物兴怀呈一二知旧〔一〕

灿灿辰角曙,亭亭寒露朝。
川原共澄映,云日还浮飘。
上宰严祀事,清途振华镳②。
圆丘③峻且坦,前对南山标。
村树黄复绿,中田稼何饶。
顾瞻想岩谷,兴叹倦尘嚣。
惟彼颠瞑者,去公岂不辽。
为仁朝自治,用静兵以销。
勿惮吐捉勤,可歌风雨调。
圣贤相遇少,功德今宣昭。

〔一〕李逢吉也。当是长庆二年再相后作。

① 摄事：代行其事。② 华镳（biāo）：精美的马勒。③ 圆丘：古时帝王祭祀的场地。

和裴〔一〕仆射相公假山十一韵

公乎真爱山，看山且连夕。
犹嫌山在眼，不得着脚历①。
枉语山中人，丐②我涧侧石。
有来应公须③，归必载金帛。
当轩乍骈罗④，随势忽开坼。
有洞若神剜，有岩类天划。
终朝岩洞间，歌鼓燕宾戚。
孰谓衡霍⑤期，近在王侯宅。
傅氏筑⑥已卑，磻溪钓⑦何激，
逍遥功德下，不与事相摭⑧。
乐我盛明朝，于焉傲今昔。

〔一〕裴，谓裴度也。度为李逢吉所间，长庆二年六月罢相为尚书左仆射。公有此和篇及感恩言志与朝回见寄之作。

① 脚历：游历。② 丐：给予。③ 须：同"需"，需用的东西。④ 骈（pián）罗：罗列。⑤ 衡霍：衡山。⑥ 傅氏筑：传说傅说修筑城墙。⑦ 磻溪钓：传说中的姜太公垂钓磻溪。⑧ 相摭（zhí）：相纠缠。

与张十八①同效阮步兵②一日复一夕

一日复一日,一朝复一朝③。
只见有不如,不见有所超。
食作前日味,事作前日调。
不知久不死,悯悯尚谁要。
富贵自絷拘④,贫贱亦煎焦。
俯仰未得所,一世已解镳⑤。
譬如笼中鹤,六翮无所摇。
譬如兔得蹄,安用东西跳。
还看古人书,复举前人瓢⑥。
未知所究竟,且作新诗谣。

① 张十八:即张籍。② 阮步兵:即阮籍(210—263),字嗣宗,陈留尉氏(今河南开封)人,魏晋时期诗人、竹林七贤之一。③ "一日"句:阮籍《咏怀》其三十三谓:"一日复一夕,一夕复一朝。颜色改平常,精神自损消。"其三十四谓:"一日复一朝,一昏复一晨。容色改平常,精神自飘沦。"④ 絷(zhí)拘:拘束,拘禁。⑤ 解镳(biāo):解去辔环,此处比喻解去人间的拘束和负累。⑥ 前人瓢:指安贫乐道。《论语·雍也》:"子曰:'贤哉回也!一箪食,一瓢饮,在陋巷。人不堪其忧,回也不改其乐。贤哉回也!'"

送诸葛觉往随州读书

邺侯①家多书,插架三万轴。
一一悬牙签,新若手未触。

为人强记览,过眼不再读。
伟哉群圣文,磊落载其腹。
行年馀五十,出守数已六。
京邑有旧庐,不容久食宿。
台阁多官员,无地寄一足。
我虽官在朝,气势日局缩。
屡为丞相言,虽恳不见录。
送行过浐水②,东望不转目。
今子从之游,学问得所欲。
入海观龙鱼,矫翩逐黄鹄。
勉为新诗章,月寄三四幅。

① 邺侯:即李泌(722—789),字长源,生于京兆府(今陕西西安),中唐宰相、学者。② 浐(chǎn)水:水名,灞河支流,发源于秦岭北麓。

南溪①始泛三首

榜舟②南山下,上上③不得返。
幽事随去多,孰能量近远。
阴沉过连树,藏昂抵横坂。
石粗肆磨砺,波恶厌牵挽。
或倚偏岸渔,竟就平洲饭。
点点暮雨飘,梢梢新月偃。
余年懔无几,休日怆已晚。

自是病使然，非由取高搴④。

南溪亦清驶，而无楫与舟。
山农惊见之，随我观不休。
不惟儿童辈，或有杖白头⑤。
馈我笼中瓜，劝我此淹留。
我云以病归，此已颇自由。
幸有用余俸，置居在西畴。
囷仓米谷满，未有旦夕忧。
上去无得得，下来亦悠悠。
但恐烦里间，时有缓急投。
愿为同社人，鸡豚燕春秋。

足弱不能步，自宜收朝迹。
羸形可舆致，佳观安可掷。
即此南坂下，久闻有水石。
挖舟入其间，溪流正清澈。
随波吾未能，峻濑⑥乍可刺。
鹭起若导吾，前飞数十尺。
亭亭柳带沙，团团松冠壁。
归时还尽夜，谁谓非事役。

① 南溪：水名，在今陕西西安。② 榜舟：行船。③ 上上：多次逆流而上。④ 高搴：高卧。⑤ 杖白头：拄着拐杖的白头老人。⑥ 峻濑（lài）：湍急的流水。

联句

城南联句

竹影金琐碎郊,
泉音玉淙琤①。瑠璃剪木叶愈,
翡翠开园英。流滑随仄步郊,
搜寻得深行。遥岑出寸碧愈,
远目增双明。干秽纷挂地郊,
化虫枯挶茎。木腐或垂耳愈,
草珠竞骈睛。浮虚有新剧郊,
摧扤饶孤撑。囚飞粘网动愈,
盗啅接弹惊。脱实自开坼郊,
牵柔谁绕萦。礼鼠拱而立愈,
骇牛躅且鸣。蔬甲喜临社郊,
田毛乐宽征。露萤不自暖愈,
冻蝶尚思轻。宿羽有先晓郊,
食鳞时半横。菱翻紫角利愈,
荷折碧圆倾。楚腻鳣鲔乱郊,
獠羞螺蟹并。桑蠖见虚指愈,
穴狸闻斗獰。逗翳翅相筑〔一〕郊,
摆幽尾交搒〔二〕。蔓涎角出缩〔三〕愈,
树啄头敲铿〔四〕。修箭袅金饵〔五〕郊,
群鲜沸池羹〔六〕。岸壳坼玄兆〔七〕愈,
野犨渐丰萌〔八〕。窟烟幂疏岛郊,
沙篆印回平〔九〕。痒肌遭蚝剌愈,
啾耳闻鸡生。奇虑恣回转郊,
遐睎纵逢迎。巅林戢远睫愈,

缥气夷空情。归迹归不得郊，
舍心舍还争。灵麻撮狗虱[十]愈，
村稚啼禽猩[十一]。红皱晒檐瓦[十二]郊，
黄团系门衡[十三]。得隽蝇虎健愈，
相残雀豹趫。束枯樵指秃郊，
刈熟担肩赪。涩旋皮卷脔[十四]愈，
苦开腹彭亨。机舂潺湲力[十五]郊，
吹籁飘飖精。赛馔木盘簇愈，
靸妖藤索絣[十六]。荒学五六卷郊，
古藏②四三茔。里儒拳足拜愈，
土怪闪眸侦。蹄道补复破郊，
丝窠扫还成。暮堂蝙蝠沸愈，
破灶伊威盈。追此讯前主郊，
答云皆冢卿。败壁剥寒月愈，
折篁啸遗笙。袿熏霏霏在郊，
綦迹微微呈。剑石犹竦槛愈，
兽材尚挐楹。宝唾拾未尽郊，
玉啼堕犹铿。窗绡疑闼艳愈，
妆烛已销檠。绿髪[十七]抽珉甃郊，
青肤[十八]耸瑶桢。白蛾飞舞地愈，
幽蠧落书棚[十九]。惟昔集嘉咏郊，
吐芳类鸣嘤。窥奇摘海异愈，
恣韵激天鲸。肠胃绕万象郊，
精神驱五兵。蜀雄李杜拔愈，
岳力雷车轰。大句斡玄造郊，
高言轧霄峥。芒端转寒燠愈，
神助溢杯觥。巨细各乘运郊，

湍湋亦腾声。凌花咀粉蕊愈,
削缕穿珠樱。绮语洗晴雪郊,
娇辞弄雏莺。酣欢杂弁珥愈,
繁价流金琼。菌苕写江调③郊,
萎蕤〔二十〕缀蓝瑛。庖霜脍玄鲫愈,
淅玉炊香粳。朝馔已百态郊,
春醪又千名。哀匏蹙驶景愈,
冽唱凝余晶〔二十一〕。解魄不自主郊,
痹肌坐空瞠。扳援贱蹊绝愈,
炫曜仙选更。聚巧竞采笑郊,
骈鲜互探嘤。桑变忽芜蔓愈,
樟裁浪登丁。霞斗讵能极郊,
风期谁复赓〔二十二〕。皋区扶帝壤愈,
瑰蕴郁天京。祥色被文彦郊,
良才插杉柽。隐伏饶气象愈,
兴潜示堆坑。擘华露神物郊,
拥终储地祯〔二十三〕。许谟壮缔始愈,
辅弼登阶清。垒秀恣填塞郊,
呀灵潏淳澄。益大联汉魏愈,
肇初迈周嬴。积照涵德镜郊,
传经俪金籯。食家行鼎鼐愈,
宠族饫弓旌。奕制尽从赐郊,
殊私得逾程〔二十四〕。飞桥上架汉愈,
缭岸俯规瀛。潇碧〔二十五〕远输委郊,
湖嵌〔二十六〕费携擎。葍苜从大漠愈,
枫楮至南荆。嘉植鲜危朽郊,
膏理易滋荣。悬长巧纽翠愈,

象曲善攒珩。鱼口星浮没郊，
马毛锦斑騂。五方乱风土愈，
百种分锄耕。葩蘖相妒出郊，
菲茸共舒晴。类招臻倜诡愈，
翼萃伏衿缨。危望跨飞动郊，
冥升蹑登闳〔二十七〕。春游辂霹靡愈，
彩伴飒娄娭。遗灿飘的皪郊，
淑颜洞精诚。娇应如在寱愈，
頮意若含酲。鹓鶵翔衣带郊，
鹅肪截佩璜。文升相照灼愈，
武胜屠攙抢④。割锦不酬价郊，
构云有高营〔二十八〕。通波牣鳞介愈，
疏畹富萧蘅。买养驯孔翠郊，
远苞树蕉栟。鸿头排刺芡愈，
鹄靋攒瑰橙〔二十九〕。驽广杂良牧郊，
蒙休赖先盟。罢旄奉环卫愈，
守封践忠贞。战服脱明介郊，
朝冠飘彩纮。爵勋逮僮隶愈，
簪笏自怀繃。乳下秀嶷嶷郊，
椒蕃泣喤喤。貌鉴清溢匦愈，
眸光寒发硎。馆儒养经史郊，
缀戚鰌孙甥。考钟馈肴核愈，
戛鼓侑牢牲。飞膳自北下郊，
函珍极东烹。如瓜煮大卵愈，
比线茹芳菁。海岳错口腹郊，
赵燕锡媌娙。一笑释仇恨愈，
百金交弟兄。货至貊戎市郊，

呼传鹦鸰令。顺居无鬼瞰愈,
抑横免官评〔三十〕。杀候肆凌剪郊,
笼原匝罝纮。羽空颠雉鹗愈,
血路迸狐麈。折足去踸踔郊,
蹙髻怒髬髵。跃犬疾豢鸟愈,
呀鹰甚饥虻。算蹄计功赏郊,
裂脑擒撞掁。猛弊牛马乐愈,
妖残枭鸰悙。窟穷尚瞋视郊,
箭出方惊抨。连箱载已实愈,
碍辙弃仍赢。喘觑锋刃点郊,
困冲株桴盲。扫净豁旷旷愈,
骋遥略苹苹。馋叉饱活脔郊,
恶嚼啍腥鲭〔三十一〕。岁律及郊至愈,
古音命韶韺⑤。旗旆流日月郊,
帐庐扶栋甍。磊落奠鸿璧愈,
参差席香敻。玄祇祉兆姓郊,
黑秬馀丰盛。庆流蠲瘵疠愈,
威畅捐罿罛。灵燔望高冈郊,
龙驾闻敲飙。是惟礼之盛愈,
永用表其宏。德孕厚生植郊,
恩熙完刖劓〔三十二〕。宅土尽华族愈,
运田间强甿。荫庾森岭桧郊,
啄场翙祥鹏。畦肥剪韭薤愈,
陶固收盆罂。利养积余健郊,
孝思事严祊。掘云破嵽嵲愈,
采月漉坳泓。寺砌上明镜郊,
僧盂敲晓钲。泥像对聘怪愈,

铁钟孤春锽。瘿颈闹鸠鸽郊,
蜿垣乱蛛蝶。堇黑老蚕蠋愈,
麦黄韵鹂鹒。韶曙迟胜赏郊,
贤朋戒先庚。驰门填逼仄愈,
竞墅辗砢砰。碎缬红满杏郊,
稠凝碧浮饧。蹙绳觏娥婺[三十三]愈,
斗草撷玑珵。粉汗泽广额郊,
金星堕连璎。鼻偷困淑郁愈,
眼剽强盯睁[三十四]。是节饱颜色郊,
兹疆称都城。书饶罄鱼茧愈,
纪圣播琴筝。契必事远觌郊,
无端逐羁伦。将身亲魍魅愈,
浮迹侣鸥鹣。腥味空奠屈⑥郊,
天年徒羡彭。惊魂见蛇蚓愈,
触嗅值虾蟛。幸得履中气郊,
忝从拂天枨。归私暂休暇愈,
驱明出庠黉。鲜意竦轻畅郊,
连辉照琼莹。陶暄逐风乙愈,
跃视舞晴蜻。足胜自多诣郊,
心贪敌无勍。始知乐名教愈,
何用苦拘伫。毕景任诗趣郊,
焉能守硁硁愈。

〔一〕鸟也。 〔二〕蛇类。 〔三〕蜗牛也。 〔四〕啄木鸟也。 〔五〕竹也。 〔六〕鱼也。 〔七〕虫壳也。〔八〕麦也。 〔九〕平者,地之平处也,如华山有青柯平、种药平之类。 〔十〕胡麻状如狗虱。 〔十一〕儿啼如猩猩。〔十二〕果也。 〔十三〕瓜也。 〔十四〕卷脔,不舒放也,见《庄子》。 〔十五〕水碓也。 〔十六〕自首至此,杂叙城南所见景物。　〔十七〕绿发，细草也。　〔十八〕青肤，苔也。　〔十九〕自"荒学五六卷"至此，叙荒郊茔域凄凉之状。〔二十〕菱蕤，玉竹也。蓝瑛，蓝田之玉也。　〔二十一〕馀晶，日光也。凝，犹遏也。谓其声能遏日光，使不动也。〔二十二〕自"维昔集嘉咏"至此，言城南乃昔日文人词客游咏宴集之地，今无复往时云霞之兴、风期之盛也。　〔二十三〕此上土壤。　〔二十四〕此上人才。　〔二十五〕潇碧，竹也。　〔二十六〕湖嵌，石也。　〔二十七〕此上物产。〔二十八〕此上冶游。　〔二十九〕自"皋区扶帝壤"至此，历叙土壤之美，因及人才之俊，物产之富，冶游之盛。　〔三十〕自"鸷广杂良牧"至此，叙簪缨世族之豪横。　〔三十一〕自"杀候肆凌剪"至此，叙射猎之乐。　〔三十二〕自"岁律及郊至"至此，叙郊祀之礼。　〔三十三〕鹰绳觑娥婴，盖美女为秋千戏者，亦游寺所见也。　〔三十四〕自"宅土尽华族"至此，叙民居寺宇之丽，因及游寺之人。

① 淙琤：形容流水声如玉石相碰撞般清脆。② 古藏：古墓。③ 江调：古乐府名，即《江南曲》。④ 欃（chān）抢：即欃枪，彗星的别称。⑤ 韶韺：传说上古时期的乐曲。⑥ 奠屈：祭奠屈原。

会合联句

离别言无期，会合意弥重籍。
病添儿女恋，老丧丈夫勇愈。
剑心知未死，诗思犹孤耸郊。
愁去剧箭飞，欢来若泉涌彻。
析言多新贯，摅抱无昔壅籍。
念难须勤追，悔易勿轻踵〔一〕愈。
吟巴山荦嶜，说楚波堆垒郊。
马辞虎豹怒，舟出蛟鼍恐彻。
狂鲸时孤轩，幽狖①杂百种愈。
瘴衣常腥腻，蛮器多疏冗籍。

剥苔吊斑林〔二〕，角饭饵沉塚〔三〕愈。

忽尔衔远命，归欤舞新宠②郊。

鬼窟脱幽妖，天居觌清栱愈。

京游步方振，谪梦意犹恟〔四〕籍。

诗书夸旧知，酒食接新奉愈。

嘉言写清越，瘉病失肮肿郊。

夏阴偶高庇，宵魄③接虚拥愈。

雪弦寂寂听，茗碗纤纤捧郊。

驰辉烛浮萤，幽响泄潜蛬愈。

诗老独何心，江疾有余燻郊。

我家本瀍谷，有地介皋巩④。

休迹忆沈冥，峨冠惭阘㺅愈。

升朝高翥逸，振物群听悚。

徒言濯幽泌，谁与薙荒茸籍。

朝绅郁青绿，马饰曜珪珙。

国讐未销铄，我志荡邛陇郊。

君才诚倜傥，时论方汹溶。

格言多彪蔚，悬解无梏拲。

张生得渊源，寒色拔山冢。

坚如撞群金，眇若抽独蛹愈。

伊余何所拟，跛鳖讵能踊。

块然堕岳石，飘尔胃巢氉⑤郊。

龙旂垂天卫，云韶凝禁甬。

君胡眠安然，朝鼓声汹汹愈。

〔一〕谓念往时之艰难，悔出言之轻易也。　〔二〕二妃也。〔三〕屈原也。　〔四〕自"念难须勤追"至此，叙韩公以言事谪贬阳山，还朝为国子博士。郊、籍、彻三人皆在弟子之列，诗意仍以韩公为主。

① 幽㹢（yòu）：深山中的猿猴。② 新宠：重新获得朝廷的任用。③ 宵魄：月光。④ 皋巩：即成皋和巩县，分别在今河南荥阳和河南巩义。⑤ 氄（rǒng）：细软的绒毛。

斗鸡联句

大鸡昂然来，小鸡竦而待愈。
峥嵘颠盛气，洗刷凝鲜彩郊。
高行若矜豪，侧睨如伺殆愈。
精光目相射，剑戟心独在郊。
既取冠为胄，复以距为镞。
天时得清寒，地利挟爽垲愈。
磔毛各噤痒，怒瘿争碨磊。
俄膺忽尔低，植立瞥而改郊。
腷膊战声喧，缤翻落羽䙔。
中休事未决，小挫势益倍愈。
妒肠务生敌，贼性专相醢。
裂血失鸣声，啄殷甚饥馁郊。
对起何急惊，随旋诚巧绐。
毒手饱李阳，神槌困朱亥愈。
恻心我以仁，碎首尔何罪。
独胜事有然，旁惊汗流浼郊。
知雄心动颜，怯负愁看贿。
争观云填道，助叫波翻海愈。
事爪深难解[一]，瞋睛时未怠。
一喷一醒然，再接再砺乃郊。
头垂碎丹砂，翼拓拖锦彩。
连轩尚贾余，清厉①比归凯愈。
选俊感收毛，受恩惭始隗。

英心甘斗死，义肉耻庖宰②。

君看斗鸡篇，短韵有可采邻。

〔一〕《汉书·蒯通传》：事刃公之腹中。《考工记》：葘蚤不龋。注：葘，声如戴。泰山平原人谓树立物为葘。《管子》云：倳戟十万；又云：春有以刲耜。然则事、剚、葘三字音义皆同，皆谓物之深入而植立也。

① 清厉：耿介而有骨气。② 耻庖宰：耻于为厨师所宰杀。

纳凉联句

递啸①取遥风，微微近秋朔邻。
金柔气尚低，火老②候愈浊。
熙熙炎光流，竦竦高云擢邻。
闪红惊蚴虬，凝赤耸山岳。
目林恐焚烧，耳井忆瀺灂。
仰惧失交泰③，非时结冰雹。
化邓渴且多，奔河诚已悫。
喝④道者谁子，叩商者何乐。
洗矣得滂沱，感然鸣鷖鸑。
嘉愿苟未从，前心空缅邈。
清砌千回坐，冷环再三握。
烦怀却醒醒，高意还卓卓邻。
龙沉剧煮鳞，牛喘甚焚角。
蝉烦鸣转喝，乌噪饥不啄。
昼蝇食案繁，宵蚋肌血渥。
单绤厌已襡⑤，长箑倦还捉〔一〕。
幸兹得佳朋，于此荫华桷⑥。
青荧文簟施，淡滫甘瓜濯。

大壁旷凝净，古画奇驳荦。
凄如犴寒门，皓若攒玉璞。
扫宽延鲜飙，汲冷积香穲。
筐实摘林珍，盘肴馈禽毂。
空堂喜淹留，贫馔羞龌龊愈。
殷勤相劝勉，左右加砻斫。
贾勇发霜硎⑦，争前曜冰枂。
微然草根响，先被诗情觉。
感衰悲旧改，工异逞新貌。
谁言摈朋老，犹自将心学。
危檐不敢凭，朽机惧倾扑。
青云路难近，黄鹤足仍锁。
未能饮渊泉，立滞叫芳药郊。
与子昔暌离。嗟余苦屯剥，
直道败邪径，拙谋伤巧琢。
炎湖度氛氲，热石行荦硞。
痟饥夏尤甚，疟渴秋更数。
君颜不可觌，君手无由搦。
今来沐新恩，庶见返鸿朴。
儒庠⑧恣游息，圣籍饱商榷。
危行无低徊，正言免呻喔。
车马获同驱，酒醪欣共欶〔二〕⑨。
惟忧弃菅蒯⑩，敢望侍帷幄。
此志且何如，希君为追琢⑪愈。

〔一〕以上皆叙烦热之状，以下乃叙纳凉之事。　〔二〕音朔。

① 递啸：依次长啸。② 火老：夏末。③ 交泰：指阴阳协调，

人伦和谐。④暍（yè）：中暑。⑤褫（chǐ）：脱下。⑥华桷（jué）：华丽的屋子。⑦硎：磨刀石。⑧庠：古代的学校。⑨歠：饮。⑩菅蒯（jiān kuǎi）：泛指茅草。⑪追琢：雕刻。

秋雨联句

万木声号呼，百川气交会郊。
庭翻树离合，牖变景明蔼愈。
潗㵳殊未终，飞浮亦云泰郊。
牵怀到空山，属听迩惊濑愈。
檐垂白练直，渠涨清湘大郊。
甘津泽祥禾，伏润肥荒艾愈。
主人吟有欢，客子歌无奈郊。
侵阳日沉玄，剥节风搜兊愈。
块圠①游峡喧，飕飗卧江汏郊。
微飘来枕前，高洒自天外愈。
蛮穴何迫迮，蝉枝扫鸣哛郊。
楥〔一〕菊茂新芳，径兰销晚馤愈。
地镜时昏晓，池星竞漂沛郊。
欢呹寻一声，灌注咽群籁愈。
儒宫烟火湿，市舍煎熬忲郊。
卧冷空避门，衣寒屡循带愈。
水怒已倒流，阴繁恐凝害郊。
忧鱼思舟楫，感禹勤畎浍愈。
怀襄信可畏，疏决须有赖郊。
筮命或冯②蓍，卜晴将问蔡愈。
庭商忽惊舞，埔荣亦亲酹郊。
氛醖〔二〕稍疏映，雾乱还拥荟愈。
阴旌〔三〕时摎流，帝鼓镇訇磕。

枣圌落青玑，瓜畦烂文贝。
贫薪不烛灶，富粟空填廥愈。
秦俗动言利，鲁儒〔四〕欲何丐。
深路倒羸骖③，弱途拥行轪。
毛羽皆遭冻，离蓰不能翙。
翻浪洗虚空，倾涛败藏盖郊。
吾人犹在陈，僮仆诚自郐。
因思征蜀士，未免湿戎斾。
安得发商飙，廓然吹宿霭。
白日悬大野，幽泥化轻壒④。
战场暂一乾，贼肉行可脍愈。
搜心思有效，抽策期称最。
岂惟虑收获，亦以救颠沛郊。
禽情初啸俦⑤，础色微收霈。
庶几谐我愿，遂止无已太愈。

〔一〕椶：或作园。　〔二〕醨，薄也。"氛醨"句谓云气稍薄，"雰乱"句谓旋又拥塞也。　〔三〕阴旍，谓云气如旌旆。摎流，犹周流也。帝鼓，谓雷。　〔四〕鲁儒，二公以鲁两生自比也。以秦人好言利，故鲁儒无可丐贷。

① 块圠（yǎng yà）：漫无边际的样子。② 冯：同凭，凭借，依赖的意思。③ 羸骖：瘦弱的马。④ 壒（ài）：灰尘。⑤ 啸俦：呼唤同伴。俦，同类，同伴。

征蜀联句

曰王忿违慠①，有命事诛拔②。
蜀险豁关防，秦师纵横猾愈。
风旗匼地扬，雷鼓轰天杀。
竹兵③彼皴脆，铁刃我枪韖郊。

刑神咤犇旄,阴焰飑犀札。
翻霓纷偃蹇,塞野頮块扎。
生獝竞掔跌,痴突争填轧。
渴斗信㕙呹,啖奸何噢嘈郊。
更呼相箙荡,交斫双缺齾。
火发激铓腥④,血漂腾足滑愈。
飞猱无整阵,翩鹘有邪戛。
江倒沸鲸鲲,山摇溃貙㺉郊。
中离分二三,外变迷七八。
逆颈尽徽索,仇头恣髡鬝。
怒须犹挐鬇,断臂仍瓠觚愈。
石潜设奇伏,穴觑骋精察。
中矢类妖㺜,跳锋状惊豽。
蹋翻聚林岭,斗起成埃坲郊。
笳亡多空杠,轴折鲜联辖。
剺肤渫痄痍,败面碎剠刮。
浑奔肆狂勚⑥,捷窜脱趫黠。
岩钩踔狙猿,水漉杂鳣蝎。
投奔闹碻磍[一],填隍俶僣愈。
强睛死不闭,犷眼困愈眨。
爇堞[二]熇歊熺⑦,抉门呀拗闧。
天刀封未坼,茜胆慑前揠。
跧梁排郁缩,闯窦搜窋窡。
追胁闻杂驱,咿呦叫冤䠯郊。
穷区指清夷,凶部坐雕铩。
邛文⑧裁斐亹,巴艳收婠妠⑨。
椎肥牛呼牟,载实驼鸣喝。

圣灵闵顽嚚，焘养均草蓉。

下书遏雄虓[三]，解罪吊挛瞎愈。

战血时销洗，剑霜夜清刮。

汉栈罢器闐[四]，獠江息澎汃。

戍寒绝朝乘，刁暗歇宵誓。

始去杏飞峰，及归柳嘶蛰。

庙献繁馘级，乐声洞椌楬⑩郊。

台图焕丹玄，郊告俨匏秸。

念齿慰霉蟹，视伤悼瘢疟。

休输任讹寝，报力厚麸秸，

公欢钟晨撞，室宴丝晓扴。

杯盂酬酒醪，箱箧馈巾帓。

小臣昧戎经，维用赞勋劼⑪愈。

〔一〕奤与炮同，《广韵》：军战石也。碹礕者，奤石之声。〔二〕燕堞，烧其城也。抉门，启其门也。煸歊，焚城之声，叠韵字。呀拗，门辟之状，双声字。〔三〕遏雄虓，令将帅无多杀也。〔四〕汉栈罢嚣闐者，谓自秦至蜀，征人渐少，不甚嚣闐也。

① 违僥：背叛。② "有命"句：指唐廷出兵征讨刘辟事。③ 竹兵：用竹子制作的兵器。④ 铓（máng）腥：刀上的血腥。⑤ 貙犽（chū yà）：古时的两种兽名。⑥ 狂勷（ráng）：狂乱。⑦ 歊熺（xī）：炽热。⑧ 邛文：指蜀地所产的锦缎。⑨ 婠妠（wān nà）：体态丰满而美好的样子。⑩ 椌楬（qiāng jié）：古时的两种乐器，用以演奏德音，推行圣王之治。⑪ 勋劼：功勋与辛劳。

同宿联句

自从别君来，远出①遭巧谮愈。

班班落春泪，浩浩浮秋浸郊。

毛奇睹象犀，羽怪见鹏②鸩愈。

朝行多危栈，夜卧饶惊枕郊。
生荣今分逾，死弃昔情任愈。
鹓行③参绮陌，鸡唱闻清禁郊。
山晴指高标，槐密鸶长荫愈。
直辞一以荐，巧舌千皆舲郊。
匡鼎惟说诗，桓谭不读谶愈。
逸韵何噜嗷，高名侯沽赁郊。
纷葩欢屡填，旷朗忧早渗愈。
为君开酒肠，颠倒舞相饮郊。
曦光霁曙物，景曜④铄宵祲⑤愈。
儒门虽大启，奸首不敢闯。
义泉虽至近，盗索不敢沁。
清琴试一挥，白鹤叫相喑。
欲知心同乐，双茧抽作纼⑥郊。

〔一〕《说文》：舲，牛舌病也。

① 远出：指韩愈被贬一事。② 鹏（fú）：古书上的一种不祥之鸟。③ 鹓（yuān）行：比喻班行有序的朝官。鹓，一种鸟类，飞行有序。④ 景曜：日光。⑤ 祲（jìn）：云气。⑥ 纼：用以织布帛的丝缕。

雨中寄孟刑部几道联句

秋潦淹辙迹，高居限参拜愈。
耿耿蓄良思，遥遥仰嘉话郊。
一晨长隔岁，百步远殊界愈。
商听饶清弇，闷怀空抑噫郊。
美君知道腴，逸步谢天械愈。
吟馨铄纷杂，抱照莹疑怪郊。

撞宏声不掉，输遨澜逾杀愈。
檐泻碎江喧，街流浅溪迈郊。
念初相遭逢，幸免因媒介。
祛烦类决痈，惬兴剧爬疥。
研文较幽玄，呼博①骋雄快。
今君轺②方驰，伊我羽已铩③。
温存感惠深，琢切奉明诫愈。
迨兹更凝情，暂阻若婴瘵④。
欲知相从尽，灵珀拾纤芥。
欲知相益多，神药销宿疢。
德符仙山岸，永立难欹坏。
气涵秋天河，有朗无惊湃郊。
祥凤遗蒿鷃，云韶掩夷靺。
争名求鹄徒，腾口甚蝉喝。
未来声已赫，始鼓敌前败。
斗场再鸣先，遐路一飞届。
东野继奇躅，修绠悬众汫〔一〕。
穿空细丘垤，照日陋菅蒯愈。
小生何足道，积慎如触虿。
惜惜抱所诺，翼翼自申戒。
圣书空勘读，盗食敢求噫。
惟当骑款段，岂望窥珪玠。
弱操愧筠杉⑤，微芳比萧薤。
何以验高明，柔中有刚夬郊。

〔一〕音戒。

① 呼博：古代的一种赌博游戏。② 轺（yáo）：即轺车，古代

一种轻便的小车。③ 羽已铩：即铩羽，翅膀伤残，不能高飞，常用来比喻失意。④ 婴瘵（zhài）：生病。⑤ 筠杉：筠是竹子，杉是杉树。

远游联句〔一〕

别肠车轮转，一日一万周郊。
离思春冰泮，澜漫不可收愈。
驰光忽以迫，飞辔①谁能留郊。
取之讵灼灼，此去信悠悠翱。
楚客宿江上，夜魂栖浪头。
晓日生远岸，水芳缀孤舟。
村饮泊好木，野蔬拾新柔。
独含凄凄别，中结郁郁愁。
人忆旧行乐，鸟吟新得俦郊。
灵瑟②时宾宾，露猿夜啾啾。
愤涛气尚盛，恨竹泪空幽。
长怀绝无已，多感良自尤。
即路涉献岁，归期眇凉秋。
两欢日牢落，孤悲坐绸缪愈。
观怪忽荡漾，叩奇独冥搜。
海鲸吞明月，浪岛没大沤。
我有一寸钩，欲钓千丈流。
良知忽然远，壮志郁无抽郊。
魍魅暂出没，蛟螭互蟠蟉。
昌言拜舜禹，举帆凌斗牛。
怀糈③馈贤屈④，乘桴追圣丘。
飘然天外步，岂肯区中囚愈。
楚些待谁吊，贾辞⑤缄恨投。

翳明弗可晓，秘魂安所求。

气毒放逐域，蓼杂芳菲畴。

当春忽凄凉，不枯亦飕飗⑥。

貉谣众猥欸，巴语相咿嚘〔二〕。

默誓去外俗，嘉愿还中州。

江生行既乐，躬辇自相勠。

饮醇趣明代，味腥谢荒陬郊。

驰深鼓利楫，趋险惊蕫辀。

系石沉靳尚，开弓射鵩彪。

路暗执屏翳，波惊戮阳侯⑦。

广泛信缥眇，高行恣浮游。

外患萧萧去，中恬稍稍瘳。

振衣⑧造云阙，跪坐陈清猷。

德风变逸巧，仁气销戈矛。

名声照四海，淑问无时休。

归哉孟夫子，归去无夷犹愈。

〔一〕远游，送东野之江南也。公尝有《送东野序》云：东野之役于江南。此所谓远游者，亦其时欤？公与东野共三十九韵，李翱惟一联，莫知其故。习之之诗见于世者，此而已，大率诗非其所长也。刘贡父云：唐时文人，李习之不能为诗，联句云云，殊无可取。　　远游名篇，祖屈原也。相如《大人赋》，由《远游》发也。自后刘向《九叹》，曹子建《乐府》，皆有《远游》篇。然屈原、相如，则兼四方上下而言之。公联此诗以送东野，所序只江南事。大抵事意与《大人赋》《九叹》相同，读者宜详味之。
〔二〕音留。

① 飞辔：飞奔的马车，这里指代时光流逝。② 灵瑟：弹奏古瑟。③ 粢：粽子。④ 贤屈：屈原。⑤ 贾辞：贾谊《吊屈原赋》。贾谊（前200—前168），洛阳人，西汉初年官员，工赋。⑥ 飕（sōu）飗（liú）：形容风的声音。⑦ 阳侯：传说中的波涛之神。⑧ 振

衣：比喻抖落尘秽。

晚秋郾城①夜会联句〔一〕

从军古云乐，谈笑青油幕。
灯明夜观棋，月暗秋城柝〔二〕正封。
羁客方寂历，惊乌时落泊。
语阑壮气衰，酒醒寒砧作〔三〕愈。
遇主贵陈力，夷凶②匪兼弱。
百牢犒舆师，千户购首恶正封。
平生耻论兵，末暮不轻诺。
徒然感恩义，谁复论勋爵愈。
多士被沾污，小夷施毒蠚。
何当铸剑戟，相与归台阁③正封。
室妇叹鸣鹳，家人祝喜鹊。
终朝考蓍龟④，何日亲烝礿愈。
间使断津梁，潜军索林薄。
红尘羽书靖，大水沙囊涸正封。
铭山⑤子所工，插羽余何怍。
未足烦刀俎⑥，只应输管钥愈。
雨矢逐天狼，电矛驱海若⑦。
灵诛固无纵，力战谁敢却正封。
峨峨云梯翔，赫赫火箭著。
连空䃹雉堞，照夜焚城郭愈。
军门宣一令，庙算建三略。
雷鼓揭千枪，浮桥交万筰正封。
蹂野马云腾，映原旗火铄。
疲氓坠将拯，残虏狂可缚愈。

摧锋若貙兕，超乘如猱玃。
逢掖服翻惭，漫胡缨可愕正封。
星殒闻雏雉，师兴随唳鹤。
虎豹贪犬牛，鹰鹯憎鸟雀愈。
烧陂除积聚，灌垒失依托。
凭轼谕昏迷，执殳征暴虐正封。
仓空战卒饥，月黑探兵错。
凶徒更蹈藉，逆族相啖嚼愈。
轴轳亘淮泗，旆旌连夏鄂。
大野纵氐羌，长河浴騵骆正封。
东西竞角逐，远近施矰缴。
人怨童聚谣，天殃鬼行疟愈。
汉刑支郡黜，周制闲田削。
侯社退无功，鬼薪惩不恪正封。
余虽司斧锧，情本尚丘壑。
且待献俘囚，终当返耕获愈。
藁街陈铁钺，桃塞兴钱镈。
地理画封疆，天文扫寥廓正封。
天子悯疮痍，将军禁卤掠。
策勋封龙额，归兽获麟脚愈。
诘诛敬王怒，给复哀民瘼。
泽发解兜牟，酡颜倾盏落〔四〕正封。
安存惟恐晚，洗雪不论昨。
暮鸟已安巢，春蚕看满箔愈。
声明动朝阙，光宠耀京洛。
旁午降丝纶，中坚拥鼓铎正封。
密坐列珠翠，高门涂粉膊。

跋朝贺书飞，塞路归鞍跃愈。
魏阙横云汉，秦关束岩崿。
拜迎罗橐鞬，问遗结囊橐正封。
江淮永清晏，宇宙重开拓。
是日号升平，此年名作噩愈。
洪赦方下究，武飙亦旁魄。
南据定蛮陬，北攫空朔漠正封。
儒生慊教化，武士猛刺斫。
吾相两优游，他人双落莫愈。
印从负鼎佩，门为登坛凿。
再入更显严，九迁弥謇谔正封。
宾筵尽狐赵，导骑多卫霍。
国史擅芬芳，宫娃分绰约愈。
丹掖列鹓鹭，洪炉衣狐貉。
摛文挥月毫，讲剑淬霜锷正封。
命衣备藻火，赐乐兼拊搏。
两厢铺氍毹，五鼎调勺药愈。
带垂苍玉佩，辔蟨黄金络。
诱接谓登龙，趋驰状倾藿正封。
青娥翳长袖，红颊吹鸣龠。
倘不忍辛勤，何由恣欢谑愈。
惟当早贵富，岂得暂寂寞。
但掷雇笑金，仍祈却老药正封。
殁庙配樽罍，生堂合鼛镛[五]。
安行庇松篁，高卧枕莞蒻愈。
洗沐恣兰芷，割烹厌脾臄。
喜颜非忸怩，达志无陨获[六]正封。

诙谐酒席展,慷慨戎装著。
斩马祭旂纛,刲羔礼苾 芬愈。
山多离隐豹,野有求伸蠖。
推选阅群材,荐延搜一鹗正封。
左右供诐誉,亲交献诹噱。
名声载揄扬,权势实熏灼愈。
道旧生感激,当歌发酬酢。
群孙轻绮纨,下客丰醴酪正封。
穷天贡琛异,币海赐酺醵。
作乐鼓还搥,从禽弓何彍愈。
取欢移日饮,求胜通宵博。
五白气争呼,六奇心运度正封。
恩泽诚布濩,嚚顽已箾勺。
告成上云亭,考古垂矩矱愈。
前堂清夜吹,东第良晨酌。
池莲折秋房,院竹翻夏箨正封。
五狩朝恒岱,三畋⑧宿杨柞。
农书乍讨论,马法⑨长悬格愈。
雪下收新息,阳生过京索。
尔牛时寝讹,我仆或歌咢正封。
帝载弥天地,臣辞劣萤爝⑩。
为诗安能详,庶用存糟粕愈。

〔一〕元和十二年七月,以裴度守门下侍郎同平章事充淮西宣慰处置使,以韩愈兼御史中丞充行军司马,以李正封兼侍御史为判官,从度出征。诏以郾城为行蔡州治所。此篇公与正封作于郾城,凡百余韵。东野死后,公所与联句者,惟此可见耳。洪庆善曰:旧本注云,正封上中丞,中丞即退之,愈奉院长,院长即正封也。其称王、卢,缪矣。按,郾城今颍昌府。 〔二〕上中丞。

〔三〕奉院长。　〔四〕凿落，饮器。白乐天诗：银杯倾凿落。〔五〕《尔雅》：大磬谓之礯，大钟谓之镛，注亦名鏄。　〔六〕自"再入更显严"至此，皆叙裴相破贼还京后迁官宴客之事，似非事前所作之诗。而篇末"雪下收新息"，亦非事前语，岂在郾城时作此诗，还朝后更润色之耶？

① 郾城：地名，今河南郾城。② 夷凶：消灭凶暴者。③ 台阁：指朝廷。④ 蓍龟：古人占卜时用的蓍草和龟甲。⑤ 铭山：刻石勒功。⑥ 刀俎：刀和案板，此处指武力。⑦ 海若：神话中的海神。⑧ 畋：打猎。⑨ 马法：《司马穰苴兵法》。马，即司马穰苴，又称田穰苴，春秋末期齐国将军。⑩ 萤爝（jué）：萤火虫的光亮与小火。此谦称能力薄弱。